AF710971

बलराम
की
लोकप्रिय कहानियाँ

TITLE : Balarāma kī lokapriya kahāniyāṁ =Balram K. lokpriya kahaniyan /
AUTHOR STAT : Balarāma.
EDITION STAT : Saṃskaraṇa prathama.
IMPRINT : Dillī : Prabhāta Prakāśana, 2017
NATURE SCOPE : Short stories.
LANGUAGE : In Hindi.
OCoLC#985498423
D.K Agencies (P) Ltd.
DKHIN-58[illegible]7

बलराम
की
लोकप्रिय कहानियाँ

बलराम

प्रभात प्रकाशन, दिल्ली
ISO 9001:2008 प्रकाशक

प्रकाशक • **प्रभात प्रकाशन**
4/19 आसफ अली रोड,
नई दिल्ली–110002
सर्वाधिकार • सुरक्षित
संस्करण • प्रथम, 2017
मूल्य • तीन सौ रुपए
मुद्रक • आर–टेक ऑफसेट प्रिंटर्स, दिल्ली

BALRAM KI LOKPRIYA KAHANIYAN
Published by Prabhat Prakashan, 4/19 Asaf Ali Road, New Delhi-2
e-mail: prabhatbooks@gmail.com ISBN 978-93-86300-61-4
₹ 300.00

जैनेंद्र और अज्ञेय
की स्मृति को

भूमिका

लोकप्रियता का दर्शन

जैनेंद्र कितने विरल विचारक और बड़े कथाकार हैं, इसका आभास वे सामने वाले को होने नहीं देते थे, जबकि अज्ञेय मिलने वाले को अपने अभिजात व्यवहार से सम्मोहित कर लेते थे। बोलते जैनेंद्र भी बहुत नपा-तुला थे, लेकिन अज्ञेय तो एक भी अनावश्यक शब्द न बोलते, किंतु नई पीढ़ी से अनुराग दोनों को ही बहुत था। हमने 'शिखर' के जरिए जब अपनी पीढ़ी को रेखांकित करना शुरू किया तो शिमला पहुँचकर जैनेंद्र ने जहाँ 'शिखर साहित्य समारोह' की अध्यक्षता की, वहीं अज्ञेय ने 'शिखर' के लिए न सिर्फ इंटरव्यू दिया, बल्कि अपनी कविताएँ भी। नौकरी के लिए एक अविस्मरणीय इंटरव्यू, जो हमें दिल्ली लाया, 'नवभारत टाइम्स' के तत्कालीन संपादक अज्ञेय ने ही लिया और कहानी से गहरे जुड़ाव का कारण बने थे जैनेंद्र।

सन् 1967 के अक्तूबर-नवंबर के बेहद खुशनुमा दिन थे वे। जीटी रोड पर बसे छोटे से कस्बे बैरी-शिवराजपुर के रामसहाय इंटर कॉलेज में कानपुर से गणित पढ़ाने के लिए आए थे आनंद मिश्र। इंजीनियरिंग की डिग्री पाने के बाद इंटरव्यू देकर नौकरी के इंतजार में खाली बैठे थे। सो, गणित टीचर की वेकेंसी का विज्ञापन पढ़कर हमारे कॉलेज चले आए और तीन महीने बाद जैसे ही नौकरी मिली, हमें छोड़कर दिल्ली चले गए। तब दिल्ली हमारे लिए विस्मय का विषय हुआ करती थी। एक दिन हम भी दिल्ली जा बसेंगे, सपने में भी नहीं सोच पाते थे।

हँसमुख और गोरे-चिट्टे युवा थे आनंद मिश्र, पढ़ने-लिखने के नए तौर-तरीकों से लैस। तीन महीने में ही पढ़ाने के अपने तरीके और छात्रों से मृदुल व्यवहार के चलते उन्होंने सबका दिल जीत लिया। अध्यापकों के बीच भी वे आत्मीय हो चले थे। जाते समय गाया गया उनका गीत सुनकर हम रो पड़े थे। तभी जाना था कि सच्चे अर्थ में लोकप्रिय व्यक्ति कैसे होते हैं ? आनंद मिश्र के कॉलेज छोड़ जाने

के बाद गणित का पीरियड गले पड़ा था प्रिंसीपल साहब के। हमारी क्लास में वह उनका पहला दिन था। क्लास लेने के बाद उन्होंने होमवर्क दिया और चले गए। अगले दिन कॉपियाँ चेक होने पर हमारा होमवर्क किया हुआ न मिला। कारण पूछा तो हम चुप लगा गए। तब काला रूल हिलाते हुए पास आए और तेज आवाज में पूछा, ''क्या करते रहे ?''

''जैनेंद्र की कहानियाँ पढ़ता रहा।''

''सवाल जरूरी थे कि कहानियाँ ?''

''कहानियाँ।'' हमने कहा, जिसे सुनकर प्रिंसीपल साहब के नथुने फड़क उठे। उन्होंने हाथ ऊपर करने का संकेत किया तो हमने दाहिनी हथेली सामने कर दी। फिर बाईं हथेली। फिर दाहिनी, फिर बाईं। दोनों हथेलियों में चार-चार बार रूल जमाने के बाद उन्होंने फिर पूछा, ''सवाल जरूरी थे कि कहानियाँ ?''

''कहानियाँ।'' इस बार भी वही उत्तर सुनकर अब तो उनका रूल था और थीं हमारी हथेलियाँ। उनके हिसाब से सजा की हद पार हो जाने के बाद उन्होंने फिर पूछा, ''अब बताओ, सवाल जरूरी थे कि कहानियाँ ?''

''कहानियाँ।''

''ओ माई गॉड।'' कहते हुए उन्होंने रूल फर्श पर पटक दिया और क्लास से बाहर चले गए। उनका रोब-दाब इतना था कि छात्र तो छात्र, टीचर तक सामने पड़ने से कतराते थे; लेकिन उस दिन के बाद वे फिर कभी हमारी क्लास में नहीं आए। यह था जैनेंद्र की लोकप्रियता का जादू, जो हमारे सिर चढ़कर बोला था।

कुछ वैसा ही जादू अज्ञेय ने भी जगाया था।

कथा साहित्य की बहुचर्चित पत्रिका 'सारिका' के संपादक मंडल में चुने जाने के लिए हुई परीक्षा में देश भर से कोई तीस लोग आए थे, जिसमें सफल हुए छह लोग इंटरव्यू के लिए रोके गए थे—विजयकिशोर मानव, क्षमा शर्मा, सुरेंद्र सुकुमार, सुरेंद्र मनन, अरुणवर्धन और बलराम। इंटरव्यू लेने के लिए बैठे थे 'नवभारत टाइम्स' के तत्कालीन संपादक अज्ञेय, 'सारिका' के संपादक कन्हैयालाल नंदन, टाइम्स के चेयरमैन अशोकजी और कार्यकारी निदेशक रमेशचंद्र जैन। सवाल प्राय: अज्ञेय ने पूछे, जिनमें से अधिकतर के जवाब हमने दिए और शायद ठीक ही दिए थे।

''दुनिया के दो सबसे बड़े उपन्यासों के नाम बताएँ।'' अज्ञेय ने पूछा था।

''तोल्स्तोय का 'वार ऐंड पीस' और दोस्तोएव्स्की का 'क्राइम ऐंड पनिशमेंट'।''

''किसी अमेरिकी पत्रकार का नाम बताएँ, जिसके उपन्यास को नोबेल मिला ?''

''अर्नेस्ट हेमिंग्वे।''

"उपन्यास कौन सा था?"

"ओल्ड मैन ऐंड द सी।"

"इस कोटि का कोई हिंदी उपन्यास?"

"जैनेंद्र का 'त्यागपत्र'।"

"लेखक बड़ा होता है या संपादक?"

"लिखते हुए लेखक और संपादन करते हुए संपादक। ईमानदारी से काम करें तो दोनों ही बड़े हो सकते हैं, लेकिन अंततः तो लेखक ही बड़ा होता है।"

"हिंदी के दस महत्त्वपूर्ण उपन्यास कौन से हैं?"

"गोदान, शेखर—एक जीवनी, झूठा सच, मुर्दों का टीला, सिंह सेनापति, मैला आंचल, आधा गाँव, काला जल, उखड़े हुए लोग और राग दरबारी।"

"आपको 'सारिका' का संपादक बना दिया जाए तो इसमें क्या बदलाव करेंगे?"

"उपसंपादक बनने आया हूँ, संपादक बनने नहीं। इसलिए इस संबंध में कुछ नहीं कह सकता।"

"पिता क्या करते हैं?"

"खेती-बाड़ी।"

"तो फिर आप संपादन में क्यों आ रहे हैं?"

"मनपसंद काम करने के लिए।" इसी तरह के अनेक सवालों के साथ संपन्न हो गया था इंटरव्यू। कुछ सवाल कन्हैयालाल नंदन ने भी किए, लेकिन अशोकजी और रमेशचंद्र प्रायः मौन ही रहे। कुछ महीने बाद खत आ गया तो 1 सितंबर, 1979 को 'सारिका' ज्वॉइन कर टाइम्स से जुड़ गया।

इसके पहले कानपुर के दैनिक 'आज' में फीचर संपादक था। वहाँ काम करते हुए आनंद बाजार पत्रिका के हिंदी साप्ताहिक 'रविवार' और मुंबई के साप्ताहिक 'करंट' के लिए उत्तर प्रदेश से धूम-धड़ाकेदार रिपोर्टिंग करता रहा। उनमें से कुछ चुने हुए रिपोर्ताज पुस्तक रूप में छपे तो उसे उत्तर प्रदेश हिंदी संस्थान का 'अज्ञेय पुरस्कार' मिला। रवींद्रालय में पुरस्कार ग्रहण करते हुए सहसा अज्ञेय याद आए, जिन्होंने मुझ अज्ञात कुल-शील किसान पुत्र को प्रतिस्पर्धा में सर्वोच्च स्थान देकर अपने निष्पक्ष न्यायिक होने का सबूत दिया था। सो, हमारे जीवन में एक तरफ इलीट माने जानेवाले अज्ञेय का ऐसा अप्रतिम योगदान रहा तो दूसरी तरफ गंवई नागार्जुन के आशीष हम पर बरसते रहे, बरसों। 'अज्ञेय पुरस्कार' से सम्मानित होने वाले रिपोर्ताज संग्रह 'औरत की पीठ को' तैयार करने की प्रेरणा नागार्जुन ने दी

और उसका ब्लर्व भी लिखा था। पहला कहानी-संग्रह 'कलम हुए हाथ' छपा तो मन किया कि भेंट करने अज्ञेय के घर जाऊँ। एक दिन फोन पर समय माँगा तो बोले, ''आज छह बजे मंडी हाउस आना है। अपनी सुविधा से समय और स्थान तय कर लो। वहीं आकर ले लूँगा आपका संग्रह। मेरे घर फिर कभी आ जाना, छुट्टी के दिन, तब फुर्सत से बैठेंगे।'' और श्रीराम सेंटर में शाम साढ़े पाँच बजे का समय तय हो गया।

नियत समय से कुछ पहले पहुँच लॉन की रेलिंग से सटकर उनका इंतजार करने लगा और ताज्जुब! ठीक साढ़े पाँच बजे अज्ञेय उपस्थित हो गए—झक्क सफेद कुरता-पाजामा। सुनहरे फ्रेम का चश्मा और पैरों में चप्पल। किसी ग्रीक देवता जैसा रूप-सुरूप। अभिवादन किया तो हाथ जोड़ते हुए वे मुसकराए। संग्रह मेरे हाथ से लेकर वहीं खड़े-खड़े उसके पन्ने पलटते रहे और बोले, ''तुम्हारी 'शिक्षाकाल' और 'पालनहारे' देखी थीं 'धर्मयुग' में। अपनी कहानियों में ऐसी गहराई बनाए रखना। प्रेमचंद और रेणु से तुम्हारी कहानियाँ भिन्न हैं। यह भिन्नता बनी रहेगी, तभी महत्त्वपूर्ण हो सकोगे।'' कहकर वे फिर मुसकराए और चले गए। यह था अज्ञेय का वह रूप, जो अब तक नहीं भूल सका। कहते हैं कि वही शख्सियतें लोकप्रिय हो पाती हैं, जो भुलाए नहीं भूलतीं और वैसी ही कहानियाँ भी।

'कलम हुए हाथ' कानपुर के कथा समारोह में पढ़ी तो उसकी खूब प्रशंसा हुई। समारोह की अध्यक्षता कर रहे 'सारिका' संपादक कमलेश्वर ने उसे एक बार फिर पढ़ने के लिए हमसे लेकर अपने कोट की जेब के हवाले कर लिया। दस दिन भी नहीं बीते होंगे कि स्वीकृति-पत्र आ गया और महीने भर बाद अप्रैल 1976 में 'सारिका' के 'नवलेखन अंक' में 'कलम हुए हाथ' छप गई, जिसकी यशपाल, श्रीलाल शुक्ल, हृदयेश, हंसराज रहबर, शंकर पुणतांबेकर, नरेंद्र कोहली, हरदयाल, गंगाप्रसाद विमल, आबिद सुरती, जसवंतसिंह विरदी, आलमशाह खान, संजीव, रणजीत साहा और हेतु भारद्वाज जैसे सिद्ध-प्रसिद्ध सर्जकों ने भूरि-भूरि प्रशंसा की। तब पहली बार जाना कि लोकप्रियता क्या होती है?

'कलम हुए हाथ' को पहली बार सुनने पर कथाकार कामतानाथ अवाक् रह गए थे। काफी देर बाद उनके मुँह से सिर्फ एक शब्द निकला—'मार्वलस'। कमलेश्वर ने इसे 'सारिका' में छापकर जो किया, सो तो किया ही, देश में सर्वाधिक पढ़े जानेवाले साप्ताहिक 'धर्मयुग' के संपादक धर्मवीर भारती ने उससे ज्यादा कर दिया। हमारे नाम आए पत्र में उन्होंने लिखा था कि 'सारिका' के नवलेखन अंक में 'कलम हुए हाथ' देखी। अच्छी लगी। बधाई। ग्रामीण परिवेश पर ऐसी ही

कहानी 'धर्मयुग' के लिए भेजें। उस जमाने में कमलेश्वर और धर्मवीर भारती के पत्र पाना किसी भी युवा रचनाकार की बाँछें खिला देने के लिए काफी होता था। भारतीजी का पत्र पाकर कई दिन बौराया-बौराया सा घूमता रहा। ऐसे आमंत्रण की हम कल्पना तक नहीं कर सकते थे। दूसरी कहानी 'शिक्षाकाल' फिनिशिंग टच पा चुकी थी। सो, भारतीजी को कहानी भेजने में तनिक भी विलंब न किया और अगस्त 1976 में 'धर्मयुग' के 'स्वाधीनता दिवस विशेषांक' में उन्होंने उसे इस्मत चुगताई की कहानी से पहले छाप दिया, जिसे पढ़कर मध्य प्रदेश साहित्य परिषद् के सचिव और 'साक्षात्कार' के संपादक शानी अभिभूत हो उठे थे। उस दिन को याद कर आज भी रोमांचित हो उठता हूँ।

संतोष तिवारी के साथ कच्छ से वापस लौट रहे थे कि जर्नी ब्रेक कर कवि मित्र राजेश जोशी से मिलने का लोभ संवरण न कर सके।

भोपाल उतरकर रुके तो फिर शानी के भी दर्शन करने का मन हो आया। मन हो आया तो पहुँच गए मध्य प्रदेश साहित्य परिषद् के दफ्तर। सामने पाकर शानी बोले, "कहिए..."

"समांतर लेखक सम्मेलन में भाग लेकर कच्छ से लौट रहे हैं तो सोचा, आपके दर्शन करते चलें।"

"मैं कोई दरवेश हूँ, जो मेरे दर्शन करोगे।" कहकर शानी ठहाका मारकर हँसे और बैठने का संकेत करते हुए पूछा, "आपका परिचय!"

"बलराम।"

"बलराम! 'शिक्षाकाल' वाले बलराम!"

"जी।"

"तुम नहीं हो सकते वो बलराम। वैसी कहानी तुम कैसे लिख सकते हो?"

"वो मैं ही हूँ और ये हैं संतोष तिवारी।"

"इनकी कहानी भी देखी थी 'धर्मयुग' में। ये तो बिल्कुल बच्चे लगते हैं।" कहते हुए शानी के चेहरे पर जो उन्मुक्त हँसी दिखी थी, आज तक याद है। मंजूर एहतेशाम, शशांक और सत्येन कुमार आदि को फोन कर चाय पर बुला लिया था 'दो किड्स' से मिलवाने के लिए। एक दर्जन लोग जुट गए थे उस शाम। हमारे लेखन का वह आरंभ था और आरंभ में ही भोपाल में मिला वह सम्मान हमें अभिभूत कर गया। 'साक्षात्कार' का प्रवेशांक आकर चर्चित हो चुका था और दूसरा अंक छपने जा रहा था। शानी ने पूर्णचंद रथ से अगले अंक में प्रकाश्य लेखकों की सूची में मेरा नाम जोड़ने को कहा और कहानी तुरंत भेज देने का आग्रह किया। 'अनचाहे

सफर' भेजकर हमने उनके आग्रह की रक्षा की तो 'साक्षात्कार' के तीसरे ही अंक में छपकर वह हमें निहाल कर गई।

'मधुमती' और 'माया' के संपादकों के खत भी आए थे। 'लहर' के संपादक प्रकाश जैन ने रचना भेजने का अनुरोध किया था। सबके अनुरोध का सम्मान तो हमने किया ही, इलाहाबाद जाने पर 'अमृत प्रभात' के लिए मंगलेश डबराल को 'इलाज' दे आया, जिसे उन्होंने अगले ही अंक में छाप दिया था। 'शिक्षाकाल' पढ़कर 'आज' के महाप्रबंधक विनोदकुमार शुक्ल ने तब एम.ए. के छात्र रहे खाकसार को तलब कर सीधे फीचर संपादक बना दिया। 'आज' में तीन बरस गुजारने के बाद इन्हीं कहानियों ने टाइम्स की पत्रिका 'सारिका' का उपसंपादक बनवा दिया।

'सारिका' में आ जाने पर कन्हैयालाल नंदन ने 'कॉमरेड का सपना' और 'आप बड़े वो हैं' छापीं तो 'मालिक के मित्र' को सुदीप बनर्जी ने 'साक्षात्कार' में प्रकाशित किया। प्रभाकर श्रोत्रिय ने 'सामना' और 'आवागमन' जैसी लंबी रचनाएँ 'अक्षरा' में अक्षरशः छाप दीं, जबकि राजेंद्र यादव 'हंस' में 'सामना' को एक तिहाई काटकर छापना चाहते थे और अवधनारायण मुद्‌गल ने 'आवागमन' का सिर्फ पूर्वार्द्ध छापकर हमें हैरत में डाल दिया था; लेकिन रवींद्र कालिया ने 'नया ज्ञानोदय' में 'शुभ दिन' और 'सबक' प्रकाशित कर बड़े पाठक वर्ग तक पहुँचने का सुख प्रदान किया। 'गोआ में तुम' को श्रीकांत त्रिपाठी ने 'शुक्रवार' में तो 'चोट' को प्रेम भारद्वाज ने 'पाखी' में प्रकाशित किया और राजेंद्र राव ने 'पुनर्नवा' में 'फर्क' को छापकर एहसास करा दिया कि निरंतर लिखते रहना कितना जरूरी होता है ?

'कलम हुए हाथ' दूरदर्शन के इंडियन क्लासिक का हिस्सा बनी तो साहित्य अकादेमी के लिए कमलेश्वर ने उसे कालजयी कहानी के रूप में चुना। अखिलेश और जितेंद्र ने भी इसे ही रिश्तों पर केंद्रित संचयन में लिया तो राजेंद्रप्रसाद पांडेय ने 'कलम हुए हाथ' और सुशीलकुमार फुल्ल ने 'अभिलाषा' को विश्वविद्यालयीय पाठ्यक्रम में शामिल किया। 'आठवें दशक के कहानीकार' में राजकुमार गौतम ने 'कलम हुए हाथ' को पहली बार संकलित किया और इसी नाम से पहला कहानी-संग्रह छपा, जिसके ग्यारह संस्करण हो चुके हैं। विश्वनाथ सचदेव ने 'नवनीत' में 'कलम हुए हाथ' को तो प्रदीप पंडित ने 'शुक्रवार' के 'दीपावली विशेषांक' में 'सामना' को एक बार फिर प्रकाशित कर बड़े पाठक वर्ग तक पहुँचा दिया। 'मालिक के मित्र' को हिमांशु जोशी ने '25 कहानियाँ' में चुना तो 'सदी

की क्लासिक कहानियाँ' में पुष्पपाल सिंह ने 'पालनहारे' को लिया और राहुल ने 'सदी की मानक कहानियाँ' में 'कॉमरेड का सपना' शामिल की। महेश दर्पण ने 'शिक्षाकाल' और 'सामना' को महत्त्व देकर सदी संचयनों में लिया तो रूपसिंह चंदेल ने 'बीसवीं सदी : आंचलिक कहानियाँ' में 'पालनहारे' को रखा और बलदेव वंशी ने 'स्वतंत्रता के बाद स्त्री केंद्रित 65 कहानियाँ' में 'चोट' को शामिल किया। अशोक भाटिया, सुकेश साहनी और मधुदीप ने लघुकथाएँ चुनीं तो प्रेम जनमेजय और सुभाषचंदर ने सदी संचयनों में हमारे व्यंग्य शामिल किए। इस तरह चर्चित हुई कथा-रचनाओं को संचयनों तथा अन्यान्य संकलनों में शामिल किए जाने से लग रहा है कि इन कहानियों की लोकप्रियता न सिर्फ बरकरार है, बल्कि वह और बढ़ रही है। प्रस्तुत संचयन में अनेक छोटी तो कुछ मझोले आकार की कहानियाँ हैं। कुछ कहानियाँ लंबी हैं तो अनेक लघुकथाएँ भी पाठक यहाँ पढ़ सकते हैं।

—बलराम

e-mail : balrampn@gmail.com

अनुक्रम

मालिक के मित्र

गाँव-घर में रहकर खेती-बाड़ी करने लायक रह नहीं गया था। खेती-बाड़ी ही करनी थी तो घरवालों का रुपया-पैसा फूँककर इतना पढ़ने की क्या जरूरत थी? उन दिनों समस्याएँ अचानक बढ़ गई थीं। समस्याएँ, जो सिर्फ मेरी नहीं थीं। जितनी मेरी थीं, उतनी ही घर की भी। घर, जिसमें माँ थी, भाई-बहन थे, पिता और बाबा भी। बाबा थे कि आँखें मींचने से पहले मेरी भाँवरें पड़ती देख लेना चाहते थे और पिता की रुचि मेरी शादी में इसलिए थी कि काम करते-करते थक जाने का ताना माँ से उन्हें मिलने लगा था और खेती-बाड़ी में लगे छोटे भाइयों की मेरी शादी में रुचि का अपना कारण था, उचित कारण। मेरी शादी हो तो उनका नंबर लगे, लेकिन मैं था कि नौकरी से पहले छोकरी के जंजाल में पड़ना नहीं चाहता था, क्योंकि मेरे सपने कुछ और थे। पहले सपने में थी एक अच्छी सी नौकरी, फिर छोकरी और छोकरी भी कैसी, मन की मानसी, रूपवती, गुणवती और पढ़ी-लिखी, जबकि घर के लोगों की नजर में पढ़ी-लिखी लड़की का मतलब चिट्ठी-पत्री लिख लेने तक सीमित था। मामा ने ऐसी लड़की देखकर उससे मेरी शादी की बात कर भी रखी थी; लेकिन मैं एम.ए. से कम पढ़ी-लिखी लड़की से शादी की बात सुनना भी पसंद नहीं करता था। तभी माँ को अचानक न जाने कैसे टिटनेस हुई और वे गुजर गईं। तब घर चलाने के लिए किसी लड़की का बहू बनकर घर-परिवार में आना जरूरी हो गया और बिना किसी चूँ-चपड़ के मामा की तय की हुई लड़की के साथ मेरी भाँवरें पड़ गईं।

पहले सपने का तो इस तरह से हुआ अंत और फिर अचानक साकार हो गया दूसरा सपना। कई जगह अर्जियाँ भेजीं, लेकिन जवाब सिर्फ 'प्रभात' से आया। लिखित परीक्षा हुई और फिर साक्षात्कार। मैं चुन लिया गया था, प्रशिक्षु पत्रकार। चयन के बाद पहली तारीख को दैनिक 'प्रभात' ज्वॉइन कर लिया और

मेरा प्रशिक्षण शुरू हो गया। प्रधान संपादक ने कैबिन में बुलाकर बताया कि डाक एडीशन निकालने में सहयोग करने के साथ सप्ताह में दो फिल्मों की समीक्षाएँ भी तुम्हें लिखनी हैं। फिल्मों के पास देते हुए उन्होंने कहा था कि परसों तक इनकी समीक्षाएँ मिल जानी चाहिए। यह अतिरिक्त काम पाकर काफी खुश हुआ। घटिया और स्तरहीन फिल्मों की खाट खड़ी करके रख दूँगा, मैंने तय किया। 'प्रभात' चूँकि प्रदेश का सर्वाधिक प्रसार वाला अखबार है, इसलिए जनता पर मेरे लिखे का असर पड़ेगा, सोचकर बड़े उत्साह से फिल्में देखीं और समीक्षाएँ लिख डालीं।

दैनिक समाचार-पत्र के लिहाज से बोधगम्य भाषा में दो टूक राय व्यक्त कर दी थी। उम्मीद थी कि समीक्षाएँ कार्यकारी संपादक को पसंद आएँगी। अखबार में अब तक छपती रही घिसी-पिटी समीक्षाओं की तुलना में मेरी समीक्षाएँ प्रधान संपादक को भी पसंद आनी चाहिए, मैंने सोचा और सीधे प्रधान संपादक को दिखाने के इरादे से समीक्षाएँ लेकर उनके कैबिन में घुस गया; लेकिन वे एक हफ्ते के लिए बाहर गए हुए थे। मन मारकर उन्हें कार्यकारी संपादक की मेज पर रखकर उनके सामने खड़ा हो गया। समीक्षाएँ पढ़कर वे आगबबूला हो उठे और उन्हें मेरे मुँह पर पटक दिया।

समझ में नहीं आया कि इनमें आखिर ऐसा क्या लिख दिया मैंने कि वे इस कदर भड़क उठे। किसी पिटे हुए बच्चे की तरह वहाँ कुछ देर चुप खड़ा रहा तो उन्हें लगा कि शायद मेरे जैसे एकदम नए पत्रकार के साथ उन्हें ऐसा नहीं करना चाहिए था। तब उन्होंने बैठने का संकेत किया और समझाते हुए बोले, "तुम्हारी राय अपनी जगह सही हो सकती है, पर ये टाकीजें भवानी साहब की हैं और वे हमें हर महीने अपने किसी-न-किसी प्रतिष्ठान का पूरे पेज का विज्ञापन देते हैं। तुम्हारी समीक्षाएँ छपते ही उनके विज्ञापन मिलने बंद हो सकते हैं और इस तरह हम अगर सौ-पचास लोगों को नाराज करके बैठ गए तो अखबार बंद हो जाएगा, और अखबार बंद हो गया तो हमारी नौकरी खत्म। इसलिए अखबार में कभी ऐसा कुछ मत लिखो, जिससे विज्ञापनदाता नाराज हो जाएँ। जाओ, इन्हें दुबारा लिखकर लाओ।" लेखन और पत्रकारिता में मिले इस पहले पाठ ने ही मुझे कुछ ऐसे पटका कि मेरे हाथ-पाँव बँध से गए, हमेशा के लिए। अगले दिन समीक्षाओं का पुनर्लेखन किया और मध्य मार्ग का अनुसरण कर फिल्मों की थोड़ी तारीफ की, थोड़ी सी धुनाई, लेकिन वे समीक्षाएँ भी कार्यकारी संपादक को पसंद नहीं आईं।

तीसरी बार फिर लिखने का आदेश देते हुए वे बोले, "आपकी लिखी समीक्षाओं से न तो यह पता चलता है कि फिल्में अच्छी हैं और न ही यह कि

फिल्में खराब हैं। इतने बड़े अखबार में लिखते हुए आपको इसकी गरिमा का खयाल तो रखना ही चाहिए।'' ताज्जुब! तीसरी बार लिखकर की गई उन फिल्मों की सतही तारीफ उन्हें पसंद आई और तत्काल दोनों समीक्षाएँ कंपोजिंग के लिए भेज दी गईं। चार बजे तक गैली प्रूफ मेरे सामने थे, हीरो-हीरोइनों के कई उत्तेजक चित्रों के साथ। उनके कैप्शन भी उन्होंने ही लिखे थे।

आठ बजे फीचर पेज का स्टोनप्रूफ देखा, उसमें अपनी करतूत देखी और उसमें छपा अपना नाम देखा तो एकबारगी मन किया कि वहाँ से भाग खड़ा होऊँ, पर तुरंत ही सवाल उठ खड़ा हुआ कि जाऊँगा कहाँ! दूसरी नौकरी कहाँ धरी है? तय है कि मैं भाग नहीं सकता। मैं क्या, कोई भी नहीं भाग सकता।

अब आगरा के दैनिक 'प्रभात' में मेरे नाम से जो भी छपता है, वह वह नहीं होता, जो मैं लिखना चाहता हूँ। वह वह होता है, जो संपादक जी छापना चाहते हैं और संपादकजी क्या छापना चाहते हैं, पहले ही दिन उन्होंने बता दिया था।

अब तुम्हीं बताओ मित्र, अपने आपको पत्रकार कहूँ तो कैसे कहूँ? सच-सच बताना, क्या तुमने पत्रकार के रूप में खुद को बचाकर रखा हुआ है?

दो

कभी स्वप्न में भी नहीं सोचा था कि एक दिन उत्तर भारत के मैनचेस्टर कहे जानेवाले कानपुर महानगर के इतने बड़े अखबार का रिपोर्टर बनूँगा, वह भी चीफ रिपोर्टर, सबसे बड़ा, विशिष्ट और अधिकार-संपन्न। तीन वर्ष पूरे होते न होते वहाँ मेरी तूती बोलने लगी थी, पर इस स्टोरी के बाद मेरा मोहभंग हो गया है।

पिता की इच्छा थी कि डॉक्टर बनूँ और चाचा का इरादा मुझे लंदन तक पढ़ाने का था, क्योंकि जिले में तीसरी पोजीशन प्राप्त कर मैंने अपनी प्रतिभा का परिचय दे दिया था। शायद इसीलिए उन्होंने मेरी रुचि और राय को जाने बिना हाई स्कूल में दाखिले के समय अंग्रेजी और गणित के साथ मेरे विषय विज्ञान और जीव विज्ञान चुन दिए थे, पर बचपन से ही मेरी रुचि नाटकों में थी और मैं बनना भी नाटककार ही चाहता था। परिणाम जो होना था, वही हुआ, हाई स्कूल में सेकंड और इंटर में थर्ड डिवीजन ही पा सका और बी.एस-सी. में सप्लीमेंट्री आई तो पिता और चाचा के सपने बिखर गए।

हुआ यह कि कस्बे से इंटर कर जैसे ही मैंने शहर आकर डी.ए.वी. कॉलेज में दाखिला लिया, मेरा परिचय गीता से हो गया। गीता मेरी क्लास फेलो थी, जिसका बड़ा भाई मेरे कॉलेज में अंग्रेजी का प्राध्यापक था और चाचा का मित्र। चाचा ने

ही मुझे उस घर से जोड़ दिया था। गीता का भाई नगर के रंगमंच से जुड़ा था। देश की छोटी-बड़ी पत्र-पत्रिकाओं में अकसर उसके लेख छपते रहते थे। उसके संपर्क में आकर मैं भी रंगमंच से जुड़ गया। गीता भी कभी-कभार नाटकों में रोल किया करती थी। वह परित्यक्ता थी और एक बच्चे की माँ भी।

मैं गाँव का हूँ और मुझे छोड़कर मेरा सारा परिवार गाँव में ही रहता है। अभी भी भारत के गाँव जात-पाँत की बेड़ियों में इस कदर जकड़े हुए हैं कि गैर-जात में शादी की बात वहाँ के लोग बरदाश्त नहीं करते। ऐसा करनेवालों का सामाजिक बहिष्कार कर दिया जाता है, पर किसी भी बात की परवाह न करते हुए मैंने एक झटके में ही वह सब कर डाला, जिसके बारे में मेरे माता-पिता सोच भी नहीं सकते थे, उसे स्वीकार करने का तो सवाल ही नहीं था।

खैर, वह एक अलग कहानी है, जिसका इस कहानी से कोई ताल्लुक नहीं। है तो सिर्फ इतना कि उसके बाद गाँव-घर से मेरा रहा-सहा संबंध पूरी तरह टूट गया। पढ़ाई के लिए घर से पैसे आने बंद हो गए और तब गीता के भाई ने मुझे पत्रकारिता से जोड़ दिया, अन्यथा पत्रकारिता में आने का मेरा कोई इरादा ही न था।

जिन दिनों मैंने गीता से शादी की, संयोग से उन्हीं दिनों मेरी कहानी को एक राष्ट्रीय पत्रिका की प्रतियोगिता में प्रथम पुरस्कार मिल गया। पुरस्कार मिलते ही शहर के अनेक लोग मुझसे मिलने के लिए लालायित हो उठे। ऐसे ही लालायित लोगों में से एक थे मिट्टू बाबू, दैनिक 'सरताज' के मालिक। उन्होंने गीता के भाई से मेरी पुरस्कृत कहानी की चर्चा की तो उसने मेरी प्रतिभा की प्रशंसा के पुल बाँध दिए। वह 'सरताज' में कानपुर के संस्कृति-कर्म पर साप्ताहिक कॉलम लिखता था। मिट्टू बाबू से अकसर उसकी मुलाकात हो जाया करती थी। मिट्टू बाबू को एक ऐसे युवक की तलाश थी, जो उनके अखबार को नगर के दूसरे प्रमुख अखबार के मुकाबले अधिक कलात्मक और रुचिकर रूप दे सके; क्योंकि इस काम के लिए रखे गए मिस्टर शंकरन अखबार छोड़कर चले गए थे और 'सरताज' कार्यालय में उनका विकल्प कोई था नहीं।

गीता के भाई का पत्र लेकर मैं मिट्टू बाबू से मिला। मिलते ही उन्होंने कहा, "विशेषांक के लिए दीपावली की तैयारी पर एक रिपोर्ताज दो घंटे में चाहिए।"

"मिल जाएगा।" मैंने कहा था।

बाहर निकलकर चौक का चक्कर लगाया, कलक्टरगंज देखा और कागज-कलम लेकर टेबल पर बैठ गया और ठीक दो घंटे बाद रिपोर्ताज मिट्टू बाबू के हाथ में था। उन्होंने उसे पढ़ा और मुसकराए। मेरी नौकरी लग गई थी और मैंने

'सरताज' ज्वॉइन कर लिया। तीन महीने का प्रोबेशन और फिर कन्फर्मेशन। चार से शुरू किया था और पालेकर अवार्ड लागू हो जाने पर दस हो गए। पिछले दिनों चीफ सिटी रिपोर्टर मिस्टर त्यागी के चले जाने से रिक्त हुए स्थान पर मुझे नियुक्त कर दिया गया। तय है कि तनख्वाह और बढ़ जाएगी, पर इस हादसे ने मुझे क्षत-विक्षत कर दिया है मित्र, अभिव्यक्ति की स्वतंत्रता का अरमान टुकड़े-टुकड़े होकर हवा में बिखर गया और मैं एकदम से टूट गया हूँ, धराशायी।

'सरताज' ज्वॉइन करने पर सबसे पहले मैंने शहर की श्रमिक और नागरिक समस्याओं को उठाया था। बीमार मिलों के भ्रष्ट प्रबंधकों को खींचा था और फिर नगर महापालिका के घोटालों का भंडाफोड़ कर 'तहलका' मचा दिया था। साहित्य, संस्कृति, संगीत, कला, रंगमंच, शिक्षा तथा युवा जगत् के लिए अलग-अलग दिनों में अलग-अलग स्तंभ नियमित जाने लगे थे। महिलाओं, बच्चों और बूढ़ों की दुनिया की खोज-खबर भी। इसके लिए तमाम सामग्री कलाओं और विविध विषयों से जुड़े विशेषज्ञों से सीधे लिखवाने के अलावा देशी-विदेशी पत्र-पत्रिकाओं से अनूदित भी करवा लेता था।

दो साल के भीतर 'सरताज' के नगर संस्करण का प्रिंट आर्डर बयालीस से बढ़कर बयासी हजार पहुँच गया और प्रतिद्वंद्वी अखबार के पैर उखड़ने लगे। इसी के मुताबिक मैं 'सरताज' कार्यालय में महत्त्वपूर्ण होता चला गया। मैंने मिट्टू बाबू या संपादक को कभी शिकायत का मौका नहीं दिया और न ही उनसे मुझे कभी कोई खास शिकायत हुई।

कम्युनिस्ट संगठनों से अपनी संबद्धता के बावजूद उन्हें अखबार पर हावी नहीं होने दिया। हाँ, पार्टी और संबद्ध संगठनों के समाचार थोड़ी प्रमुखता जरूर पा जाते थे, लेकिन इस हादसे ने देश में अखबारों की स्वतंत्रता की मेरी धारणा की चूलें हिलाकर रख दी हैं। अपने आपको पत्रकार कहते हुए शर्म लग रही है। मन कर रहा है कि इसी समय 'सरताज' से त्याग-पत्र दे दूँ, पर गीता''गीता का बच्चा''और मेरे त्याग-पत्र दे देने से भी क्या हो जाएगा?

रिपोर्टरों और चीफ-रिपोर्टर का नगर के प्रायः सभी बड़े अधिकारियों से परिचय होता ही है। नए-नए आए उस युवा थाना इनचार्ज से भी मेरा परिचय हुआ। वह महत्त्वाकांक्षी और उत्साही था, बहुत कुछ कर गुजरने की नीयत से भरा-पूरा। आते ही उसने नगर के असामाजिक तत्त्वों के खिलाफ हल्ला बोल दिया। उन्हीं में एक था कृष्णा नगर कॉलोनी के बँगला नंबर एक सौ पाँच में चलने वाले देह व्यापार के अड्डे पर छापा और बारह हसीनों के साथ ग्यारह अय्याशों की गिरफ्तारी।

संपादक से बात हो चुकी थी। फोटोग्राफर साथ था। उधर फोटोग्राफर ने फोटो खींचकर विभाग को दिए और इधर मैंने स्टोरी फाइल कर दी। मोनो से कंपोज होकर गैलियाँ प्रूफरीडर के पास पहुँच चुकी थीं और फोरमैन पेज बनवाने की तैयारी कर रहा था कि न्यूज एडीटर के पास मिट्टू बाबू का फोन आ गया—''फलाँ-फलाँ व्यक्ति के विषय में इस स्टोरी में कुछ भी न जाने दें।''

थोड़ी देर बाद ही संपादक का फोन आ गया—''फलाँ-फलाँ के नाम और विवरण काट दें।'' सुनकर मेरे भीतर कुछ खौल सा उठा। तत्काल संपादक को फोन मिलाकर सवाल करने की कोशिश की, पर औरतों की चटपटी स्टोरी भर छप सकी, और कुछ नहीं।

बारह हसीनों के साथ कुछ अय्याश गिरफ्तार

उत्तर प्रदेश के गोंडा जिले में एक गाँव है चाँदपुर। इसी गाँव में रहते हैं जनाब लियाकत अली। उनकी लड़की सफिया जैसे ही सोलह बरस की हुई, उन्होंने कानपुर निवासी वारिस अली से उसकी शादी कर दी। शादी के कुछ ही दिन बाद पति के साथ एक युवक आया। ग्यारह बजे के करीब पति चला गया, बाहर से कुंडी लगाकर। उस रात पहली बार सफिया के साथ वह सब हुआ, जो वह चाहती नहीं थी और फिर प्रायः कोई-न-कोई आने लगा।

इसके बाद कभी-कभी वारिस अली सफिया को बँगलों में अनजान लोगों के बीच भी छोड़ आता। तीन बरस के वैवाहिक जीवन में सफिया को कभी इस बात का एहसास तक न हुआ कि वारिस अली उसका शौहर है। कई बार तो ऐसा भी हुआ कि एक ही कमरे में कोई गैर सफिया की देह रौंदता रहा और बेफिक्र वारिस अली बीड़ी के कश लेता रहा। बाद में तो सफिया को लगने लगा कि कोई एक शख्स उसका शौहर नहीं है, रात में जो उसके साथ सोया, वही उसका शौहर हो गया। जिसने उसे पैसा दिया, वह उसी की हो गई।

इसी दौरान सफिया बँगला नंबर एक सौ पाँच से जुड़ गई। सफिया को अपनी इस जिंदगी से अब कोई शिकायत नहीं है। उसका कहना है कि जब शौहर की आँखों का पानी ही मर गया तो फिर मुझे कैसी शर्म? कोई अपना श्रम बेचता है, कोई अपनी बुद्धि, मेरा अपना तन बिकता है तो किसी को आपत्ति क्यों? मुझसे पहले मेरे पति ने जरीना, तैयबा और फरीदा से भी शादी की थी और वे भी इसी धंधे में डाल दी गईं।

हमें इस धंधे में डालने वाले कौन हैं, पुलिस उन्हें गिरफ्तार क्यों नहीं करती ? अब हम अपनी मरजी से पैसे वालों को खुश करती हैं तो इसमें किसका क्या बिगड़ रहा है ? जब तक प्रशासन हमें सम्मानपूर्ण जीवन जीने का कोई इंतजाम नहीं करता, तब तक इस तरह छापा मारकर अमन–चैन छीनने का उसे क्या हक है ?

कानपुर में एक मोहल्ला है नवाबगंज। जनाब नजीर हुसैन का घर यहीं है, मसजिद के पास। आठ साल पहले उन्होंने अपनी लड़की अकीला का विवाह चमनगंज के मकबूल अली से कर दिया था, जिससे अकीला को दो बच्चे हुए—इमरान और फातिमा। अचानक पता चला कि मकबूल अली कैंसर का शिकार है। फिर क्या था, घर का पैसा पानी की तरह बहने लगा। नाते–रिश्तेदारों ने एक–एक कर कन्नी काट ली। घर के सारे जेवर गिरवी हो गए और नन्हे–नन्हे बच्चे भूख से बिलबिलाने लगे। पंद्रह दिन पहले मकबूल अली का देहांत हो गया। अकीला को उसका तीजा करना था। पैसे की सख्त जरूरत थी और पैसे थे कि कहीं से मिलते दिखाई नहीं दे रहे थे। ऐसे मुश्किल हालात में सतीश ने अकीला को बँगला नंबर एक सौ पाँच की अय्याशी का हिस्सा बना दिया।

अकीला ने तमतमाते हुए सवाल किया कि जो सरकार मेरे कैंसरग्रस्त पति का इलाज नहीं करा सकी, मेरे पति के तीजे की व्यवस्था नहीं कर सकी, नन्हे-नन्हे बच्चों को रोटी नहीं दे सकी, उसे क्या हक बनता है कि इस तरह गिरफ्तार कर हमारे दुःखी जीवन को और दुःखी करे। गिरफ्तार करना ही है तो उन्हें करें, जिन्होंने हमें यहाँ पहुँचा दिया।

शेष कल…

बारह हसीनों के साथ कुछ अय्याश गिरफ्तार–2

कानपुर में गुमटी नंबर पाँच की रहनेवाली थी अंजू मिश्रा, हाई स्कूल पास। तीन वर्ष पूर्व उसकी शादी महाराजपुर के निवासी दुर्गाप्रसाद तिवारी से कर दी गई थी, अठारह बरस की तरुणाई में। उनका वैवाहिक जीवन एक वर्ष तक तो ठीक–ठाक चला, पर डेढ़ वर्ष बाद भी जब वह माँ न बन सकी तो बाँझ कहकर उसकी उपेक्षा शुरू हो गई और फिर उसकी स्थिति नौकरानी भर की रह गई।

दुःखी होकर अंजू मायके चली आई और सोचती रही कि पति उसे लेने आएगा, पर वह नहीं आया। इसी बीच रेशमा उसे इस बँगले में खींच लाई। यहाँ

के जीवन से अंजू खास असंतुष्ट नहीं दिखी। इसी बहाने बड़े-बड़े लोगों से जान-पहचान हो गई। फिर भी, अंजू को इस बात का दुःख है कि पति की उपेक्षा ने उसके कदम इस कदर लड़खड़ा दिए कि अब वह जीवन में सहज स्थिति की कल्पना तक नहीं कर पाती।

कानपुर के परेड में एक सड़क है—नई सड़क। इसी सड़क पर अब्दुल गफ्फार की चाय की दुकान है। उसकी दो लड़कियाँ हैं—रुखसाना और शबाना। रुखसाना की शादी कई बरस पहले हो गई थी। पिछले साल गफ्फार ने शबाना की शादी जहानाबाद के लाल मोहम्मद से कर दी। शादी के कुछ समय बाद लाल मोहम्मद ने बीवी के शरीर की बिक्री शुरू कर दी। पहले-पहल शबाना ने बिकने से इनकार कर दिया तो लाल मोहम्मद ने बेंतों से उसकी खाल उधेड़ दी और लगातार विरोध करते रहने के कारण एक साल पूरा होते-न-होते उसे घर से निकाल दिया। पिछले दिनों लाल मोहम्मद ने दूसरी लड़की से शादी कर ली। घर से निकाल दिए जाने पर शबाना कानपुर आ गई और सतीश के चंगुल में फँस गई।

शबाना का कहना है कि इस खूबसूरत जिस्म से पत्नियों से असंतुष्ट पैसे वाले लोगों और बड़े-बड़े व्यापारियों की रातें रंगीन करती हूँ। जो कुछ करती हूँ, जिंदा रहने के लिए करती हूँ। यह धंधा छोड़ दूँ तो अब मुझे अपनाएगा भी कौन?

शेष कल...

मेरी स्टोरी का औरतों वाला हिस्सा कई दिन तक क्रमशः प्रकाशित होता रहा। उसके बाद का हिस्सा रोक दिया गया, जिसके बगैर मेरा खयाल है कि इस स्टोरी का कोई मतलब नहीं है। इस मामले में हाथ डालने के लिए एस.पी. ने थाना इनचार्ज को झिड़कते हुए मामले को जहाँ-का-तहाँ दबा देने का आदेश दिया, लेकिन मामला प्रेस तक पहुँच चुका था और मैं सोच रहा था कि शहर का यह रिसता हुआ नासूर 'बँगला नंबर एक सौ पाँच' तो हमेशा के लिए साफ कर ही दिया जाएगा, इससे संबद्ध अपराधी जेल की रोटियाँ भी तोड़ेंगे, पर कहाँ हो सका ऐसा और जो कुछ हुआ, उसने मेरी आँखों में पड़े प्रेस की आजादी के जाले को साफ कर दिया है। मैं साफ-साफ देख पा रहा हूँ कि देश में प्रेस की आजादी वास्तव में किसकी आजादी है? ऐसी हालत में इन लोगों के असली चेहरों को बेनकाब कैसे किया जा सकता है, पर लोगों को आगाह तो किया ही जा सकता है कि अपने घर की हिफाजत रखें और टोह लेते रहें कि 'बँगला नंबर एक सौ पाँच' जैसा कोई और

बँगला आपके आस-पास भी तो नहीं पनप रहा? मिट्टू बाबू तो खैर कर्मचारियों से बहस नहीं करते, पर संपादक से मैंने फोन पर बहस करनी चाही थी, ''आप तो पूरी स्टोरी छाप रहे थे।''

''ये थोड़े ही पता था कि उसमें सब अपने लोग निकल आएँगे।''

''अपने लोग क्या अपराधी नहीं होते?''

''होते हैं, पर मिट्टू बाबू अखबार के मालिक हैं।''

''फिर औरतों वाला यह हिस्सा भी मत छापिए।''

''यह तो छपेगा।''

''क्यों?''

''क्योंकि मामला धमाकेदार है और दूसरी बड़ी स्टोरी कोई है नहीं।''

''लेकिन मैं इसे इस तरह तो छपने नहीं दूँगा।''

''महेश, भूल रहे हो कि हम यहाँ कर्मचारी भर हैं।''

''और आप भूल रहे हैं कि हम पत्रकार भी हैं।''

''लेकिन अखबार के मालिक नहीं!'' संपादक की इस दलील के बाद गुंजाइश ही कहाँ बचती थी कि हम कोई और दलील पेश करते।

दैत्याकार रोटरी मशीन पर स्टेट संस्करण छप रहा है। नगर संस्करण का स्टोन प्रूफ ओके करने के बाद प्रेस से बाहर निकला तो पाया कि बेचैन हूँ, एक व्यक्ति के रूप में और पत्रकार के रूप में भी। लगता है कि जब तक शेष स्टोरी भी तुम्हें बता नहीं लूँगा, मुझे चैन नहीं आएगा। वे ग्यारह अय्याश कौन थे, वह बँगला किसका था और इस अड्डे का संचालन कौन कर रहा था, ये बातें जानने के लिए मेरा खयाल है कि अब तक तुम व्यग्र हो उठे होंगे और व्यग्र हो उठे होंगे उन लोगों के नाम जानने के लिए, जो उस अड्डे पर अय्याशी करते पकड़े गए थे?

छोड़िए, नाम-वाम में क्या रखा है और यदि मैं उनके नाम बता भी दूँ तो तुम उनका क्या कर लोगे? उस तरह के लोग तुम्हारे शहर में भी कम नहीं होंगे। वे इस व्यवस्था के प्रतीक हैं, मसलन उनमें से छह नगर के बड़े-बड़े सेठ हैं, एक हाई कोर्ट का वकील, तीन डॉक्टर और एक छात्रसंघ का पदाधिकारी। जिसके बँगले पर यह अड्डा चल रहा था, वह इंजीनियर है और जो इस अड्डे को चला रहा था, वह है पी.ए.सी. का रिटायर्ड कंपनी कमांडेंट। इन सब ने मिलकर ही यह जाल बुना। ये सब आपस में मित्र हैं और मिट्टू बाबू के भी।

□

शुभ दिन

टी.वी. के सामने बैठे थे वे तीनों—पति, पत्नी और बच्चा। बच्चा कार्टून फिल्मों का शौकीन था, किसी अच्छे पब्लिक स्कूल में जिसके दाखिले के लिए वे चिंतित और प्रयासरत थे। पिछले साल से ही। दाखिले की चिंता में डूबे वे दोनों अनुमानित खर्च के जुगाड़ और किसी पॉवरफुल सोर्स की तलाश पर चर्चा करते हुए कई बार देर रात तक सो नहीं पाते। प्रॉपर्टी के दामों में उछाल के दौर में फ्लैट खरीदा तो उन्हें यार-दोस्तों के अलावा सिटी बैंक और अपने दफ्तरों से भी कई लाख का लोन लेना पड़ा, जिसकी भारी-भरकम किस्तें हर महीने पति-पत्नी के वेतन से कट जातीं तो पहली तारीख को वे कोल्हू में पिरे गन्ने की तरह घर लौटते। तब पत्नी अपनी किस्मत को कोसती, जिसमें न तो मायके से किसी इमदाद की बात दर्ज थी, न ही ससुराल से भूँजी भाँग तक मिलने का कहीं कोई उल्लेख था। जो कुछ करना था, खुद ही करना था। जो कुछ होना था, अपने आप होना था। खुद ही हँसना और खुद ही रोना लिखा था उसमें। मायके या ससुराल, कहीं भी खुद ही जाना और खुद ही लौट आना था। न कोई लेने आता, न कोई भेजने। किसी से न कुछ मिलना-मिलाना था, न किसी को कुछ देना-दवाना था।

फ्लैट खरीदने के बाद किसी भी मिडिल क्लास कपल का जो हाल महानगर में हो सकता है, उन दोनों का भी हुआ। बस, हँसी-खुशी का इकलौता अवलंब था फूल सा हँसता-मुसकराता बच्चा, जिसके दाखिले के लिए वे दोनों रात-दिन दुबले होते रहते, लेकिन बच्चा स्वस्थ था। प्रखर बुद्धि-संपन्न। बच्चे की चंचलता और प्रश्नाकुलता कभी-कभी दफ्तर से थकी-माँदी घर लौटी स्त्री पर भारी पड़ती, जो माँ-बेटे के बीच क्लेश का कारण बन जाती तो कभी-कभी वह बच्चे को थप्पड़ भी रसीद कर देती। फिर दुःखी होकर रो भी पड़ती और फोन पर पति से उसकी शिकायत कर देती, तो आते ही पति भी बच्चे को डाँट-डपट बैठता। दुबली-पतली

स्त्री रूठकर घर से भागे बच्चे को पकड़ न पाती और वह इधर-उधर कहीं भी किसी दोस्त के घर घुसकर छिप जाता। कभी-कभी वह बच्चे के बल्ले या बॉल का शिकार भी हो जाती। तब भी गुस्से में आकर वह उस पर हाथ उठा देती। फोन मिलाकर पिता से बात करना बच्चे को आ गया था। सो वह भी पिता से न्याय की गुहार लगा बैठता। पत्नी और बेटे से न्याय की गुहारें सुन-सुनकर पति हैरान-परेशान हो उठता। सोचता, पत्नी और बेटे में वह किसका पक्ष ले? एक बार बच्चे को पीट देने के बाद उसे ग्लानि भी हुई थी कि देखो तो, पत्नी की शिकायत पर उसने बच्चे को पीट दिया। पत्नी से तब कहा था उसने, "औरतें बड़ी जालिम होती हैं। चाह लें तो बाप-बेटे में भी युद्ध करवा दें।"

"करवा क्या दें, करवा ही दिया।" कहकर मुसकराती हुई पत्नी बच्चे को अपनी ओर खींचती हुई कहती, "आज के बाद मेरे बच्चे को हाथ मत लगा देना। मैंने तो सिर्फ डाँटने के लिए कहा था, आपने उसे पीट दिया।"

"अच्छा बाबा, आज से छुऊँगा भी नहीं तुम्हारे लाड़ले को।"

"ठीक है, मत छूना।" सुनकर बच्चा माँ की गोद में सिमट जाता।

पति अकसर बेटे का पक्ष लेता तो पत्नी विपक्ष में चली जाती, खुद-ब-खुद। बच्चा छोटा और मासूम था, उन दोनों की कमजोरी भी, लेकिन एक दिन खीजकर स्त्री बोल ही तो गई, "तुम बाप-बेटे ने मिलकर मेरा जीना हराम कर रखा है। निकल जाओ मेरे घर से।"

"ठीक है पापा, हम दोनों निकल चलते हैं। मम्मी को रहने दो अकेले। इन्हें कॉक्रोच काटेंगे तो पता चलेगा।" बच्चे ने कहा और पापा का हाथ पकड़कर घर से निकलने लगा। कॉक्रोच का नाम सुनते ही स्त्री घबरा गई। कॉक्रोच देखकर तो वह घर ही छोड़ देती है। घर से निकलने को उद्यत बच्चे को खींचकर फिर तो उसने गोद में उठा लिया और बेतरह चूमते हुए बोली, "तेरे बगैर नहीं रह सकती मेरे बच्चे, नहीं रह सकती मैं तेरे बगैर।"

सुनकर बच्चा भी सारी कहा-सुनी भूलकर माँ से चिपट गया। जो बच्चा अभी पापा के पाले में था, पलक झपकते माँ के पाले में चला गया। यह देखकर पति-पत्नी मुसकरा उठे और फिर रोज की तरह शुरू हो गया बच्चे की छीना-झपटी का खेल—'लाओ मेरा बच्चा' कहते हुए पति बच्चा छीनकर भागा तो पत्नी ने पीछा किया—इस कमरे से उस कमरे। उस कमरे से बॉलकनी और फिर बॉलकनी से ड्रॉइंग-रूम। ड्रॉइंग-रूम में पति पकड़ा गया। बच्चा तो माँ की गोद में आने के लिए फड़फड़ा ही रहा था। सो स्वयमेव छिनकर माँ की गोद में चला गया। फिर

माँ भागी तो पिता ने अगले ही पल बॉलकनी में उससे बच्चा छीन लिया। यह खेल कुछ ही देर चला। जल्दी ही पति-पत्नी थक गए। थक गए और ड्रॉइंग-रूम में आकर सोफे में धँस गए, लेकिन बच्चा खेलने के मूड में था। पिता को बॉल देते हुए बोला, ''पापा, अब हम दोनों खेलें।''

''नहीं यार, थक गया हूँ।'' वह बोला तो बच्चे ने जिद की, ''नहीं पापा, प्लीज···'' बच्चे की जिद ने पिता को विवश कर दिया तो माँ को भी उन दोनों के खेल में शामिल होना पड़ गया। बॉल लेकर वे छत पर आ गए। थोड़ी देर बाद स्त्री नीचे चली गई। उसे किचन में जुटना था। खेल-कूद कर बाप-बेटे नीचे आए तो खाना तैयार था। दिन भर दफ्तर में खटने के बाद किचन का काम निबटाकर स्त्री डाइनिंग टेबल पर आई तो लस्त-पस्त हो सोने सी लगी।

सर्दियों में खाने के बाद वे लोग गुनगुना पानी ही पीते हैं। पानी गरम कर पीना-पिलाना और रात के लिए जग में भरकर रखना पत्नी को याद नहीं रहा। अब उसमें इतनी शक्ति शेष न थी। सो हाथ धोकर वह रजाई में घुस गई। तब पति ने पानी गरम कर पिया-पिलाया और पूछा, ''एक कप दूध चलेगा?''

''नहीं यार, अब सोने दो।'' लाचारगी दिखाते हुए पत्नी ने कहा तो पति को भी लगा कि इनकी नींद खराब नहीं करनी चाहिए। सुबह उठकर फिर काम में जुटना और सात बजे बेड टी देकर हम दोनों को जगाना है। तीनों का नाश्ता और दोपहर का खाना बनाकर रखना है। फिर नहा-धोकर दफ्तर के लिए साढ़े नौ की चार्टर्ड पकड़ लेनी है।

शादी के दस साल पूरे होने को हैं, लेकिन वे कोई खास प्रोग्राम बनाने की स्थिति में नहीं हैं। लगता है कि उनका यह 'शुभ दिन' भी यों ही गुजर जाएगा। पत्नी का अस्त-व्यस्त और भागम-भाग भरा जीवन देखकर पति कुछ सोचता और दिमाग पर जोर डालकर फिर-फिर सोचता कि पत्नी के लिए वह करे तो क्या करे, लेकिन सोचने से ज्यादा कुछ कर न पाता, सहानुभूति से भर उठने के सिवा, लेकिन वह सहानुभूति उनके प्रणय पर भारी पड़ती। उनका प्रणय कुंभकर्णी नींद सोया रहता। वह तभी जागता, जब दोनों को एक साथ छुट्टी मिल जाती; लेकिन ऐसे अवसर उनके जीवन में कम ही आ पाते, क्योंकि दोनों के वीकली ऑफ ही अलग-अलग नहीं होते थे, तीज-त्योहारों की छुट्टियाँ तक प्राय: एक साथ न हो पातीं। पति ने शाम चार बजे से रात ग्यारह बजे तक की ड्यूटी ले रखी थी, जिसका लाभ बच्चे को मिलता। चार बजे तक वह पिता के साथ धमा-चौकड़ी करता और पाँच बजे तक माँ घर पहुँच जाती, उसे सँभाल लेने के लिए।

बच्चा ठीक से पल गया, यही सोचकर पति-पत्नी धीरज धर लेते, लेकिन कभी-कभी पति बीस्ट हो उठता तो हिरनी सी कातर पत्नी गरदन झुकाकर शिकार हो जाती, लेकिन उसके बाद पति ग्लानि से भर उठता और पश्चात्ताप करता हुआ पत्नी से पूछता, ''अच्छा तुम्हीं बताओ, मैं क्या करूँ?''

''मैं कुछ कह रही हूँ?''

''यही तो दुःख है। कुछ कहो तो कोई बात हो और हल निकले।''

''बहस हो तो भी इसका क्या हल है, सिवा नौकरी छोड़ देने के।''

''फिर छोड़ क्यों नहीं देतीं?''

''अफोर्ड कर सकते हो?''

''नहीं, दस साल तक तो नहीं, उसके बाद छोड़ देना।''

''शायद तब भी नहीं।''

''क्यों?''

''तब घर में बैठे-बैठे पागल होने लगूँगी।''

''ऐसा क्यों होगा?''

''ऐसा इसलिए होगा, क्योंकि यहाँ, तुम्हारी दिल्ली में मेरा कोई सर्कल ही नहीं बना। नाते-रिश्तेदार और सखी-सहेली कोई भी तो नहीं, जिनके पास पहुँचकर रिलैक्स हो सकूँ। इक्का-दुक्का जो हैं भी तो अपने घर-बार के बाद उनके पास इतना समय ही कहाँ बचेगा कि जब चाहूँ, तब वे मेरे साथ उठ-बैठ सकें।''

''फिर...''

''फिर क्या! ऐसे ही चलेगा?''

''ऐसे! पशुवत्!''

''पशुवत् जीना मेट्रोवासियों की नियति है।'' सुनकर पति चुप रह गया।

पति-पत्नी में अकसर बहस हो जाती। पत्नी दैहिक संबंधों में आधिक्य को पशुता कहती तो पति का तर्क होता कि इन संबंधों में निरंतरता का वरदान सिर्फ मनुष्य को है। पशु बेचारे तो साल में एकाध बार ही इस सुख को हासिल कर पाते हैं। पशुता इसके आधिक्य में नहीं, न्यून से न्यूनतर होने में है।

पति का तर्क जोरदार होता, जिसका कोई जवाब पत्नी के पास नहीं होता तो वह स्त्री-पुरुष के बीच चलने वाले शाश्वत तर्क का सहारा ले लेती, ''सारे पुरुष तुम्हारी तरह कामुक होते हैं। स्त्रियाँ बेचारी जान बचाती फिरती हैं।''

''सब नहीं, तुम्हारी जैसी ठंडी स्त्रियाँ। जो हॉट होती हैं, शेरनी की तरह पुरुषों पर चढ़ी रहती हैं।''

"मैंने तो आज तक वैसी कोई शेरनी देखी-सुनी नहीं। यह सब मर्दों की मनगढंत बातें हैं।"

"तुम्हारी भेंट उन शेरनियों से होती ही कहाँ हैं, जो साँझ घिरते ही पति के लिए सजने-सँवरने लगती हैं।"

"अब आए तुम प्वॉइंट पर। नौकरी करवा लो या रोज-रोज सेज सजवा लो। तुम मर्द दोनों हाथ में लड्डू चाहते हो। ऐसा नहीं होता तो स्त्रियों को ठंडी, सूखी और न जाने क्या-क्या कहने लगते हो!"

"तो फिर स्त्रियाँ नौकरी करती ही क्यों हैं?"

"क्योंकि मर्द चाहते हैं। अच्छा, तुम्हीं बताओ, अपनी अकेले की कमाई से मेरा घर इसी तरह चला पाओगे?"

"क्यों नहीं, दाल-रोटी तो खिला ही दूँगा।"

"मुझे तो मक्खन भी चाहिए।" कहते हुए पत्नी मुसकराई।

"तो फिर यह क्यों नहीं कहतीं कि औरतें मक्खन के लिए नौकरी करती हैं।"

"पतिदेव नहीं खाते वह मक्खन?"

"पति ही क्या, घर के सब लोग खाते हैं।" वह कहता और मान जाता कि स्त्री का नौकरी करना उसकी अपनी मरजी पर नहीं, घर की जरूरतों पर निर्भर करता है। इसलिए उसके नुकसान पूरे घर को उठाने चाहिए और उनके घर में हैं ही कितने लोग! पति-पत्नी और बच्चा। बच्चा तो नुकसान उठा ही रहा है, माँ के सघन सान्निध्य का नुकसान, जिसके बारे में मोटी बुद्धि वाले भले ही न सोच पाते हों, लेकिन वे दोनों इसे महसूस करते हैं, पर यह एहसास भी उन्हें है कि पति की शाम की नौकरी के चलते बच्चे को नुकसान कम-से-कम हो रहा है। यही सोचकर पति-पत्नी अपने नुकसान भूल जाते, लेकिन कभी-कभी पति ताना मार देता, "हमारे इस नुकसान की भरपाई तुम्हारा बेटा करेगा?"

"तुमने अपने माँ-बाप के नुकसान की भरपाई की?"

"कहाँ कर सका, करने की स्थिति ही कहाँ बन पाई?"

"तो फिर अपने बेटे से ऐसी उम्मीद क्यों कर रहे हो?"

"उम्मीद न हो तो लोग बच्चे पैदा करना छोड़ ही न दें।"

"पश्चिम के लोगों ने छोड़ ही दिया है न!"

"लेकिन भारत के लोग इतनी जल्दी नाउम्मीद नहीं होते।"

"शायद इसीलिए सुखी रह लेते हैं!" "हमारी और तुम्हारी तरह।" कहकर पति ने सोचा कि आज शायद वे लोग प्रणय सुख प्राप्त करेंगे, लेकिन इसके पहले

कि बच्चा सो पाता, पत्नी घोड़े बेचकर सो गई और पति जागता रहा, देर रात तक। देर रात तक उसे नींद नहीं आ सकी। कब आई, वह जान ही न सका। आजकल उसकी नींद बस ऐसी ही है। आ जाए तो तुरंत आ जाए और न आए तो सारी रात न आए। जागते हुए वह अकसर पत्नी के भी जाग जाने या उसे जगा लेने की की बात सोचता रहता, लेकिन उसकी उम्मीद प्रायः पूरी न हो पाती तो खीजता हुआ वह ताना कस देता, "जो सोवत है, वो खोवत है।" शादी की पिछली सालगिरह के बाद पति ने कहा तो पत्नी ने मंतव्य का विपरीत आशय लेते हुए कह दिया था, "जो जागत है, वो भी तो खोवत है।" कहते हुए उसमें पति की कामना के प्रति सहानुभूति जागी और वह कुछ करने के लिए सन्नद्ध हो उठी, लेकिन पति ने खीज भरी चुटकी लेकर गड़बड़ कर ली, "जागनेवाला किसी और को भी तो प्राप्त कर सकता है!"

"प्राप्त कर ले। मैंने कब मना किया?"

"अभी कह रही हो, किसी दिन कर लिया तो रोती फिरोगी।"

"नहीं रोऊँगी, सच्ची। तुम प्राप्त कर ही लो किसी को। रोज-रोज की इस झिक-झिक से मुक्ति तो मिलेगी।"

पत्नी ऐसा कुछ कह तो जाती, लेकिन अगले ही पल बेचैन हो उठती और कम-से-कम उस वक्त तो उसकी नींद उड़ ही जाती। उसे नींद तब आती, जब पति पूरी तरह तृप्त हो जाता, लेकिन ऐसा प्रायः नहीं हो पाता और पति का असंतोष कायम रहता, जस-का-तस। उसकी अगली रातें फिर वैसी ही गुजरतीं, जैसी उन दिनों अकसर गुजरा करती थीं।

शादी की सालगिरह से एक-दो दिन पहले बचाए-छिपाए नोट देते हुए पति कहता, "अपने लिए जो चाहो, खरीद लो।" पति से उपहार के लिए पैसे पाकर पत्नी खुश हो जाती। किसी सहेली के साथ मार्केट जाती और गृहस्थी का सामान खरीद लाती, जिसे देखकर पति झुंझला उठता, "मैंने तो गिफ्ट के लिए पैसे दिए थे, लेकिन तुम···" पति के मुँह पर हाथ रखते हुए वह कहती, "यह घर भी तो मेरा ही है। समझ लो, अपना ही गिफ्ट ले आई।"

सुनकर पति कृतज्ञता से भर उठता और विस्मय से सोचता कि यह औरत मेरी पत्नी है या कोई परी! घर लौटने में घंटा भर भी देर हो जाए तो बेहाल होने लगती है। कभी-कभी पति झुंझला उठता तो वह कहती, "तुम नहीं समझ सकते औरत के मन को। शहर में कदम-कदम पर कितने एक्सीडेंट होते रहते हैं। कितनों के प्राणांत तो मेरी आँखों के सामने हुए और दो बार तो तुमने भी मोटर साइकिल दे मारी है औरों की कार में।" सुनकर वह निरुत्तर हो जाता और कहता, "अच्छा बाबा, कल से आ जाऊँगा टाइम पर। लेट हो रहा होऊँगा तो तुम्हें फोन कर दूँगा।"

"तुम्हें तो फोन करने में भी बेइज्जती लगती है। मर्दानगी कुछ कम नहीं हो जाएगी, अगर बीवी को फोन कर दोगे!"

"नहीं यार, बता दूँगा कल से। लाओ, पानी पिलाओ।" पति कहता तो वह मुँह लटकाए पानी देती और फिर किचन में घुस जाती।

अगली सुबह फिर सबकुछ सहज होता, सहज-सामान्य। ज्यादा देर तक वह पति से नाराज न रह पाती। सोचती, क्या-क्या न बनाकर खिला दे इन्हें, लेकिन बहुत कुछ बनाने-खिलाने का समय ही कहाँ होता! क्या-क्या तो अच्छे से अच्छा पहनाने का प्रयास करती, लेकिन इतने पैसे ही न बच पाते कि पति के लिए ढेर सारे कपड़े खरीदकर ला पाती।

शादी की दसवीं सालगिरह के लिए बेहद अच्छी लगती शर्ट खरीद लाई है पति के लिए और खरीद लाई है मैच करती जींस भी। इतवार को दिला लाई थी मनपसंद जूते। उसके गिफ्ट के लिए पति ने जो पैसे दिए थे, उनसे खरीद लाई है मनभावन बेड शीट विद पिलो कवर। डबल बेड पर आज वही सजे हैं।

नौ बजने तक पत्नी ने बच्चे को खिला-पिलाकर सुला दिया और इंतजार करने लगी कि पति कोई राग छेड़े, लेकिन वह आँख मूँदकर कुछ ऐसे लेट गया, मानो उसे कुछ याद ही न हो। दिन में उसे काम कुछ ज्यादा निपटाने पड़े थे। सो पत्नी समझ गई कि क्या हुआ है, क्योंकि उसके साथ भी अकसर ऐसा ही हो जाता और खीजता-झुँझलाता पति देर रात तक जागता रहता, लेकिन आज!

जागते हुए आज वह शेरनी होना चाह रही है तो पतिदेव मानो घोड़े बेचकर सो गए हैं! लेकिन नहीं! पत्नी की ओर से किसी संकेत का इंतजार करते पतिदेव रोज की तरह आज भी बिस्तर पर आने के कुछ देर बाद ही पत्नी को गहरी नींद में पाकर खीजते हुए जागते रहे, देर रात तक और सुबह देर से उठने पर उन्होंने देखा कि पत्नी का मुँह तो फूला हुआ है। पूछने पर उसने ताना मारा, "आप कल भी सो गए!"

"तुम जागती रहीं!"

"और नहीं क्या!"

"मैं भी तो…"

"फिर…"

"सोचा, इस शुभ दिन भी तुम्हें क्या तंग करना!"

"किसी शुभ दिन कोई खुद तंग होना चाहे तो…"

"तो फिर आओ।" कहकर पति ने उसे बाँहों में लेने की कोशिश की।

"अभी नहीं, बस छूट जाएगी।" कहते हुए पत्नी बाथरूम में घुस गई।

☐

बीच में वो

''आज मैं जल्दी नहीं आऊँगी?''

''क्यों?''

''तुम टी-ट्वेंटी देखोगे।''

''शायद हाँ, शायद नहीं, पर तुम देर से क्यों आओगी?''

''तुम्हारा मैच देखना मुझे बरदाश्त नहीं।''

''तुम आ जाना, मैं कहीं और देख लूँगा।''

''मैच के सिवा कुछ नहीं बचा?''

''बचा है—शराब पीते हुए मजे लूटना, जुआ खेलते हुए जीतना-हारना, लड़की पटाकर मौज-मस्ती करना, चौराहे पर खड़े होकर खूबसूरत चेहरे देखना।''

''मुझसे तुम्हें कोई मतलब नहीं?''

''है क्यों नहीं। तुम जो कहती हो, कर देता हूँ। वॉशरूम साफ करने से लेकर तुम्हारा सिर दबाने तक। कुछ और हो तो वह भी बता दिया करो!''

''तुम्हें मुझसे कुछ कहना नहीं है!''

''कहा, बहुत कहा। जितना तुम सुन सकती थीं, तुमने सुना भी, लेकिन अब मेरा कहा तुम सुनती कहाँ हो?''

''कहके देखो तो सही।''

''अब कुछ कहने का मन नहीं। मेरा तो मन ही मर गया।''

''ऐसा मैंने क्या किया कि सारा दोष मेरे मत्थे मढ़ रहे हो?''

''मैं तुम्हें दोषी नहीं समझता। हालात में फँसी तुम कुछ कर नहीं पातीं!''

''क्या नहीं कर पाती मैं?''

''वही, जो एक स्त्री को करना चाहिए।''

''मैंने तो कभी मना नहीं किया!''

"तो फिर आओ!"

"आज नहीं, कल!"

"कल कुछ नहीं होता!"

"उफ्फ…" पत्नी ने गहरी साँस छोड़ी और किचन की ओर लपकी।

"तुम कुकर की आवाज तो सुन लेती हो, पर मेरी आवाज नहीं सुन पातीं। इसलिए मैंने तुमसे कुछ चाहना ही छोड़ दिया।"

"और टी.वी. को चाहने लगे!"

"तुम सही समझ रही हो!"

"मैं भी किसी को चाहने लगूँ तो…"

"चाहती नहीं हो?"

"किसको?"

"अब मेरा मुँह न खुलवाओ।"

"तो अब मुझ पर यह इल्जाम भी लगाओगे?"

"इल्जाम नहीं, सच है।"

"किसको चाहने लगी हूँ, बताओ तो जरा?"

"छोड़ो यार, उस लफड़े में फँसने से क्या फायदा?"

"नहीं, तुम्हें गुड्डू की कसम! बताओ।"

"नहीं यार…!"

"मेरे प्यार की कसम! बताओ, मैं किसे चाहने लगी हूँ?"

"मौत को, तुम मौत को चाहने लगी हो। प्रिय के बुलाने पर जब प्रिया नहीं आती तो मौत आने लगती है। हमारे बीच अब वही है।"

सुनकर स्त्री गमगीन हो उठी। सोते गुड्डू और जागते पति को वैसा ही छोड़ दफ्तर की तैयारी में जुट गई।

□

चोट

जीवन में हमेशा वही नहीं होता, जो हम चाहते हैं। बहुत कुछ ऐसा भी होता रहता है, जो हमारे मन का नहीं होता। इनसान जो चाहता है, हमेशा वही होता चला जाए तो जीना कितना आसान हो जाए, लेकिन जिंदगी की राहें इतनी आसान होती नहीं। बचपन से ही सुनती रही कि जीवित बचे रहने भर के लिए लड़कियों को कदम-कदम पर समझौते करने पड़ते हैं। तब सोचा करती थी कि जीवित बने रहने भर के लिए भी समझौते क्यों, जीवन तो अपने आप कट जाता है, लेकिन अब लगता है कि किसी लड़की का जीवित बने रहना भी कितना कठिन होता है! तुम्हीं देख लो—मैंने कहाँ चाहा था कि तुम मुझे मिलो, लेकिन न सिर्फ तुम मुझे मिले, बल्कि धीरे-धीरे मेरे मन पर आधिपत्य भी कायम कर लिया। आसमान से धरती पर उतरी चाँदनी की तरह तुम मुझे निर्मल लगे थे, निर्मल और सीधे-सच्चे! सच है कि तुम्हें आज भी पसंद करती हूँ और एक समय तुम्हें पाना भी चाहती थी, क्योंकि तुमने मेरे दिल के उन तारों को छेड़ दिया था, जो जीवन में पहली बार बजने पर सौंदर्य का अद्‌भुत आलोक रच देते हैं, लेकिन अब किसी भी रूप में तुम्हें पाने की कामना शेष नहीं है!

उस दिन को क्या कभी भूल पाऊँगी, जिस दिन तुमने अपने मन की बात मुझसे कही थी। तुम्हारे प्रस्ताव को अचानक स्वीकार तो नहीं कर पाई, लेकिन तुम्हें खोना भी नहीं चाहती थी। अच्छा महसूस न करते हुए भी हर बात पर टोकने की तुम्हारी आदत को धीरे-धीरे स्वीकार करती चली गई; क्योंकि शक्ल-सूरत से तो तुम अच्छे इनसान लगते ही थे, माँ-बाप के बिना जिंदगी के थपेड़ों से लड़ते हुए समय से पहले परिपक्व हो चले पूर्ण पुरुष। गाँव-घर से दूर अकेली रहती मेरे जैसी लड़की को तुमने न सिर्फ भावात्मक सहारा दिया, बल्कि कदम-कदम पर मदद भी की। कभी महसूस ही नहीं होने दिया कि यह हमारा प्रथम परिचय है।

धीरे-धीरे समझने लगी थी तुम्हारी भावनाओं को। उन भावनाओं का एहसास मुझे भीतर तक गुदगुदा जाता, लेकिन एक अजाना भय भी समा जाता, जो मुझे तुम्हारे प्रस्ताव को स्वीकार करने से रोकता था। लेकिन मेरे अंतर्मन ने कब तुम्हारे प्रस्ताव को स्वीकार कर लिया, मैं जान ही न पाई। एहसास उस समय हुआ, जब तुम्हारे चेहरे पर उदासी की हल्की सी रेख भी मुझे परेशान करने लगी। कहते हैं कि कोई भी इनसान सर्वगुण-संपन्न नहीं होता, लेकिन उन दिनों मुझे तुममें न जाने क्यों अच्छाइयाँ-ही-अच्छाइयाँ दिखने लगी थीं।

एक दिन न जाने कैसे मेरा हाथ तुम्हारे हाथ से छू गया तो तुमने उसे चूम लिया। उस समय तो तुम्हारी इस हरकत का मतलब समझ नहीं पाई, लेकिन बाद में समझा कि उस तरह तुमने दरअसल अपने नहीं, मेरे हाथ को चूमा था। और मुझे याद है, वह पल भी, जब तुमने कहा था, ''अपने घर में बात कर लो''आप समझ ही रही होंगी कि कहना क्या चाह रहा हूँ। इस समय मेरे मन में आपको लेकर कुछ बहुत पवित्र भावनाएँ हैं और ऐसा वक्त इनसान के जीवन में सिर्फ एक बार आता है।''

तुम्हारे प्रस्ताव को पहले तो खुद स्वीकार करने और फिर परिवार से कह पाने का साहस करने के लिए खुद को सक्षम नहीं पा रही थी, निरुपाय और किंकर्तव्यविमूढ़ सी। एक तरफ परिवार तो दूसरी तरफ तुम। सजातीय न होना एक बड़ा रोड़ा था। मेरे लिए बड़ी मुश्किल और संकट की घड़ी थी। जाने-अनजाने किसी भी रूप में तुम्हारा दिल दुःखाना नहीं चाहती थी।

मम्मी-पापा को शादी कर जब मुझे एक दिन ससुराल भेजना ही है तो फिर तुम क्या बुरे हो, सोचकर खुद को समझाते हुए मन-ही-मन तुम्हें स्वीकार कर लिया था। मम्मी-पापा की पसंद के कई लड़के, जिनमें कुछ डॉक्टर, इंजीनियर और अफसर भी थे, मैंने सिर्फ इसलिए ठुकरा दिए कि कहीं यह न सोचो कि तुम्हें इसलिए मना कर दिया कि उतने ऊँचे पद पर नहीं हो। मैं दरअसल ऊँचे पद वाले नहीं, सीधे-सच्चे और अच्छे इनसान को सहचर बनाना चाहती थी। इस दृष्टि से तुम मुझे उपयुक्त ही नहीं, कुछ ज्यादा ही उपयुक्त लगे थे। निर्णय लेने से पहले न जाने कितनी रातें बिना सोए अधखुली आँखों से जागकर काटीं, लेकिन मुसकराते हुए उस दिन कितनी आसानी से कह दिया था तुमने, ''लड़की देखने जा रहा हूँ।'' और फिर वापस लौटने पर वहाँ के घटनाक्रम के बारे में बताया था, ''घरवालों से पहले ही कह दिया था कि लड़की से अकेले में बात करूँगा।'' सुनकर मन में सवाल उठा कि जब तुम्हें उससे शादी करनी ही नहीं थी और वहाँ जाना तुम्हारी मजबूरी भर थी तो फिर उससे अकेले में बात करने की क्या जरूरत थी?

मेरे कुछ कहने से पहले ही तुम समझ गए कि तुम्हारी इन बातों से परेशान हो उठी हूँ और तब शायद मुझे बरगलाने के मकसद से तुमने कह दिया था, "अनजान परिवार की उस लड़की से कैसे कर लूँगा शादी!" उस समय तक तुम यह तो समझ गए थे कि मैंने तुम्हें स्वीकार कर लिया है, लेकिन साफ-साफ कह नहीं पा रही। एक दिन हम अकेले बैठे थे, तब तुमने कहा था, "मेरी तरफ से जो कुछ कहा जाना था, कहा जा चुका। आपकी तरफ से भी तो कुछ कहा जाना चाहिए।"

तुम्हारे मन की गहराई की थाह पाने के लिए तब मैंने यों ही कह दिया था, "मेरी तरफ तो वैसी कोई बात नहीं है। जिस दिन होगी, बता दूँगी।"

मैंने समझा था कि तुम्हारे कहने का मतलब है कि तुम्हारी शादी की बात तो चल ही रही है, मेरी भी कहीं चल रही हो तो बता दूँ, लेकिन मेरे उत्तर के बाद अचानक तुम्हारे चेहरे के बुझ जाने से लग गया था कि कारण कुछ और है। अकुलाकर तब तुमसे पूछ लिया था मैंने, "आखिर बात क्या है?"

"आपको मुझसे क्या! ऑफिस का एक कलीग भर ठहरा!" तुम्हारे मुँह से यह सुनकर अकुला उठी, क्योंकि इससे पहले तुमने इस तरह बात नहीं की थी।

"इस तरह की बात क्यों कर रहे हो?"

"इनसान जब किसी से विरत हो जाता है तो इसी तरह की बातें करता है।"

तुम्हारे इस जवाब ने मुझे भीतर तक हिला दिया। लगा कि मेरी तरफ से 'वैसी कोई बात न होने' जैसे उत्तर से तुम्हें गहरी चोट पहुँची है।

मेरे प्रति तुम्हारे बदले हुए व्यवहार को देखकर कलीग कानाफूसी करने लगे। वे समझ रहे थे कि अवरोध कहीं मेरी ओर से ही है। सिन्हा साहब ने एक दिन कैबिन में बुलाकर पूछ ही तो लिया था, "आखिर तुम्हारी पसंद क्या है, किस तरह का लड़का चाहिए तुम्हें?" और फिर कुछ दिन बाद उन्होंने सलाह दी थी कि तुमसे शादी कर लूँ। तुम्हारी गारंटी भी ली थी उन्होंने। उनकी सलाह के बाद लगा कि तुम्हें लेकर कोई निर्णय अब मुझे ले ही लेना चाहिए। उनकी सलाह गलत नहीं लगी। लगा कि यही वह समय है, जब अपना निर्णय तुम्हें बता दूँ। और फिर एक दिन डरते-डरते तुमसे कह ही तो बैठी, "इफ यू वर डिस्टर्ब बाइ माइ वर्ड्स, आइ वांट टु टेक बैक वाट एवर आइ सेड, बट ओनली इन वन कंडीशन, इफ यू लाइक इट। नाऊ आइ एम रेडी। यू कैन…" तब तुमने पलटवार सा किया था, "क्या यह जरूरी है कि हर बात जुबान से कही ही जाए। मैडम, समझ तो आप बहुत पहले गई थीं कि मैं क्या चाहता हूँ।" उसके बाद तुम्हारे चेहरे पर परम संतुष्टि का भाव देखकर लग गया था कि तुम इसलिए परेशान नहीं थे कि तब तक मेरा मन पा

नहीं सके थे, बल्कि अपना प्रस्ताव तत्काल स्वीकार न किए जाने से आहत हो गए थे। तुमने तो सोचा था कि कहाँ मेरे जैसी साधारण लड़की और कहाँ तुम्हारे जैसा खूबसूरत इनसान, ऊपर से अफसर! उसे स्वीकार करने में इतनी ऊहापोह क्यों? मेरे स्वीकार के बाद तुम्हारे चेहरे पर उभरे विजयी भाव बता रहे थे कि तुमने मुझे जीत लिया। आज तक जो लड़की किसी के सामने नहीं झुकी, तुम्हारे सामने घुटने टेककर बैठ गई है।

दीपावली पर घर जाते समय मुझको बिना बताए तुम्हारा चले जाना अंतर्मन को हिला गया। तय कर लिया कि लौटने पर खुद बोलोगे, तभी बोलूँगी, अन्यथा तुमसे बात ही नहीं करूँगी, लेकिन लौटने तक शायद तुमने सोच-समझकर अपने जीवन के बारे में कोई निर्णय ले लिया था। आते ही पास बुलाकर बोले थे, ''खुलकर बात करने की जरूरत है। लंच में बैठेंगे।''

शुक्रवार का वह दिन मेरे जीवन का ऐसा दिन बन गया, जिसे कभी भूल नहीं पाऊँगी। तुम्हारे मन की टोह लेने के लिए मैंने तुमसे पूछा था, ''पापा एक खास मकसद से घर बुला रहे हैं, चली जाऊँ?''

''श्योर!''

''नाराज तो नहीं हो जाओगे?''

''आपके अतीत का कोई बुरा अनुभव हो तो उसे मुझ पर न लादें। मेरी तरफ से आपको लेकर वैसी कोई बात अब है भी नहीं।''

सुनकर आसमान से जमीन पर गिरे परकटे पक्षी की तरह तड़पकर संज्ञाशून्य सी हो गई। दुःख और क्षोभ से फड़फड़ा उठे थे अंग-प्रत्यंग। अपनी इस स्थिति को किसी से शेयर भी नहीं कर सकती थी। उन दिनों तो सबकुछ तुम्हीं से शेयर करती थी, लेकिन इस बार तो समस्या खुद तुम्हीं थे। तुमने न सिर्फ मेरे विश्वास को छला, बल्कि मेरे चरित्र पर लांछन भी लगा दिया था कि अतीत का कोई बुरा अनुभव मेरा पीछा कर रहा है।

कदम जैसे ही ऑफिस से बाहर निकले, रुके हुए आँसुओं का बाँध टूट गया। सारा रास्ता रोते-रोते कटा। रूम पर आकर फूट-फूटकर रोई। पूछना चाहती थी कि तुमने ऐसा क्यों किया, लेकिन कहाँ पूछ सकी! सारी रात छटपटाते हुए कटी। अर्द्ध-विक्षिप्त सी दो दिन रूम में ही पड़ी अपनी बेबसी से लड़ती रही। दो दिन बाद ऑफिस पहुँचकर खुद को रोक नहीं पाई और कागज पर लिखकर तुम्हें दे दिया, 'आप मेरी जिंदगी में आए ऐसे पहले इनसान हैं, जिससे मेरा इमोशनल अटैचमेंट हुआ। अब आप मुझे पा सकते हैं।'

उस दिन तो तुम कुछ नहीं बोले, लेकिन दूसरे दिन लंच के बाद मेरी सीट पर आकर बोले थे, "मैडम, इतने दिन बाद ये क्या लिख दिया? अब कुछ भी कहने का कोई मतलब नहीं। मेरी मँगनी हो चुकी है। लगता है कि आपको किसी ने फिर डिच कर दिया!"

यह वह स्थिति थी, जब मेरे पागल होने में बस थोड़ी सी कसर बाकी रह गई। पहले तो तुमने मुझे जीते जी मार दिया और फिर उस दिन चिता को अग्नि भी दे दी। तुम्हारे सिवा मुझे और कौन डिच कर सकता था! तुम्हारा असली रूप यह है, सुनकर विश्वास ही नहीं हुआ।

अब जी सिर्फ इसलिए रही हूँ कि घर के लोग सिर उठाकर रह सकें। उन्हें समाज की जली-कटी न सुननी पड़ें। बंधनों में बँधे रहना ही शायद किसी लड़की की नियति होती है, जो बंधनों में पैदा होती और बंधनों में ही मर जाती है।

अगले दिन जैसे ही तुमने चाय भेजी, मुझसे रहा न गया। उठकर तुम्हारे पास आई और पूछा, "किसी को ऐसी चोट देने के बाद कोई इतना सहज कैसे रह सकता है! क्या तुम्हें जरा भी अपराध-बोध नहीं? बहुत हो चुका, अब और नहीं। समझ लो, आज से तुम्हारे लिए मर गई।" सुनकर तुम अवाक् रह गए थे।

बक-झक लेने के बाद अपने आप पर ही गुस्सा आया कि यह सब तुमसे क्यों कहा? जितना बेचैन तुम्हारा उत्तर सुनकर नहीं हुई थी, उससे ज्यादा तुम पर गुस्सा उतारने के बाद हो गई, क्योंकि तुम मेरे भीतर पवित्र भाव बनकर पैवस्त हो गए हो, जिसे बाहर निकाल पाना मेरे वश में नहीं, लेकिन तुम्हें पाना अब मेरे जीवन का लक्ष्य नहीं। मेरे जीवन में सहजता अब शायद ही कभी लौटे, किंतु मैंने तुम्हें माफ कर दिया है, लेकिन तुम्हें खो देने का जो दुःख मुझे भीतर-ही-भीतर मथ रहा है, उसे तुम कभी समझ ही न पाओगे!

□

रुकी हुई हंसिनी

प्रिय अनुराधा, शिकायत भरी चिट्ठी में तुम्हारा यह एहसास कहीं भीतर तक कचोट गया कि जीवन और सृजन, दोनों में ही तुम कहीं नहीं पहुँचीं। तुम्हें न स्वर्ग नसीब हुआ, न नर्क! और मैं भी अब तुमसे मुलाकात नहीं करता। मुलाकात कर लेता हूँ तो संजीदगी से बात नहीं करता। काम, स्वास्थ्य और परिवार की औपचारिक बातों के बाद मुलाकात की इतिश्री कर देता हूँ, वह भी अचानक और इकतरफा।

सुनो अनुराधा, इस धरती पर संबंध प्राय: इकतरफा होते हैं। क्या करें, धरती की धुरी ही एक तरफ को झुकी हुई है। वह चारों तरफ या दो तरफ को झुकी हुई हो भी नहीं सकती। शायद इसीलिए मनुष्य ही नहीं, जीवमात्र के बीच संबंध प्राय: इकतरफा होते हैं। पशु-पक्षी अपने बच्चों को किस तरह पाल-पोसकर बड़ा करते हैं, पर क्या किसी बूढ़े पशु-पक्षी को उसकी संतान द्वारा दाना-पानी देते हुए कभी देखा है? इसीलिए कहता हूँ कि सच्चे संबंध इकतरफा ही होते हैं और वे निभाए भी इकतरफा ही जाते हैं। गंभीरता से सोचकर बताना जरा, रक्त-संबंधों तक का निर्वाह भी कहाँ दोतरफा है और कहाँ वे इकतरफा बनाए और बिगाड़े नहीं जा रहे? माता-पिता से, भाई-बहन से, किससे संबंध इकतरफा नहीं है? हाँ, इकतरफा निर्वाह अपनी निष्ठा, त्याग और तपस्या से कभी-कभी दूसरे पक्ष को भी उतनी ही ऊँचाई पर ले आने में सफल होता है। दोतरफा तो सिर्फ स्वार्थ के संबंध होते हैं। वे सर्वथा लौकिक रहते हुए देस को पार कर कभी परदेस तक नहीं पहुँच पाते और न इस काल को पार कर किसी और काल की यात्रा कर पाते हैं। ऐसे क्षणभंगुर और स्वार्थी संबंधों में मेरा यकीन कभी नहीं रहा। अनुराधा, पहले तुम्हारा भी नहीं था, मगर अब शायद तुम्हारा वह विश्वास दरक गया है। जहाँ तक कर्तव्य और काम का प्रश्न है, मैं न तो कर्तव्य विमुख हुआ और न ही किसी काम के लिए तुमसे इनकार

किया। कर्तव्य विमुख लोग मुझे पसंद भी नहीं। बावजूद तमाम ईमानदारी के तुम्हारे प्रति संजीदा नहीं रह गया तो शायद इसलिए कि तुम कर्म और कर्तव्य से विमुख होकर आत्म की अँधेरी राहों में भटक गईं, जबकि तुम अच्छी तरह जानती हो कि उन राहों से मेरा दूर-दूर तक कोई वास्ता नहीं रहा। आत्मग्रस्त होना मेरे स्वभाव में नहीं है। मैं तो जीवन भर औरों में लीन रहकर उनके कामों में ही तल्लीन रहा। अपने काम उतने ही किए, जितने से मेरा जीवन-जगत् चलता भर रहे।

तुम कर्म और सृजनपथ पर वापस लौटना चाहती हो, जानकर अच्छा लग रहा है। तुम कुछ काम करोगी तो मुझे खुशी होगी और तभी तुम्हारी यह शिकायत मिट सकती है कि तुम्हारे प्रति संजीदा नहीं रह पा रहा! आलसी, कर्मच्युत और जीवन से भागे हुए लोगों के साथ अपना एक पल भी गँवाना नहीं चाहता।

जो कर्म करते हैं, तय है कि जलते हैं और जो जलते हैं, वही रोशनी देते हैं और वही कुछ रचते भी हैं। रचते हैं, इसीलिए बचते हैं और वही संबंधों को बचाए भी रखते हैं, प्राय: अकेले और इकतरफा। इसीलिए कहता हूँ कि इकतरफा निर्वाह की प्रतीति के पार चली जाओ। रोशनी वहीं से प्राप्त कर सकती हो। प्राप्त कर सबको बाँट सकती हो, जिसके लिए जीवन में लौटना जरूरी है। जीवन में लौटकर ही सृजन संभव है। कुछ रचो, ताकि बचो। रच न सको तो मुझसे बचो, क्योंकि कर्मच्युत लोगों के किसी काम का नहीं हूँ। किसी भी संबंध को बचाए या बनाए रखना मेरी जिम्मेदारी नहीं, क्योंकि यदि वह सच्चा है तो खत्म नहीं होगा और स्वार्थ में लिपटे संबंधों को बचाकर क्या करूँगा। वे तो मेरा बोझ ही बढ़ाएँगे। जितनी जल्दी संभव हो, उनसे मुक्त हो लेने में ही मुझे भलाई दिखती है।

हर संबंध की अपनी एक स्थिति होती है और होता है उसका अपना महत्त्व, अलग और विशिष्ट। उसकी अपनी गरिमा होती है और कुछ कर्तव्य भी। किसी एक से बहुत सारे कर्तव्यों की अपेक्षा करना गलत है और खरा न उतरने पर झगड़ना तो और भी गलत, खास कर तब, जब आपने खुद को किसी भी कर्तव्य से पूर्णत: मुक्त मान लिया हो। किसी कर्तव्यशून्य व्यक्ति के सारे संबंधों से मुक्त हो लेने से कोई पहाड़ नहीं टूटता, उल्टे उसका खुद का जीवन जरूर पहाड़ हो उठता है, जो फिर किसी के उठाए नहीं उठता, लेकिन अपने जीवन का पहाड़ तो हर शख्स को खुद ही उठाना पड़ता है। यही वह राजमार्ग है, जिस पर चलकर तुम्हारे पाँवों के छाले ठीक हो सकते हैं, सूखा संवेदन तंत्र हरा हो सकता है और सुख की विलुप्त सरस्वती फिर प्रकट हो सकती है, जीवन का पतझड़ वसंत में परिवर्तित हो सकता है और देखो, आदमी तो आदमी, हम पत्थर को भी भगवान् बनाने वाले लोग हैं।

और तुमने तो खुद ही किसी को अपना देवता कबूला था और देवता के पास खुद जाना होता है, जो तुमसे संभव नहीं हो पा रहा।

देखो अनुराधा, हर दिन को एक पूरा जीवन समझो, हर मुलाकात को आखिरी मुलाकात और उसे भरपूर जी लो। समय का कोई भरोसा नहीं है। वह तुम्हें अगली मुलाकात का अवसर दे सकता है और नहीं भी। क्या पता, अगला पल तुम देख भी न सको। देख भी लो तो बहुत संभव है कि किसी से अगली मुलाकात न हो। मुलाकात हो भी तो कोई बात न हो सके। और बात हो भी जाए तो मन की बात न हो सके। इसीलिए कहता हूँ कि जब भी किसी से मिलो, पूरी तरह दिल खोलकर मिलो। वह सब कहो और करो, जो तुम्हारे मन में है। कहीं ऐसा न हो कि समय गुजर जाए और मन की बात मन में ही रह जाए।

जीवन का हर पल अनमोल है अनुराधा, उसे बरबाद न करो। मिले हुए हर पल का उपयोग करो—चाहे अच्छा, चाहे बुरा। बुरे-से-बुरे कर्म का भी कोई-न-कोई उजला पक्ष होता है। इसलिए ठहरना उचित नहीं। कुछ-न-कुछ करती रहो। हमेशा।

और प्यारी अनुराधा, मेरी यह बात भी गाँठ बाँध लो कि चींटी चाहे जितनी काली हो और हंसिनी चाहे जितनी सफेद, चलती हुई चींटी सात समंदर पार भी प्रियतम के पास पहुँच जाती है, लेकिन रुकी हुई हंसिनी! वह प्रियतम के पास तो क्या, कहीं भी नहीं पहुँचती। उसे कुत्ते और भेड़िये फाड़कर खा जाते हैं।

□

गोआ में तुम

धरती के स्वर्ग गोआ के आकर्षण में बँधे हम दोनों ऐसे मौसम में दूसरी बार आ गए थे, जब यहाँ कोई नहीं आता। पहली बार तब आए थे, जब एक वर्ष का ईशान हमेशा के लिए हमसे बिछड़ गया और हम दुःख के घने अँधेरे में फँस गए थे। दूसरी बार अब आए हैं, जब चौथा मिस्करेज होने पर एकदम से टूट गई सुप्रिया का रो-रोकर बुरा हाल हो गया। उसे लग रहा है कि अब वह कभी माँ नहीं बन सकेगी। मिस्करेज के बाद कई दिनों तक मित्र-परिजन आते और हमें सांत्वना देकर चले जाते रहे, लेकिन सुप्रिया का दुःख है कि कम होने का नाम ही नहीं ले रहा। रह-रहकर जिस-तिस के कंधे पर सिर रखकर फफक पड़ती है। ऐसे में भाईजी ने हमें गोआ का रिटर्न टिकट थमाते हुए कहा था, ''कुछ दिन के लिए दिल्ली से दूर गोआ चले जाओ, अन्यथा दोहरे दुःख का साया यहाँ तुम्हारा पीछा नहीं छोड़ेगा। यह दुःख उतनी दूर गोआ तक तुम्हारा पीछा नहीं कर पाएगा, बीच में ही कहीं छूट जाएगा। और हाँ, लौटते हुए गोआ की खुशनुमा यादें ही साथ लाना और कुछ नहीं।''

और सचमुच, भाईजी की युक्ति फलदायी साबित हुई। जीवन की सबसे लंबी यात्रा कर जब हम गोआ एक्सप्रेस से वास्को उतरे तो दुःख का घनापन काफी कम हो गया था, ईशान की कुछ अच्छी यादें भर बची थीं और यह उम्मीद भी कि यहाँ धरती के इस स्वर्ग में शायद ईशान से हमारी फिर मुलाकात हो और वह एक बार फिर हमारे ही घर में जन्म ले ले, पुनर्जन्म। इस उम्मीद के साथ न जाने क्यों तुमसे मिलने की इच्छा भी मन में वेग से उठी थी; लेकिन क्यों, सिर्फ तुमसे ही क्यों! इधर के वर्षों में 'घर' कुछ इस कदर मेरे चारों ओर लिपटा रहा कि दूर हो चुके मित्रों से मुखातिब होने का न होश रहा, न कोई खास अवसर ही मिल सका। ऐसे में यहाँ ईशान की वापसी की उम्मीद के साथ तुम, सिर्फ तुम्हीं क्यों याद आते रहे राज!

ऐसा भी नहीं कि जब से तुम दिल्ली छोड़कर गए, हमें याद ही नहीं आए। तुम हमें बार-बार याद आए हो, जिंदगी की हर खुशी तुम्हारे बिना अधूरी सी लगती रही और हर गम गम का पहाड़, जैसे तुम होते तो गम के पहाड़ को तर्जनी पर उठा लेते।

गोआ में तुम्हारे इस तरह याद आने की एक वजह शायद यह भी है कि यहाँ से सिर्फ एक रात के फासले पर हो, रेल से जाएँ तो, बस से जाएँ तो और समुद्र के रास्ते जा सकें तो भी तुम तक हमारा पहुँचना कठिन नहीं है। फोन कर देते तो दो-तीन दिन के लिए तुम यहाँ आ भी सकते थे। इस समय हमारे साथ होते तो गोआ के खूबसूरत बीच पर हम लोग तुम्हारे मस्ती भरे गाने सुनते। तब हमारी सुबहें, शामें और रातें ठहाकों से भरी कितनी-कितनी खुश-खुश और शानदार होतीं!

संघर्ष भरे उन दिनों में गमजदा होने से बचने के कई तरीके हमने तलाश लिये थे, जिनसे उदासियों से बच जाया करते, लेकिन दिल्ली से तुम्हारे चले जाने के बाद वह सब मुझसे सध नहीं सका। दारू पीकर ठहाकों में सबकुछ भुला देने का तरीका और सलीका तुमने तो सीख लिया था, लेकिन मैं उसे सीख नहीं पाया। तुम्हारे साथ कुछ बरस और रहा होता तो शायद हर स्थिति में ठहाके लगाना सीख गया होता, मगर तुम हमें छोड़कर चले गए। आज तुम शायद यह कहना चाहो कि तुमने नहीं, हमने ही तुम्हें छोड़ दिया है। ऐसा कहकर तुम मुझे एक अप्रिय सच कहने से बचा लोगे। सच है कि हमने ही तुम्हें छोड़ा है, क्योंकि तुमने मेरी बहन को छोड़ दिया। उसके भावात्मक लगाव को आखिरी हद तक बढ़ाकर तुमने उसे ऐसी जगह मारा कि फिर वह कहीं की न रही। उसकी चेतना को जैसे काठ मार गया। आज वह मेरे साथ यहाँ नहीं है तो सिर्फ और सिर्फ तुम्हारी वजह से और तुमसे मेरा लगाव वैसा नहीं रह गया तो भी शायद उसी की वजह से। बहन ने आत्महत्या नहीं की, यही गनीमत रही। संवेदन-शून्य हो जाना ही शायद उसके हक में रहा। अब वह काठवत् जी लेगी और समय से पहले मरेगी नहीं, लेकिन कभी-कभी जब वह पोखरा चलने की बात करती है तो डर जाता हूँ। तुम्हीं बताओ, तुम्हारे बिना क्या उसे सपनों जैसी उस यात्रा पर ले जा सकता हूँ? झील के उस पार डूबते सूरज के साथ अगर वह भी डूब गई तो मैं क्या करूँगा!

तुम्हें भी याद होगा वह पल, जब भारत से बाहर की किसी भूमि पर पहली बार हमने पाँव धरे तो नोमेंसलैंड को पार करते हुए कितने-कितने रोमांचित हो उठे थे। बार-बार भारत से नेपाल और नेपाल से भारत की भूमि पर आए-गए थे। कोई वीजा, कोई पासपोर्ट नहीं। शाम को टिके थे भारत के बढ़नी में और किसी नायाब चीज की तलाश में देर तक भटकते रहे थे नेपाल के कृष्णा नगर में। इधर से उधर

जाते-आते लगा ही नहीं कि हम विदेश में हैं। विदेश में होकर भी विदेश में न होने की प्रतीति। काश! दुनिया के सारे देश भारत और नेपाल की तरह मुक्त सरहद वाले होते! काफी समय तक हमारे-तुम्हारे संबंध भी कुछ इसी तरह के रहे, लेकिन फिर न जाने क्यों हमारे बीच चाइना बॉर्डर पसर गया, एक-दूसरे की जड़ और जमीन पर कब्जे की आशंका में डूबा! जैसे हमारा तवांग चीन की दुःखती रग है, वैसे ही उसका मानसरोवर हमें अपना लगता है। मेरी बहन जैसे तुम्हारी कुछ लगती है, वैसे ही तुम्हारी पत्नी भी तो मेरी कुछ है, लेकिन फिर वह सब किसी सपने जैसा हो गया। कसमें तुमने बहुत खाईं और भूल गए। कसमें खाना और भूल जाना तुम्हारी तरह मैं सीख नहीं पाया और इसी कारण तुम्हारे प्रति कहीं भीतर-ही-भीतर हिंस्र होता रहा; लेकिन हर हाल में ठहाके लगाने के तुम्हारे गुण का कायल भी रहा और उसी के कारण शायद तुमसे ईर्ष्या करता रहा।

तानसेन और पोखरा जैसी खूबसूरत जगहों पर जाना अब शायद तुम्हारे साथ कभी संभव न हो। संभव हो भी तो शायद जाना न चाहूँ। हाँ, तुम गोआ आ पाते तो शायद सबकुछ भूल-भालकर एक बार फिर हम लोग ठहाकों भरे कुछ दिन एन्जॉय कर लेते, लेकिन बार-बार किए गए तुम्हारे वादे और तोड़े गए सपने हमें भयाक्रांत किए रहते हैं। इसीलिए फोन कर तुम्हें गोआ बुला नहीं सके।

पहली बार गोआ आए थे तो ईशान को यमुना की बाँहों में सौंपकर आए थे। लाल किले के पीछे बहती यमुना ने कैसे तो उसे लपक लिया था, जैसे वह हमारा नहीं, उसका ही बच्चा रहा हो। कुछ ऐसे ही पम्मी से तुम्हें मीना ने छीन लिया था।

ईशान के न रहने पर पहली बार गोआ हमारे लिए शरण्य बना था। धरती का स्वर्ग वह हो या न हो, लेकिन शांति और सुकून देने वाली जगह वह हमें जरूर लगी थी, पर तारों भरी रात में दूध सागर फाल्स की ओर जानेवाली नौका-यात्रा पर हम नहीं गए, जिसमें लोग रात भर नाच-गाना करते हैं। आमोद-प्रमोद में तब हम डूब ही कैसे सकते थे! हम तो होटल में ईशान को याद करते हुए उसके पुनर्जन्म की उम्मीद में ऊभ-चूभ होते रहे, तुमसे पुनर्मिलन की कामना करते हुए, लेकिन न तो ईशान का पुनर्जन्म हुआ, न ही तुमसे पुनर्मिलन संभव हो सका। कभी-कभी लगता है कि अब तो यादों के सहारे ही शेष जीवन कटना है।

याद है तानसेन की वह सुबह, जब बादल के कुछ टुकड़े होटल की खिड़की तक टहलते चले आए थे और तुम किसी बच्चे की तरह कोई अजूबा पा लेने के आह्लाद से पुलकित हो बोल पड़े थे, 'काश! पम्मी भी यहाँ होती। पम्मी यहाँ होती तो बादलों से हमारे इस साक्षात् का रोमांच कुछ और होता, ऐसा कि हम उसे जीवन

भर लूटते रहते तो भी वह खत्म न होता, लेकिन तुम्हें शायद यह सब याद ही न हो। तुम्हें तो शायद यह भी याद न हो कि झील के किनारे खड़े होकर डूबते सूरज को देखते हुए तुमने कहा था, ''पम्मी यहाँ होती तो झील के उस पार चलते और...''

''धत्त्!'' मैं बोल पड़ा था।

''क्यों?'' तुमने बड़ी मासूमियत से पूछा था।

''उधर स्लम्स हैं, कोठे भी, जहाँ घरेलू और संभ्रांत लोग नहीं जाते।''

''तू होगा संभ्रांत, मैं तो वाइल्ड हूँ, वाइल्ड अ बीस्ट, हर जगह घुसकर खा-पी और जी लेने वाला जीव।''

''इसीलिए तो उन लोगों के साथ उधर नहीं जाते।''

''चलो, नहीं जाते, लेकिन उनके बिना यात्रा अधूरी सी नहीं लग रही?''

''लग क्यों नहीं रही! ऐसा करते हैं, उनके साथ अगले साल फिर आते हैं।'' मैंने प्रस्ताव रखा।

''क्यों नहीं।'' तुमने समर्थन किया था।

''तो फिर अगले साल यहाँ आना पक्का, उन दोनों के साथ?''

''पक्का।'' कहते हुए हमने एक-दूसरे से वादा लिया था, लेकिन तुमने अपना वादा निभाया नहीं। मैं जब चाहूँ, वादा निभा सकता हूँ, मगर जब तक हम चारों एक साथ न हों, वादा पूरा नहीं हो सकता और अब हम चारों इस जन्म में तो कभी एक साथ होने से रहे।

हम चारों एक साथ जैसे पोखरा नहीं जा सकते, वैसे ही गोआ में भी चारों कभी एक साथ नहीं हो सकते। अब तो हम तुम्हें याद भर कर सकते हैं, तुम्हारे संग-साथ की कामना करते हुए, मगर पहले जैसा संग-साथ पा नहीं सकते, क्योंकि पल-पल बदलती दुनिया में शाश्वत कुछ भी नहीं है—न रिश्ते, न नाते, न ही यारियाँ-दोस्तियाँ! तो फिर यहाँ गोआ के बागमोला बीच पर तुम्हारी इतनी याद क्यों! मेरे पास इस सवाल का कोई जवाब नहीं है राज! मेरे पास इस सवाल का भी कोई जवाब नहीं है कि अच्छे-भले अनेक मित्रों के बावजूद यहाँ गोआ में सिर्फ तुम्हीं क्यों याद आ रहे हो! इस बार और पिछली बार भी तुम्हारे संग-साथ की कामना ही क्यों हमारे साथ गोआ में चहलकदमी करती रही?

जीवन के इस रहस्य को समझने की कोशिश कर रहा हूँ कि दु:ख और यातना के बीच भी बेदर्द लोगों की यादें ही तब मनुष्य का पीछा क्यों करती हैं, जब बीते समय में डूबकर वह यातनाओं से मुक्त होने की कोशिश कर रहा होता है? मरते दम तक तुम्हारे जैसे लोग याद आ-आकर क्यों सताते रहते हैं? सताते तो खूब हैं,

मगर पास आने पर सांत्वना के दो मीठे बोल तक नहीं बोलते, उल्टे कोई उल्टी-सीधी बात बोलकर घावों को कुरेद जरूर देते हैं। अपने हो तो नहीं पाते, लेकिन अपनेपन का भ्रम जरूर देते रहते हैं ताउम्र।

गोआ में इस बार भी ईशान की स्मृतियाँ ही हम पर हावी हैं, शायद इसलिए कि उसने पुनर्जन्म नहीं लिया। लिया भी हो तो हमारे घर न आकर कहीं और चला गया हो। सोचकर कलेजा फटता है कि यदि उसे हमारा नहीं होना था तो फिर वह हमारे जीवन में आया ही क्यों, तुम्हारी तरह! तुम भी तो कुछ समय के लिए ही हमारे हुए थे। तुम्हें शायद पता था कि हमारे साथ बहुत दिन नहीं रहोगे। इसलिए उतने दिन के साथ में ही हमसे जितना ले सकते थे, उतना ले लिया, बहन तक से। किस तरह तो वह तुममें डूब गई थी बेचारी, लेकिन एक झटके में उससे ही नहीं, हमसे भी नाता तोड़ लिया था तुमने।

ईशान गुजरा न होता तो अब तक कितना बड़ा हो गया होता! वह होता तो गोआ की यह यात्रा कितनी-कितनी सुखद होती, लेकिन बार-बार हुए मिस्करेज ने सुप्रिया को वह नहीं रहने दिया, जो वह हुआ करती थी—दुनिया की सबसे खुशमिजाज लड़की, मंद-मंद मुसकान से सबको सम्मोहित कर लेने वाली युवती, स्कूल-कॉलेज में साल-दर-साल गोल्ड मेडल और दक्ष कन्या का खिताब हासिल करती स्टूडेंट, माता-पिता की सबसे अच्छी बेटी और फिर हमारे घर में खुशी बिखेरती धवल-वसना परी जैसी पत्नी, जिसके मुसकराने भर से सारा घर रोशनी से नहाकर खुशबू से महमहा उठता। बहुत गंभीर और समझदार स्त्री में ढल गई सुप्रिया की गोद, लेकिन अब तक सूनी क्यों है, यह सवाल उसे भीतर-ही-भीतर घुन की तरह खाता रहता है। शायद इसीलिए अब उसकी हर खुशी क्षणिक होती है और हर सुख क्षणभंगुर।

सुप्रिया फिर से माँ बन पाती तो शायद हमारा जीवन कुछ और होता। तुम्हारा कोई विकल्प हमें मिल गया होता तो शायद तुम भी हमारी स्मृतियों में इस कदर छाए न रहते। काश! पम्मी के जीवन में भी तुम्हारे जैसा कोई और आ गया होता, लेकिन अपने दिल से निकालकर हम किसी और को तुम्हारी जगह रख नहीं पाते, राज! शायद इसलिए कि हमारे चिथड़ा-चिथड़ा अतीत के साक्षी रहे हो तुम! उस अतीत के बरक्स हमारे वर्तमान को देखते तो शायद आश्चर्यचकित रह जाते, लेकिन एक ईशान के न रहने भर से जो दुःख हमारे भीतर-बाहर पसर गया है, कुछ दिन के लिए ही सही, तुम गोआ आ पाते तो शायद वह कुछ कम हो गया होता। पम्मी ही गोआ आ पाती तो भी शायद सुप्रिया को सुकून के कुछ पल नसीब हो जाते,

लेकिन गोआ में भी हम सुकून से नहीं रह सके। धरती के स्वर्ग में भी छूटे हुए तुम, टूटी-फूटी पम्मी और गुजरा हुआ ईशान ही हमारे साथ टहलते रहे। यहाँ आकर भी हम दूध सागर फाल्स के मनोहारी दृश्य देखने से वंचित रह गए। गोआ आकर भी हम दोनों एक-दूसरे में डूब नहीं सके!

ईशान के न रहने पर सुप्रिया कई दिनों तक खूब-खूब रोई थी, मगर बहन शायद उतनी बावरी नहीं थी या शायद वह कुछ ज्यादा ही बावरी थी कि सबकुछ भूल-भाल गई, तुम्हें ही नहीं, खुद को भी। तुम्हारे साथ बीते समय को उसने माथे पर छलक आए पसीने की तरह पोंछ डाला। सुप्रिया भी शायद ऐसा कर पाती, अगर अब तक उसकी कोख छूँछी न होती। कोख और दिल में आकर चले जानेवाले तभी तक याद आते हैं, जब तक उनकी जगह कोई और आ नहीं जाता। बहन के दिल में तुम शायद अब भी हो, हमारे भी! ऐसा दिल को लगता है, लेकिन दिमाग तो कहता है कि 'गहरी मार कबीर की, दिल से दिया निकाल'। जो हमारे संग नहीं हैं, जो हमारे साथ हो नहीं सकते, उनके संग-साथ के लिए क्या रोना!

□

बेटी की समझ

नया साल आता तो बाजार में न जाने क्या-क्या आ धमकता—नए कलेंडर, नई डायरियाँ, नए-नए ग्रीटिंग कार्ड और पत्र-पत्रिकाओं के नववर्ष विशेषांक। तरह-तरह के लोग तरह-तरह की चीजें खरीदते, उसी तरह डिप्टी रेंजर गोपालदास के बच्चे-बच्चियाँ भी, पर बड़ी लड़की गीता कुछ अधिक ही सयानी थी। वह सिर्फ एक किताब खरीदती, पिता का वार्षिक भविष्यफल।

अपने प्रति पुत्री के इस अनुराग से गोपालदास खुश हो जाते, पर एक बात जरूर कहते, "बेटी, मेरा भविष्यफल खरीद लाती है, यह तो ठीक है, लेकिन अपना भी तो खरीद लिया कर।" पिता की बात को गीता हँसकर काट देती, "नहीं पापा, उसकी कोई जरूरत नहीं। आपकी ग्रहदशा ठीक तो मेरी तो अपने आप ठीक रहेगी।"

पिछले साल उन्होंने गीता की शादी कर दी। वह कुछ दिन के लिए ससुराल गई और चौथी के बाद लौट आई। नए वर्ष के आगमन पर गीता फिर भविष्यफल खरीद लाई। पत्नी के सामने गोपालदास ने बड़ी उत्सुकता से गीता के हाथ से भविष्यफल छीन लिया।

□

अनचाहे सफर

मम्मी ने पाँच बजे का अलार्म लगाया था, लेकिन मेरी आँख चार बजे ही खुल गई। वैसे मैं छह से पहले कभी नहीं उठती। सुमी अपनी चारपाई पर सोई पड़ी है। मम्मी के कमरे में भी नींद की खामोशी है और सामने बरामदे में पापा भी सो रहे हैं, लेकिन मेरी आँखों से नींद गायब है। समझ में नहीं आ रहा कि क्या करूँ। कुछ नहीं सूझा तो चादर हटाकर बदन से परे की और उठकर स्विच ऑन कर दिया। दूधिया रोशनी कमरे में फैल गई। सुमी की पलकों ने हरकत की तो लगा कि जाग जाएगी, लेकिन करवट बदलकर वह निस्पंद हो गई। दबे पाँव अपनी अलमारी के पास पहुँची। राजे का पत्र निकाला, चारपाई पर वापस लौटी और तकिए पर सिर टिकाकर पढ़ने लगी—"सपनीले यान के डूबते मस्तूल व्यक्ति के आत्मविश्वास को भी ले डूबते हैं। कल्पना की उन्मुक्त उड़ान अनास्था में फँसकर दम तोड़ने लगती है। कुंठा के कोहरे में खो जाता है व्यक्ति का व्यक्तित्व और अव्यक्त रहकर खामोशी की घाटियों में कहीं गुम हो जाता है।"

मधुजी, अपनी डायरी में इन पंक्तियों को मैंने उस दिन लिखा था, जिस दिन मुझे उसका आखिरी पत्र मिला। पत्र पाकर मैं अकुला उठा। तब मुझे वे शब्द याद आए, जो कानपुर सेंट्रल से गाड़ी छूटने से पहले उसके डैडी ने कहे थे, "राजे, बिट्टी की शादी की खबर दूँगा, तब आना। आमि तोमार अपेक्षा कोरबो।" सुनकर मैंने हामी भरी थी, पर उसका चेहरा लाल हो गया था। वह कौन, उसके डैडी कौन और उनसे मेरा संबंध क्या, ये ऐसे प्रश्न हैं, जिनके उत्तर की अपेक्षा होगी।

कुरेशी साहब, एम.एस. इंटर कॉलेज के प्रिंसीपल। शकीला उनकी लड़की और मेरी क्लासफेलो थी। इंटर में हम दोनों साथ-साथ पढ़े थे, जहाँ बुना गया था एक नई दुनिया रचने का सपना, इस संसार से अलग दूसरे संसार की कल्पना। अपने घर-परिवार से बेखबर हम दोनों योजनाएँ बनाते और स्वप्न रचते। हमारे

विचार समान थे। चिंतन का धरातल एक था। सो, हमारी मित्रता गाढ़ी होती गई। हमें एक-दूसरे की साँसों के सरगम सुनाई देने लगे और यह सब कागज की जमीन पर होता, क्योंकि हमें एकांत बहुत कम मिल पाता था। हम दोनों सोचते कि हमारी बातें, सिर्फ बातें नहीं, निर्णय हैं। हम भेद-विभेद की दीवारें ढहा देंगे। कभी हम कई दिन बाद मिलते तो बातचीत बांग्ला में होती, ''केमन आछेन?'' वह पूछती।

''भालो आछि।'' मैं कहता।

जब कभी शकीला के घर पहुँच जाता तो स्टडी-रूम में उसकी माँ आ जाती, छोटा भाई और बहन भी। तब तक कॉलेज में लोग मुझे शायर संबोधित करने लगे थे। शकीला की बहन मेरे स्वर की प्रशंसा करती, ''तोमार स्वरटा वेश भालो आछि।'' थोड़ा रुककर वह फिर कहती, ''एक ठो गान गान ना।''

''आमि गाइने जानि ना।'' मैं बचने की चेष्टा करता।

''एक बार चेष्टा कोरे देखून।'' वह पीछे पड़ जाती और शकीला भी कहती, ''यस प्लीज, एक बार, सिर्फ एक बार!''

और मैं धीमे स्वर में गा पड़ता—''इंतजार हम करेंगे मौत की कगार तक, कयामतें जो ढा गईं जिंदगी के राग को, तो इंतजार हम करेंगे आखिरी बयार तक।'' गीत पूरा होने तक शकीला की आँखें पनियल हो जातीं। फिर डैडी के रिटायरमेंट के बाद वह कोलकाता चली गई। जाते समय मैंने उसे एक पर्ची दी थी—'मुझे एम.ए. कर लेने दो, पी-एच.डी. वगैरह बाद में करता रहूँगा। कोई सर्विस मिलते ही तुम्हें बुला लूँगा।' तब आँखों में आँसू भरकर शकीला ने कहा था, ''आमि तोमार अपेक्षा कोरबो।''

एम.ए. फाइनल के बाद मैंने सोचा था कि जल्दी ही शकीला को बुलाकर शादी कर लूँगा। तभी उसका वह पत्र आया, जिसने मेरे विश्वास की धज्जियाँ उड़ाकर फेंक दीं। शकीला ने लिखा था—'प्रिय राजे, अभी हमारा समाज इतना एडवांस नहीं हो पाया है कि हम अपनी योजनाओं को आसानी से अमली जामा पहना सकें। साहस किसी सीमा तक साहस रहता है और सीमा से आगे दुस्साहस हो जाता है, जो न तो स्वयं के लिए अच्छा होता है, न ही समाज के लिए। समाज-परिवार से कटकर हम हताशा के अँधेरे में खो जाएँगे। सारे कार्यक्रम और विचार सामाजिक आलोचना और तिरस्कार की आँधी में उड़कर न जाने कहाँ चले जाएँगे। जाति और धर्म के बंधन तोड़कर विवाह करनेवाले हम जैसे सामान्य लोगों का इतिहास सामाजिक प्रताड़ना, कुंठा और घुटन का इतिहास है। यही सोचकर मैंने निर्णय लिया है कि अब हम शादी नहीं करेंगे। मित्र हैं, मित्र ही रहेंगे। अपने विचारों को जिंदा रखेंगे और बच्चों को छूट देंगे कि वे सारे बंधन तोड़कर शादी कर सकें। तुम्हारे

लिए भी मेरा यही सुझाव है कि अपने योग्य किसी सजातीय लड़की से शादी कर लो। 20 जून को मेरी शादी है, आना जरूर। आमि तोमार अपेक्षा कोरबो।'

शकीला को मैंने इस पत्र का न तो कोई जवाब दिया, न ही उसकी शादी में शामिल होने कोलकाता गया। काफी दिनों तक अजीब सी बेचैनी का शिकार रहा। सपनीले यान के मस्तूल डूब गए और मैं अंतर्मुखी हो चला।

मधुजी, फिर एक सपना और जागा—आपको पाने, यानी अपनी टीचर को जीवन संगिनी बनाने का सपना। मैंने आपके चेहरे पर शकीला की तलाश की। घर लौटकर शकीला के पत्र को एक बार फिर पढ़ा तो शब्दों के अर्थ बदलने लगे। शकीला के पत्र की भावधारा मुझे भी सही लगने लगी। तब मैंने आपको परखना शुरू किया और पाया कि आप मेरी संगिनी हो सकती हैं। एम.ए. में प्रथम श्रेणी पाकर मैंने खोया आत्मविश्वास फिर से पा लिया है। आपकी और मेरी उम्र का फासला मेरे लिए कोई मायने नहीं रखता। खलील जिब्रान, मोपासाँ, लारेंस और प्रूस्त जैसे लोगों ने अधिक उम्र की औरतों से प्यार किया और वे उनके उत्कर्ष में सहायक हुईं।

एक दिन मैंने अपनी डायरी में लिखा था—'लगता है कि जल के बीच रहकर भी प्यासे रहना मेरी नियति है। पैदा हुआ, तब से प्यास से तड़प ही तो रहा हूँ—माँ की ममता की, बाप के दुलार की, बहन के स्नेह और प्रेयसी के प्यार की प्यास। प्यास और प्यास, एक अंतहीन प्यास। कितने भयंकर हैं वे एहसास, जब प्यास से तड़पते आदमी के सामने पानी से भरे गिलास तो रखे हों, लेकिन रायफल ताने खड़ा गोरखा चेतावनी दे रहा हो कि तुम इस पानी को देख तो सकते हो, लेकिन पी नहीं सकते। समय-समय पर गोरखों के चेहरे बदलते रहे और पानी के गिलास भी। कभी-कभी गोरखों की आँखें लग गईं तो सहमते-सहमते मैंने गिलास को उठाया, लेकिन गोरखे के जग जाने के भय से काँप कर उसे ज्यों-का-त्यों रख दिया। हर गिलास ने चुपके से कहा है कि मैं और मेरा पानी तुम्हारा है, सिर्फ तुम्हारा, तुम्हारे पीने के लिए, लेकिन वक्त का इंतजार करो। और मैं वक्त का इंतजार करता रहा, लेकिन वह वक्त कभी आया नहीं। कई बार चाहा, गिलास गोरखों से विद्रोह कर दें, लेकिन उन्हें शायद अपनी औकात का पता था और किसी गिलास ने कभी किसी गोरखे से विद्रोह नहीं किया और मैं तन्हा होता चला गया।

नए-नए गिलासों के साथ नए-नए रूपों में रायफल लिये ये गोरखे हर जगह तैनात रहे हैं। हर जगह रायफल की नाल और गोरखों की गुस्सैल आँखों का रुख मेरी तरफ ही रहा है। अपनी जिंदगी के बहुत सारे वर्ष मैंने भय और प्यास से छटपटाते हुए गुजारे हैं।

मधुजी, मन करने लगा है कि कहीं एकांत में आपसे मिलूँ। ढेर सारी बातें करूँ। आपको बार-बार देखने के लिए मन छटपटाने लगा है, बेचैनी बढ़ने लगी है। सामने होने पर नमस्ते के सिवा और कुछ कहने की हिम्मत नहीं होती और बिना बताए आपको क्या पता कि मेरे मन में क्या है। आशंकाओं के सैलाब उमड़ते हैं और मैं उनमें डूब जाता हूँ। आप कल्पना नहीं कर सकतीं कि मैंने आपके लिए कितने पत्र लिखे, पर न जाने क्यों, एक भी पत्र आपके हाथों तक पहुँचा नहीं सका। आज रात एक सपना देखा तो घबराकर यह पत्र आप तक पहुँचा रहा हूँ।

स्वप्न में मैंने देखा—पार्क का मखमली घास बिछा फर्श। मेरे सपनों की मल्लिका कपोत-क्रीड़ा देख रही है। चुपके से जाकर उसके पास खड़ा हो गया। उसने मुझे देखा और मुसकराकर बैठ गई। मैंने उसका अनुसरण किया और फिर हम दोनों मौन हो गए। शब्द होंठों तक आते और भाप बनकर उड़ जाते। कोई किसी से कुछ कह नहीं पा रहा है। एकाएक मेरी खामोशी का बाँध टूटा और मैं बोल पड़ा, "मधु, इतने दिनों में भी क्या तुम मेरे प्यार को पहचान न सकीं?"

"आई एम सॉरी राजे, आई एम सॉरी!"

"ह्वाय?"

"आई एम सॉरी राजे, क्षमा कोरुन, क्षमा कोरुन।" कहती हुई मधु तेज कदमों से पार्क के बाहर निकलने लगी तो कुछ कदम उसके साथ चला और लगभग चीखते हुए बोला, "मधु, अब मैं किसी तीसरी को नहीं चाह सकता। एक दिन तुमने ही तो कहा था कि मैं बहुत बड़ा शायर बनूँगा, लेकिन मुझे तुम्हारा प्यार न मिला तो मैं कुछ नहीं बन पाऊँगा, घुट-घुटकर मर जाऊँगा।"

नींद टूटी तो बदन पसीने से तरबतर था। तब से बहुत बेचैन हूँ। सोचता हूँ कि क्या सचमुच तुम इनकार कर दोगी! कल दस बजे फूलबाग में गांधी की स्टैच्यू के पास जवाब पाने के लिए तुम्हारा इंतजार करूँगा।

जब से राजे ने यह पत्र दिया है, उलझन में हूँ। रात काफी देर से सोई और चार बजे ही आँख खुल गई। राजे को चाहती जरूर हूँ, पर जिस रूप में उसने मुझे चाहा है, उस रूप में नहीं। टीचर और स्टूडेंट के रूप में हमारी घनिष्ठता बढ़ जरूर गई थी, लेकिन राजे ऐसा भी प्रस्ताव रख देगा, मैंने कभी सोचा तक नहीं। कम-से-कम राजे के साथ शादी की बात तो कभी दिमाग में ही नहीं आई। नहीं समझ पा रही कि उसे क्या जवाब दूँ। कोई ऐरा-गैरा होता तो छोड़ देती, पर राजे को इस तरह छोड़ नहीं पा रही। पापा ने मेरी शादी तय कर दी है। पापा की ही च्वॉइस हैं वे। चार दिन पहले ही लंदन से लौटे हैं। मैंने अभी उन्हें देखा नहीं है। पता नहीं,

कैसा रंग-रूप है, बात-व्यवहार कैसा है। मेरे बारे में वे भी सर्वथा अनभिज्ञ हैं। मम्मी बता रही थीं कि परिवार संपन्न है। शादी के बाद चाहूँ तो नौकरी करूँ और चाहूँ तो रानी बनकर घर में राज करूँ। जल्दी ही किसी दिन वे आएँगे। हम एक-दूसरे से बात करेंगे और फिर शादी। वे अपनी प्रैक्टिस करेंगे और मैं···

सोचकर ही मन खुशी से झूम उठता है, पर राजे के पत्र ने उलझन में डाल दिया है। एक तरफ फॉरेन रिटर्न लड़के से शादी की खुशी है तो दूसरी तरफ राजे का मौन प्यार और उससे भी बढ़कर है, उसकी जिंदगी। जागने पर सुमी को फूलबाग पहुँचने के लिए राजी कर लिया और पेन उठाकर लिख दिया—'राजे, तुमने मुझे भारी उलझन में डाल दिया है। अचानक तुम्हारे प्रपोजल को कैसे स्वीकार कर लूँ। पापा ने उनसे मेरी शादी तय कर दी है, उन्हें किस बिना पर मना करूँ। कितना कठोर होता है जिंदगी का वह क्षण, जब दो महत्त्वपूर्ण प्रस्तावों में से किसी एक का चुनाव करना हो, पर चुनाव तो करना ही होता है।'

'तुम्हारा पत्र पढ़कर लग रहा है कि बचपन से ही प्यार के अभाव में तुम कुछ ज्यादा ही भावुक हो गए हो। समझदारों की इस दुनिया में भावुकता के लिए जगह बहुत कम है। अब तुम अल्हड़ किशोर नहीं, समझदार युवक हो। मेरी शादी तय हो चुकी है। मुझे तो तुम अपने दिल से निकाल ही दो। पहले अच्छी सी नौकरी तलाश करो, तब शादी की बात सोचो। बिना नौकरी के कपड़ों-लत्तों से लेकर मामूली से जीवन स्तर तक के लिए तरस जाओगे। एम.ए. हो जाने भर से नौकरी नहीं मिल जाती। नौकरी मिल जाए, तभी किसी से शादी की बात सोचना। तब कोई शकीला, मधु या सुमी तुम पर अपना निर्णय थोप नहीं पाएगी, अन्यथा इसी तरह गिलास बदलते रहेंगे और तुम प्यास से तड़पते रहोगे। इसके बाद भी मुझसे मिलने की बेचैनी हो तो शाम को घर आना, तब और बातें होंगी। मेरा यह पत्र तुम तक पहुँचाने वाली सुमी तुम्हारे बारे में अकसर प्यारी-प्यारी बातें करती है। लगता है कि जैसे मन-ही-मन वह तुम्हें चाहने लगी है, लेकिन तुमसे कुछ कह नहीं पाती। ठीक समझो तो थे···।'

वे अंदर आ गए। मम्मी उन्हें स्टडी में पहुँचाकर लौट आईं। सोम को अकेला छोड़कर उनका यों लौट आना मुझे कुछ अजीब सा लगा। पिछले बरस तक सोम मेरे स्टूडेंट थे और टीचर के घर में स्टूडेंट का यों बिठा दिया जाना कोई बेहूदी बात न थी और शायद यही सोचकर मम्मी वापस डाइनिंग टेबल पर लौट आई थीं। मेरे सोचने का ऐंगल शायद दूसरा था और इसीलिए मुझे यह अच्छा नहीं लगा। जल्दी-जल्दी खाना निगला, हाथ-मुँह धोए और स्टडी में सोम के पास पहुँच गई।

परस्पर अभिवादन के बाद हम बैठ गए। इसके पहले कि मैं कुछ कहूँ, सोम ने एक डिब्बा मेरी ओर बढ़ा दिया, जिसे लेते हुए पूछा, ''क्या है भई ?''

''बरफी।''

''किस खुशी में ?''

''अपॉइंटमेंट की।''

''कहाँ ?''

''यहीं डी.एन.एस. कॉलेज में।''

''गुड्ड, वेरी गुड।''

इसके बाद कुछ और बातें होती रहीं। सोम अपनी रिसर्च के बारे में बताते रहे कि किस तरह बी.ए. से ही वे इस टॉपिक पर मैटर इकट्ठा करते रहे हैं। रजिस्ट्रेशन होने भर की देर है। पी-एच.डी. मिलने में देर नहीं लगेगी और फिर वे उठ खड़े हुए थे। लाल जिल्द की एक किताब मेरी ओर बढ़ा दी और बाहर निकल गए। उनके चले जाने के बाद किताब खोली तो उसमें एक पर्ची निकली। तब मैं उसे पर्ची ही समझी थी। खोलकर उसे पढ़ा तो पढ़ती ही रह गई। और फिर न जाने कितनी देर खड़ी रही, जस-की-तस।

''दीदी!''

''अंऽऽ!''

''का कउनिव बात होइ गय ?''

''नाहीं तौ।''

नन्हो की आवाज से चौंककर मैंने स्थिति सँभाली। खड़े-खड़े वाकई देर हो गई थी। इस बीच सोम की पर्ची को मैंने तीन बार पढ़ा और किसी सम्मोहन के वशीभूत सी सबकुछ भूल गई। काम निबटाकर नन्हो बाहर निकल गई तो दरवाजे बंद कर दबे पाँव ऊपर आ गई। मम्मी ने आज फिर पी ली थी। आहट पाते ही उन्होंने सिगरेट फर्श पर मसल दी, गिलास चारपाई के नीचे खिसका दिया और बोतल को सिरहाने, तकिया के नीचे। मैं उनके पास पहुँची तो मुँह फेरकर उन्होंने करवट बदल ली। उनके मुँह की महक मुझ तक पहुँच रही थी। चारपाई पर बैठकर उनके बाल सहलाते हुए बोली, ''मम्मी, डॉक्टर ने आपको मना किया है न!''

''बीनू!''

''हाँ मम्मी, ये दोनों चीजें आपके लिए खतरनाक हैं।''

''मैं क्या करूँ बीनू, जब भी कोई बात…''

''आज क्या हुआ ?''

''सोमू इतनी रात को…''

''ऐसा नहीं है मम्मी, वह तो अपने अपॉइंटमेंट की सूचना देने आया था। यह रही उसकी बरफी।'' कहते हुए बरफी का टुकड़ा मैंने उनके मुँह में ठूँस दिया। बबली को आवाज देकर कुछ टुकड़े उसे भी दिए। फिर मम्मी को लिटाकर उनका सिर दबाने लगी और देर तक दबाती रही।

मम्मी सो गई हैं, लेकिन मुझे नींद नहीं आ रही। मेरी नींद सोम ले गए हैं और शायद अपनी नींद यहाँ छोड़ गए हैं। जागते हुए उधर वे मेरे बारे में सोच रहे होंगे, जैसे मैं इधर उनके बारे में सोच रही हूँ।

कल ठीक दस बजे वे आ जाएँगे। एक मिनट भी इधर-से-उधर नहीं हो सकता। टाइम के बड़े पंक्चुअल हैं। कम-से-कम स्टूडेंट के रूप में तो रहे ही हैं। कल भी वे समय पर आएँगे। इस रूप में वे यहाँ पहली बार आ रहे हैं। आते पहले भी रहे हैं, पर इस रूप में नहीं। उनके कल के और पहले के रूप में फर्क होगा, बड़ा फर्क! तब हमारे संबंध टीचर और स्टूडेंट के थे। सोम इस रूप में भी मेरे घर आ सकते हैं, मैंने कल्पना तक न की थी और शायद सोम ने भी ऐसा नहीं सोचा होगा।

उस दिन बात ही कुछ ऐसी हो गई कि हम दोनों का वह संबंध इस संबंध की बुनियाद बन गया। पी.पी.एन. मार्केट में बहुत सा सामान खरीदा था, बबली के लिए कुछ किताबें, अपने और मम्मी के लिए कुछ कपड़े, टेबल और इजी चेयर। सोच रही थी कि इतना सामान किस तरह ले जाऊँगी, तभी सोमू दिख गया। मिलते ही उसने नमस्ते की और आकर बगल में खड़ा हो गया। ढेर सारा सामान देखकर उसने ही पूछा कि इतना सामान कैसे सँभाल पाएँगी। तब मैंने कहा था, ''मैं भी कुछ परेशान थी। अब तुम आ ही गए हो तो घर तक साथ चलो। हक्स्ले वाली किताब चाह रहे थे, वह भी ले लेना।''

सुनकर उसने रिक्शा रोका और उस पर सामान रखवाने के बाद इजी चेयर लेकर खड़ा हो गया। मैं रिक्शे पर बैठ गई और सोचा कि वह भी बैठ जाएगा, लेकिन रिक्शा चल पड़ने पर भी जब वह खड़ा रहा तो मैंने रिक्शा रोककर उससे बैठने को कहा। सकुचाते हुए वह चुपचाप बैठ गया। मैं नोट कर रही थी कि वह इस कोशिश में है कि उसका जिस्म मेरे जिस्म को छूने न पाए। ऊबड़-खाबड़ सड़क पर रिक्शे के हिचकोलों से बार-बार हमारे जिस्म एक-दूसरे के करीब आ जाते। ऐसी स्थिति में वह खिसककर रिक्शे के बॉर्डर की ओर कुछ ऐसे झुकता कि मुझे उसकी हरकत का पता न चलने पाए। यह देखकर मुझे भी न जाने क्या

सूझी कि खुद-ब-खुद उससे सटने का प्रयास करने लगी। वह किनारे की तरफ खिसकता रहा और रिक्शे के बॉर्डर से चिपक सा गया। तब मैंने कुछ और बेरहम होकर अपना पैर उसके पैर पर रख दिया। ऐसा करते हुए मेरे शरीर में करंट सा दौड़ गया। सोमू को यह सब कैसा लगा होगा, नहीं जानती, पर उसकी इस स्थिति को देखकर मेरे भीतर हजारों फूल एक साथ खिल उठे थे। थोड़ी और हिम्मत कर मैंने अपना जिस्म उसके जिस्म से चिपका दिया। रिक्शे की धचक-पचक में हमारे जिस्म आपस में एक-दूसरे से रगड़ने लगे तो अजीब सी उत्तेजना महसूस होने लगी, जिसे शब्दों में बाँध पाना संभव नहीं। मैं तो बस इतना कह सकती हूँ कि अच्छा लग रहा था, बहुत अच्छा! चाह रही थी कि सड़क का तल विषम से विषमतर होता जाए, रिक्शे की धचक-पचक बढ़ती जाए, बढ़ती जाए और हमारे जिस्मों की रगड़ तीव्र से तीव्रतर होती चली जाए। ऐसा सोचते-सोचते रिक्शा नेहरू नगर के चौड़े रोड पर आ गया। रिक्शे की धचक-पचक खत्म हो गई। जिस्मों की रगड़ का सिलसिला थम गया। चंद मिनट बाद रिक्शा दरवाजे पर पहुँच गया तो हमारे जिस्म एक-दूसरे से अलग हो गए।

सोमू को स्टडी में बिठाकर नन्हो से चाय लाने को कहा और ऊपर चली आई। फ्रेश होकर लौटी तो सोमू को कुछ पढ़ते हुए पाया और जो कुछ वह पढ़ रहा था, देखकर एकबारगी लगा कि जैसे किसी पुरुष के सामने निर्वसन हो गई हूँ। अभी तक सोमू के प्रति उसकी टीचर होने के जिस उच्च भाव से ऊभ-चूभ थी, दयाल का खत सोमू के हाथ में देखकर उससे कई गुना बड़े हीन कुंड में गिर गई। मुझे अपना आप सोमू से बौना लगने लगा। सोमू ने तुरंत ही उस खत को किताब में दबाकर रैक में वापस रख दिया था।

नन्हो चाय लेकर आई तो सोमू की तरफ बढ़ाते हुए मैंने कहा था, ''सोमू, चाय!'' चाय लेकर वह चुपचाप सिप करता रहा। चाय के बाद अलमारी से निकालकर उसे हक्स्ले किताब दी तो वह उठ खड़ा हुआ। तब मैंने उसे रोका।

''पढ़ लिया दयाल का खत!''

''जी···'' सोमू सकपका गया और सिर उठाकर विस्मय से देखने लगा, मानो इस अपराध के लिए उसे कोई सजा देने वाली हूँ।

''कोई बात नहीं, सोमजी!''

इन शब्दों के बाद सोमू को और भी अधिक विस्मय हुआ, मुझे भी। सोमू की जगह सोम और उसके आगे 'जी' का अप्रत्याशित और आयासहीन प्रयोग क्यों और कैसे हो गया, जान ही न सकी। उसने स्पष्टीकरण देना चाहा, ''अलमारी से

निकालकर गोडार्ड की किताब देख रहा था कि वह खत···" "चलो, अच्छा ही हुआ, जो बिना दिखाए तुमने देख लिया। इस खत की वजह से काफी उलझन में हूँ।" उनका स्पष्टीकरण पूरा होने से पहले ही बात काटकर मैंने अपनी बात कह डाली।

उस दिन उन्होंने कुछ नहीं कहा था। हम दोनों काफी देर तक चुपचाप बैठे रहे और फिर वे चले गए थे। इसके बाद कभी-कभार घर भी आने लगे और सोमू से सोमजी होकर हमारे अंतरंग हो गए। वही सोमजी कल एक नए रूप में हमारे घर आएँगे, मेरे पास, मेरे सामने। वे होंगे, मैं हूँगी, बीच में टेबल का फासला होगा, सिर्फ टेबल का। मैं चाय के लिए कहूँगी तो रोज की तरह वे इनकार में सिर हिलाएँगे, लेकिन मैं चाय बनाऊँगी। उनके लिए मैंने कभी चाय नहीं बनाई, प्रायः नन्हो ही बनाती रही है। कभी-कभार वह नहीं हुई तो बबली ने बना दी, मगर कल तो मैं ही बनाऊँगी। बबली कॉलेज चली जाएगी और मम्मी ऑफिस। नन्हो को दो घंटे की छुट्टी देकर अकेले ही उनका इंतजार करूँगी। आने के दस-पाँच मिनट पहले की आकुल प्रतीक्षा और फिर कॉलबेल की कुनमुनाहट। दरवाजा खोलने के पल। दिल की धड़कन। स्टडी में खामोशी का एक लम्हा और फिर चाय की अनुनय-विनय। सोचकर ही तन-मन में किलक-पुलक समा गई।

टन्न··टन्न··टन्न··दस बजते हैं तो मेरा ध्यान क्लॉक पर चला जाता है और फिर मम्मी पर। सोती हुई मम्मी के चेहरे पर न जाने क्या तलाशती हूँ और फिर देखने लग पड़ती हूँ, क्लॉक के पेंडुलम को। न इधर रुक पाता है, न उधर। न ही बीच में ठहरकर विश्राम ले पाता है। देखने में तो सुंदर है, लेकिन बेचारे की जिंदगी भी क्या है—टिक्-टिक्-टिक्। गति और गति। कभी न खत्म होनेवाली दौड़।

क्लॉक से हटकर मेरी नजर पापा की तसवीर पर चली गई और डूब गई पापा की यादों में। साफ, बिल्कुल साफ दूधिया कुरता-पाजामा, लंबा शरीर और लंबे हाथ। हाथ में बेंत और पैरों में कपड़े के जूते। आँखों पर चश्मा। यह था पापा का हुलिया। उनके चरित्र में ऐसी कोई बात न थी, जो लोगों की नजर में खटकने वाली हो। उन्होंने कभी किसी का बुरा नहीं चाहा, किसी का अहित नहीं किया। हो सका तो जरूरतमंदों की जरूरत पूरी कर दी, वक्त-बेवक्त उनका काम चला दिया, लेकिन पिछले पाँच-छह साल से पापा, सिर्फ पापा थे। उनके भीतर का बचपन कुम्हला गया था, कैशोर्य सूख गया था, यौवन मुरझा गया था, जबकि एक जिंदा इनसान में सभी पनों का रहना जरूरी है। पापा में भी कभी था, किंतु शहर ने उसकी जिंदगी के निर्मल जल को गंदा कर दिया। इतना कि वह सड़ाँध पैदा करने लगा और फिर

उस नदी को सूख जाना पड़ा। पापा एक नदी की याद भर रह गए। ठहाके लगाते उन्हें बचपन में कभी देखा था, जब वे गाँव आ जाते या फिर दस-पाँच रोज के लिए मुझे शहर ले आते। इंटर पास कर जब गाँव छोड़ कानपुर आई तो पापा कुछ ज्यादा ही गंभीर रहने लगे थे। डी.जी. कॉलेज से बी.ए. कर एम.ए. के लिए डी.ए.वी. कॉलेज में दाखिल हुई तो पापा गंभीरतर हो चले थे। लगता था कि जैसे उनके पास कहने के लिए कुछ बचा ही नहीं है और यदि बचा भी है तो अभिव्यक्ति के सारे दरवाजे उनके लिए बंद हो चुके हैं; लेकिन मैं जानती थी कि पापा के पास कहने लिए ढेर सारी बातें थीं, चाहते तो कह भी सकते थे, लेकिन वे चुप ही रहे। उनकी एक मासूम सी भूल जीवन भर उन्हें चुप रहने के लिए विवश किए रही।

जी.टी. रोड से तीन किलोमीटर के फासले पर बसे कपूरपुर के गँवई परिवेश में पल-बढ़कर उन्होंने शहरी लड़की से शादी करने की भूल की थी, लेकिन संस्कारों की टकराहट में हारकर वे टूट गए। मंदिर की घंटियाँ और शंख की जगह रेकॉर्ड प्लेयर, पॉप म्यूजिक, डांस, क्लब, शराब, पार्टियाँ और···और यह सब पापा को रास नहीं आया था। जिस घर में हम रह रहे हैं, पापा को शादी में मिला था और पिंजरे में बंद पंछी की तरह पापा इस घर में कैद होकर रह गए। वे चाहते तो इससे मुक्त हो सकते थे, पर यह शादी उन्होंने बाबा के चुने हुए रिश्ते को ठुकराकर की थी और बाबा ने उन्हें चैलेंज किया था—'बेटे, संस्कारों की टकराहट में जीत नहीं सकोगे।' और उनके इस चैलेंज को स्वीकार कर पापा ने अपने आपको इस दमघोंटू माहौल में झोंके रखा। पापा हार गए थे, लेकिन बाबा की नजरों में जीतने का दिखावा करते रहे। बाबा को कभी इस बात की भनक तक न लगने पाई कि बहू और बेटे के बीच कोई कशमकश भी है।

मम्मी का सभा-सोसाइटियों में जाना पापा को रुचा नहीं था। ऑफिस के अलावा नाइट कोचिंग में डॉक्टर चड्ढा के साथ पार्टनरशिप की बात भी उन्हें खली और फिर उनके मना करने के बावजूद मम्मी अकेले ही क्लब जाने लगीं। पापा ने इस सबसे मम्मी को रोका, आगा-पीछा समझाया, अपनी जिंदगी का वास्ता दिया, मेरी और बबली की सौगंध दी, लेकिन मम्मी के आगे उनकी एक न चली और वे तन्हा होते चले गए।

घर के अनचाहे माहौल में पापा शहर की भीड़ का अंग बन गए। दरिया की लहरों में डूबता आदमी जिस बेबसी से छटपटाता है, वैसी ही बेबसी में भीड़ के दरिया में छटपटाते पापा को मैंने देखा था। मम्मी के चारों तरफ भीड़ थी और पापा भी उसी भीड़ का अंग थे। उस भीड़ से इतर पापा घरेलू माहौल में जीना चाहते थे। वे चाहते थे कि भीड़ के दरिया से निकालकर मम्मी उन्हें सहेजें-सँभालें। भीड़ की

वजह से पति-पत्नी का जो रिश्ता टूट सा गया है, मम्मी उसे पूर्ववत् कायम करें, लेकिन मम्मी के पास ऐसे रिश्ते निभाने का वक्त ही कहाँ था! मम्मी खुद भी तो भीड़ का अंग होकर जी रही थीं। भीड़ की धकमपेल में उन्हें यह भी याद नहीं रहा कि उनका कोई पति है और दो संतानें भी, जिनके प्रति उनकी कोई जिम्मेदारी है। दरअसल मम्मी के पास खुद भी सुस्ताने तक का समय नहीं रह गया था।

व्यस्तता और व्यस्तता। तेजी और तेजी। दौड़ना और दौड़ना। यहाँ से वहाँ, वहाँ से यहाँ और जाने कहाँ-कहाँ! इनसान से इतर मम्मी एक यंत्र बन गई थीं, जबकि पापा ने यांत्रिकता की लहर से खुद को बचा लिया था। वे मुझे भी उससे दूर रखना चाहते थे। इसलिए मम्मी से लड़-झगड़कर मुझे बाबा के पास गाँव में पलने-बढ़ने दिया। गाँव से शहर आकर मैंने पाया कि मम्मी कुछ अधिक ही चिड़चिड़ी हो गई हैं। संबंधों की ऊष्मा खत्म होने लगी और धीरे-धीरे सारे संबंध अर्थहीन होते चले गए, जिनके प्रति किसी को कोई मोह नहीं रह गया।

अब जब पापा नहीं रहे, मम्मी ने क्लब जाना छोड़ दिया है। उनकी सामाजिक गतिविधियाँ न्यून हो गई हैं। कोचिंग छूट गई है। मम्मी के जीवन में यह विलोम परिवर्तन क्यों हुआ? अब तो वे कुछ भी करने के लिए और स्वतंत्र हो गई हैं। लगता है कि जैसे हमारे बारे में गंभीरता से सोचने लगी हैं, लेकिन अब क्या फायदा! परिवार को जब गंभीरता से लेना चाहिए था, तब नहीं लिया और अब परिवार की बागडोर उनके हाथ से छूट चुकी है। अब तो हमारा जीवन-क्रम ही बदल गया है। पापा के हाथों से दरवाजे के चबूतरे पर शिवलिंग का स्नान बंद हो गया है और बंद हो गया है उनका अभिषेक तथा भोग। पापा के साथ कहीं दूर चली गई है अगरबत्ती की भीनी-भीनी सुगंध। नीम के पेड़ पर बैठे परिंदे अब पापा का इंतजार किया करते हैं। नहाने के बाद अपने हाथों में कटोरी भर गेहूँ लेकर जब पापा फर्श पर बिखेरते तो परिंदों का झुंड टूट पड़ता। पापा के यही कुछ पल आत्मशांति के होते थे। इसके बाद वे आवाज देते और सब लोग डाइनिंग टेबल पर आ जाते। चुपचाप खाना खाते। काम की एकाध बात होती और फिर सब अपने-अपने काम पर। मम्मी ऑफिस चली जातीं और पापा कॉलेज। हम दोनों भी अपनी-अपनी राह निकल जातीं। ऊपर से देखने पर हमारी जिंदगी में कहीं कोई कशमकश न दिखती, पर अंदर-ही-अंदर बहुत कुछ सुलगता रहता।

मम्मी का क्लब जाना पापा को बेहद खला था। रोककर भी मम्मी को पापा रोक नहीं सके। उन्हें सहना पड़ा था वह बोझ। खुद का मानसिक और चर्चाओं-अफवाहों का सामाजिक बोझ। पल, दो पल नहीं, समय के संपूर्ण आयाम, अहर्निश।

उसे सहना, उसे झेलना पापा की मजबूरी थी। यह मजबूरी उन्हें घोलती गई। वे घुलते गए, किसी हिमानी की तरह। और एक दिन वह भी आया, जब पूरी की पूरी हिमानी गलकर बह गई। वह टिकी रह सकती थी, अगर मम्मी प्यार के स्पर्श से उसकी अतिरिक्त गरमी को सोख लेतीं, लेकिन मम्मी ने ऐसा नहीं किया, वे ऐसा नहीं कर सकीं।

मेरी और दयाल की दोस्ती भी पापा की आँखों में चुभी थी, किंतु उन्होंने न तो कभी मुझे टोका, न ही मना किया। एक बार मोती झील में उन्होंने मुझे दयाल के साथ देखा—घास पर बैठी दयाल के बाल सहला रही थी। उसके हाथ में गुलाब का फूल था और···और हम हँस पड़े थे। इसी हँसी में मेरा सिर उठ गया तो पापा दिख गए। पापा ने मुझे देख लिया था और मैंने पापा को। दयाल की नजर पापा पर नहीं पड़ी। मैं चुप हो गई। दयाल ने पूछा तो मैंने पापा की ओर इशारा कर दिया—हाथ में लंबा बेंत झुलाते लंबे-लंबे डग भरते पापा वापस जा रहे थे। मेरी धुकधुकी पर हाथ रखकर दयाल ने कहा था, "इसमें घबराने की क्या बात है। मम्मी तो चाहती ही हैं। पापा न भी माने तो हम कोर्ट मैरिज कर लेंगे।" दयाल की बातों से मुझे इत्मीनान तो हुआ, लेकिन पापा के इस तरह लौट जाने के बाद फिर मेरा मन वहाँ रम नहीं सका। उठकर हम दोनों चले आए। घर में घुसते ही शरीर में सिहरन सी हुई। चुपचाप जाकर स्टडी में पढ़ने लगी। कई दिन तक पापा के सामने नहीं पड़ी। उनके सामने सिर नहीं उठा सकी। सोचती रही कि पापा कुछ-न-कुछ कहेंगे जरूर, पर पापा ने कुछ नहीं कहा।

कई महीने बाद एक दिन पास बुलाकर उन्होंने एक सलाह जरूर दी थी, "बीनू बेटी, दयाल बड़े घर का लड़का है। यह साथ, यह दोस्ती तुम्हें कहीं पहुँचाएगी नहीं। अपनी जिंदगी और भविष्य से मत खेलो।" कहकर पापा चुप हो गए और छत में झूलते पंखे पर नजर गड़ाकर न जाने क्या सोचते रहे! पापा ने एकाध बार मेरी शादी के बारे में पूछा तो मैंने इनकार कर दिया। आज यह सब सोचकर अपने भीतर तूफान सा महसूस कर रही हूँ। मम्मी के भीतर आँधी नहीं, तूफान नहीं, हलचल या भूचाल नहीं, बुझी हुई राख का ढेर है और राख के उस ढेर में दबी मैं आग की तरह दहक रही हूँ। अमेरिका से दयाल ने लिखा है—'बीनू डार्लिंग, शादी और जन्म-जन्म के बंधन जैसे शब्दों से मुझे चिढ़ सी होने लगी है। यहाँ आकर मुझे तो फास्ट लाइफ पसंद आ गई। शादी का कोई औचित्य नहीं रह गया है। अब तुम मेरी बीवी नहीं, पार्टनर बन सकती हो, अन्यथा किसी से भी मैरिज कर लो।' दयाल के इसी खत को उस दिन सोमू ने पढ़ लिया। इस खत को मैंने बीसियों बार पढ़ा। विश्वास नहीं

होता कि दयाल ऐसा भी खत लिख सकता है, पर उसकी हैंड राइटिंग अविश्वास के सारे सूत्र छितरा देती है। एकबारगी वैसी लाइफ की कल्पना करती हूँ तो काँप जाती हूँ और फिर सवालों की धुंध मुझे घेर लेती है।

मम्मी और पापा की शादी हुई जरूर थी, पर बंधन कहाँ थे! उन्मुक्त विचरण के लिए दोनों ही तो मुक्त थे। फिर भी सुखी क्यों नहीं रह सके, कहाँ मिली संतुष्टि, कहाँ है तृप्ति का अंत! मैं किसी सूत्र की तलाश करती हूँ, किंतु कोई सूत्र हाथ नहीं लगता। अब जब पापा नहीं रहे तो किसी पुरुष के सहारे का अभाव सालने लगा है। लगता है कि जैसे मैं किसी का इंतजार कर रही हूँ। वह कोई खास नहीं है, वह केवल वह है, एक पुरुष, एक संबल। वह चाहे दयाल हो, सोमू हो या कोई और!

उम्र के चढ़ाव के साथ एक समय ऐसा भी आता है, जब प्यार-व्यार निरर्थक लगने लगता है। प्रियतम का संसर्ग न मिलने पर हमारा जिस्म किसी भी सुदर्शन व्यक्तित्व से संसर्ग की कामना करने लगता है। इन दिनों कुछ ऐसा ही महसूस कर रही हूँ। मेरी इसी मानसिक स्थिति में अभी थोड़ी देर पहले सोम आए थे और यह खत दे गए हैं। उन्होंने लिखा है—'बीनूजी, मुझे आपके अतीत और वर्तमान, दोनों की खबर है। अगर मम्मी या दयाल की तरह फास्ट लाइफ जीनी है, तब तो बात ही और है, अन्यथा मेरी जिंदगी की चौखट आपका इंतजार कर रही है। गाँव से बापू ने शादी के बारे में पूछा है और इस संबंध में वे जल्दी ही कानपुर आनेवाले हैं। किसी से तो शादी होनी ही है। कोई तो जिंदगी में आएगा ही। चाहें तो आप आ सकती हैं। इतने साल के इस परिचय में जितना जान-समझ पाया हूँ, आप मुझे पसंद हैं। सुबह दस बजे आऊँगा, अपना निर्णय बता देना।' रात देर तक सोम का यह खत लिये जागती उनके बारे में ही सोचती रही—सीधा-सादा निहायत शांत सा लड़का। शहरी जिंदगी से कुछ कटा-कटा सा। गाँव की सादगी, सहजता और सरलता का पुतला। सोम का खत लिये-लिये ही न जाने कब सो गई। सुबह काफी देर गए जब मम्मी ने आवाज दी तो नींद खुली। बबली कॉलेज चली गई थी। मुझे आवाज देकर मम्मी भी ऑफिस चली गईं। चारपाई छोड़ नित्य कर्म से निबटने में लग गई और नहा-धोकर सिंगारदान के सामने पहुँच गई। लक्मे की हल्की सी परत चेहरे पर चढ़ाकर ड्रेसिंग टेबल के दर्पण में अपनी छवि आप निहारती रही। अतिरिक्त रूप से सज-सँवरकर साढ़े नौ बजे ऊपर से नीचे उतरकर स्टडी में आ गई और सोम का इंतजार करने लगी। फिर सोम की दी हुई किताब उठा ली, लेकिन किताब में मन नहीं लगा। उठकर खड़ी हो गई

और ऊपर चली आई। ऊपर आते ही नजर फिर क्लॉक पर चली गई। क्लॉक को देखने लगी, उसके पेंडुलम की गतिशीलता को। दस बजने में सिर्फ दस मिनट शेष हैं। बाहर निकलकर बरामदे में टहलने लगी। थोड़ी देर बाद उतरकर फिर स्टडी में आ गई और खिड़की-दरवाजों के परदे ठीक कर दिए।

टेबल पर ग्लोब रखा हुआ है, ग्लोब के नीचे पेन और पेपरवेट से दबा सोम का खत, जिस पर मेरे हाथों ने अंग्रेजी के तीन अक्षर टाँक दिए हैं। सोम से शायद कह नहीं पाती। इसलिए उनके ही पत्र पर तीन अक्षर का अपना जवाब लिख दिया है। आकर खुद पढ़ लेंगे। बाकी पूरी-की-पूरी टेबल खाली है। लंबी-चौड़ी टेबल का श्वेत, बिल्कुल श्वेत, दूध-सा सनमाइका, चिकना और खूबसूरत। उस पर गर्द की हल्की सी परत जम गई है। कपड़े से उसे पोंछ देती हूँ। अभी हम दोनों इसी टेबल पर बैठकर चाय पिएँगे। स्टडी से उठकर फिर ऊपर आ गई, शीशे के सामने। देखती हूँ कि चेहरे पर परेशानी के भाव हैं। कभी दयाल, कभी सोम, कभी मम्मी और कभी पापा आँखों में कौंध रहे हैं। फिर दयाल और सोम में सिर्फ सोम दिमाग में रह गए। दयाल तो 'वह' हो नहीं सका, जो मैं चाहती हूँ, सोम हो सकते हैं। सोम मेरा 'वह' होना चाहते हैं, जो मैं चाहती हूँ।

नजर उठी तो क्लॉक पर जम गई, क्लॉक के पेंडुलम पर। मम्मी का जीवन भी तो ऐसा ही पेंडुलम हो गया था। पेंडुलम की तरह चलना और चलना। मशीन की तरह हमेशा गतिमान। इसी गति में पापा उनसे छूट गए। पापा ही क्यों, हम सब भी तो। कितना त्रासद हो जाता है वह दांपत्य, जिसका एक सिरा पेंडुलम की तरह अनवरत गतिमान हो उठता है और दूसरा एकदम स्थिर, जिसके साथ जड़ हो जाते हैं सारे रिश्ते। हिमानी की तरह गल-गलकर बह जीता है कोई जीवन। पूरी होने के बजाय अधूरी रह जाती है कोई कहानी और किसी को ढोनी पड़ती है, उस कहानी की पांडुलिपि। लगता है कि जैसे उस कहानी की पांडुलिपि को ही ढो रही हूँ मैं।

टन्न...टन्न...टन्न। दस बजते हैं तो मेरा दिल धड़क उठता है। बाहर निकलकर दरवाजे की आहट लेती हूँ। दरवाजा बंद है। सिटकनी चढ़ी हुई है। दस बजने के बावजूद कॉलबेल नहीं बजी तो अकुला उठी। सोमजी अब तक क्यों नहीं आए, सोचते हुए सीढ़ियाँ उतरने लगी। नजरें दरवाजे पर टिक गईं। कान कॉलबेल की आवाज सुनने के लिए उतावले हो उठे तो चलती हुई स्टडी में जा पहुँची। एक-एक पल भारी लग रहा है। सोम तो टाइम के पंक्चुअल हैं, आज क्यों देर लगा रहे हैं, सोचकर बेचैन होने लगी, परेशान भी। तभी कॉलबेल

कुनमुना उठी। स्टडी से निकलकर बाहर आ गई और सिटकनी नीचे कर दरवाजा खोल दिया। अचानक न जाने क्या हुआ कि अपने ही स्टूडेंट के सामने अपने आप मेरे हाथ जुड़ गए और एक बार नजरें मिलने के बाद सिर झुक गया। लाख कोशिश करने पर भी फिर सिर उठा नहीं सकी। आगे सोम और उनके पीछे चलती हुई स्टडी में पहुँच गई। न मैं बैठ पाती हूँ, न ही सोम। दोनों के दोनों खड़े रह गए, सिर झुकाए हुए। सोम की निगाह उनके अपने पत्र और उस पर लिखे मेरे शब्दों पर अटक गई है। वे कुछ घबराहट सी महसूस कर रहे हैं। मेरे तन–मन भी कंपन, सिहरन और रोमांच की स्थिति में हैं। मैंने बैठने को कहा तो वे बोले, ''नहीं मैडम, यह पत्र लिखने के लिए शर्मिंदा हूँ। यहाँ से जाकर देखा तो गाँव से बापू आए हुए थे। वे अपने रिश्ते की एक लड़की के पिता को वचन दे आए हैं। आई एम सॉरी फॉर दैट। और फिर आपके पापा की भूल को दोहराना नहीं चाहता।''

सोम एक ही साँस में अपनी बात कह गए, जिसे सुनकर मेरे सामने अँधेरे की पर्तें छा गईं और मैं किसी दु:स्वप्न की तंद्रा में जकड़ सी गई। कुछ पल बाद जब तंद्रा टूटी तो सोम जा चुके थे और मैं अवाक् खड़ी रह गई थी, बहुत देर तक।

□

जिस्म अकेला

किसी का प्यार पानेवाले जान ही नहीं पाते कि प्यार करनेवाले कभी इनकार नहीं करते, लेकिन पानेवाले किसी भी स्थिति में इनकार की कोई-न-कोई राह ढूँढ़ ही लेते हैं। शायद इसीलिए प्यार करनेवाले तकलीफें झेलते हैं, ऐसी तकलीफें, जिनका एहसास तक प्यार पानेवालों को नहीं हो पाता। प्यार की गहराई में वे कभी उतर ही नहीं पाते। जहाँ भी होते हैं, उथले-उथले। गहराई में उतरने पर डूबने का खतरा रहता है और डूबना वे चाहते नहीं या शायद डूबने के आनंद से वाकिफ ही नहीं होते, क्योंकि प्यार तो डूबकर ही किया जा सकता है, जो जिस्म से शुरू जरूर होता है, लेकिन फिर वह प्रिय की रूह में समा जाता है। जो सचमुच प्यार करते हैं, उनके लिए अंततः तो रूह ही जरूरी होती है, जिस्म तो वस्त्र भर रह जाता है, जिसे जितनी बार चाहो, पहनो और जितनी बार चाहो, उतार दो। सुबह चाहो, शाम चाहो, चाहे दोपहर, चाहे आधी रात को चाहो, सब समय उनके आस-पास प्यार का झमाझम उजाला फैला रहता है, जिसके लिए प्रिय को कभी याचक नहीं बनना पड़ता, सिर्फ चाह उगानी होती है, जिसे देखते ही प्रिय में वह चाह स्वतः उग आती है। उनके लिए जिस्म तो जैसे ओढ़ना-बिछौना हो जाता है। थकान सबको लगती है, लेकिन थकान की वजह से बच्चे को दूध पिलाने में माँ कभी कोताही नहीं करती। सच्चा प्रेम बहुत कुछ माँ के प्यार जैसा होता है। माँगने से प्रेम नहीं मिलता, भीख भले ही मिल जाती हो और भीख में मिला प्रेम आदमी को बड़ा नहीं होने देता। प्रिय के लिए बिछ न पाना प्रेमिका के लिए विछोह जैसा होता है, लेकिन प्यार पानेवाले को प्रियतम जब उसी हीट और हाइट पर नहीं पाते तो उनका कलेजा फटने-फटने को हो आता है। तुम्हारे साथ जीते हुए मेरा कलेजा कितनी बार फटा, तुम शायद कभी जान ही नहीं सकीं। अगस्त में तुमने संकेत दे दिया था और सितंबर में बता भी दिया कि कोई और भी है, जो तुम्हें प्यार करने

लगा है—वेरी क्यूट, वेरी हैंडसम, वेरी यंग, केयरिंग ऐंड शेयरिंग, जिसका संग-साथ तुम्हें अच्छा लगता है। मेरे जन्मदिन पर तुम प्राय: मेरे साथ रहा करती थीं, पर इस बार तुम्हें मेरा जन्मदिन याद ही नहीं रहा। चार दिन बाद पड़ने वाले तुम्हारे जन्मदिन पर तुम्हारा मनपसंद तोहफा दिया तो तुमने मेरे जन्मदिन पर 'विश' तक न कर पाने के लिए 'सॉरी' भर कहा और सबकुछ भूल गईं। तुमसे तो यह औपचारिकता तक न निभाई जा सकी कि हर साल जन्मदिन पर भेंट में गुलाब का का फूल पाकर खुश हो जानेवाला तुम्हारा 'यह' देर से ही सही, एक फूल तो पा ही सकता था, अलबत्ता तुमने यह जरूर बता दिया कि तुम्हारे जन्मदिन पर 'उसने' तुम्हें क्या-क्या दिया? भौतिक पदार्थों के आदान-प्रदान से प्यार का कोई लेना-देना नहीं, हम दोनों ऐसा ही सोचते और समझते रहे। फूलों की खुशबू के सिवा तुमसे और कुछ कहाँ चाहा, लेकिन देना तुम्हें सबकुछ चाहता रहा। सुनकर ताज्जुब हुआ, जब उसके दिए महँगे उपहार तुम्हारे लिए अतिरिक्त खुशी का सबब बन गए। उसके उपहार पाकर तुम कुछ ज्यादा ही खिली-खिली और धुली-धुली सी रहने लगीं और मुझसे थोड़ा दूर-दूर, थोड़ा खिंची-खिंची, इस चिंता में गर्क कि कोई हमें साथ-साथ देख न ले। तुम प्रयास करने लगीं कि लोगों को लगे कि जैसे मुझसे तुम्हारा कोई खास संबंध कभी रहा ही नहीं। वह तो बस वैसा ही था, जैसा कॉलेज के सहपाठियों, टीचरों और स्टाफ के लोगों से होता ही है। उस सुदर्शन और मृदुभाषी लाइब्रेरियन से तुम्हारी निकटता के चर्चे उन दिनों कुछ ज्यादा ही होने लगे थे, पर मैं जानता था कि तुम जान-बूझकर ऐसा इसलिए कर रही हो, ताकि मैं तुम्हारे वृत्त से बाहर नजर आने लगूँ।

धीरे-धीरे ऐसा होने भी लगा और फिर उसके साथ तुम्हारा घूमना-फिरना काफी बढ़ गया। कल तक तुम्हारा खास रहा 'मैं' अब गैरजरूरी हो गया और 'वह' एकदम खास। तुम्हारे जीवन का बहुत कठिन समय पार हो गया तो मैं तुम्हारा टाइम-पास भर होकर रह गया, क्योंकि तुम्हारे सारे मकसद पूरे हो चुके थे।

अब सोचता हूँ तो लगता है कि मुझे लेकर तुम कभी गंभीर रही ही नहीं। तुम तो मेरी मंजिल हो गई थीं, लेकिन तुम्हारी मंजिल मैं नहीं हो सका। मुझे लेकर उमगा-उमगा रहनेवाला तुम्हारा मन धीरे-धीरे बुझ गया, जिससे मेरा जीना दुश्वार हो चला। तुम जिसे रूह कहती हो, मेरी वह रूह तो तुम्हारी हो ली न! अब मेरे पास जिस्म भर बचा है, जिसे न जाने किस-किस घाट से गुजरना है?

□

सामना

ट्यूशन पढ़ाकर लौट रहा है सोमनाथ। मकान के अंदर प्रवेश कर पाए, इसके पहले ही तिवारीजी की गुहार उसके कानों से टकराई। वह मुड़ा और सड़क पार सामने फुटपाथ पर टाट बिछाकर लगाई गई तिवारीजी की दुकान पर पहुँच गया। तिवारीजी के शरीर पर मैले-चीकट निक्कर के अलावा अगर कुछ और था तो कंधे से कमर तक लटकता जनेऊ। उनका दुबला-पतला तन और यह हाड़-तोड़ दुकानदारी, सोमनाथ ने सोचा, अच्छे-भले डागा कॉटन मिल में लगे हुए थे कि एक दिन तालाबंदी हो गई और उनके जैसे हजार से अधिक लोग बेकार हो गए। उनमें से कुछ तो अपने-अपने गाँव लौट गए और कुछ ने मुंबई, अहमदाबाद या कोलकाता का टिकट कटा लिया। कुछ ने रिक्शे पकड़े और बाकियों ने दूसरे छोटे-मोटे धंधे, जैसे तिवारीजी ने फुटपाथ पर गल्ले की यह दुकान कर ली। सोमनाथ जब उनके करीब पहुँचा, वे तराजू का पल्ला उठाकर उस बूढ़े ग्राहक के झोले में गेहूँ डाल रहे थे, जिसके सिर के सारे बाल सफेद थे। गेहूँ डलवाकर बूढ़े ने अपनी टेंट खोली, कुछ मुड़े-तुड़े नोट निकाले और उनमें से छाँटकर सड़ियल नोट तिवारीजी की ओर बढ़ा दिए। तिवारीजी ने पहले तो बूढ़े को घूरा और फिर नोट लेकर गिनने लगे। उनमें से दो नोट निकालकर बूढ़े को लौटाते हुए बोले, ''हमहीं मिले रहन ई सड़े न्वांट भ्याड़ैं की खातिर?''

''ठीक तव हैं हो, का खराब है इनमा?''

''खराब नांइ हैं तव हमैं दूसर दइ देव अऊर इनका ट्यांट मा बांधि लेव।''

''अरे यार, नांइ मानत हव तव लाव।'' कहते हुए बूढ़े ने नोट लिये और अपनी टेंट खोलकर अपेक्षाकृत कम सड़ियल नोट तिवारीजी की ओर बढ़ा दिए। टेंट कसी, झोले को अपनी खड़खड़िया साइकिल पर टाँगा और आगे बढ़ गया। उससे निबटकर तिवारीजी सोमनाथ की ओर मुखातिब हुए, ''शंभू आया था। काफी देर

तक आपका इंतजार करता रहा। थोड़ी देर में फिर आएगा। कहीं जाइएगा नहीं।'' तिवारीजी कुछ और कह पाएँ, इसके पहले ही एक खूबसूरत औरत ने आकर उन्हें टोक दिया, ''गोहूँ का भाव हैं?''

''कउन?''

''ई…'' तिवारीजी उस औरत से उलझ गए तो सोमनाथ सड़क पार कर अपने कमरे में आ गया। तिवारिन अंगीठी सुलगा रही थीं। सोमनाथ को देखते ही रुक गईं और उन्होंने भी शंभू के आने की खबर दी। हवा का तेज झोंका अंगीठी से उठता सारा धुआँ उनके मुँह पर बिथरा गया तो वे उठ खड़ी हुईं और अंगीठी का कड़ा चिमटे में फँसाकर उसे घर से बाहर चबूतरे पर रख आईं।

ऊपरी मंजिल से मकान मालिक के लड़के ने मास्टर साहब से कटियार साहब के बारे में पूछा तो कमरे में लटकता ताला देखकर उन्होंने नकार में सिर हिलाया और साइकिल लेकर बाहर निकल गए। कटियार साहब शायद ड्यूटी के लिए घर से निकल चुके थे। राधेश्याम सब्जी में नमक ज्यादा पड़ जाने पर बीवी को लताड़ रहा था। उसे शायद ड्यूटी पर जाने में देर हो रही थी। सोमनाथ ने कमरे का ताला खोला और चारपाई पर लेटकर शंभू का इंतजार करने लगा; कोऑपरेटिव बैंक में सोमनाथ को फिट कराने की जुगाड़ कर रहा है शंभू।

नौकरी, वह भी बैंक की, मिल जाए तो चाँदी है, पर कम्बख्त मिलती कहाँ है? हाई स्कूल में उसने प्रथम श्रेणी पाई थी। इंटर और बी.ए. में भी अच्छे नंबर पाए हैं और इस साल कोशिश में है कि एम.ए. में प्रथम श्रेणी ले आए, पर उससे भी क्या होगा। उसके जैसे न जाने कितने ग्रेजुएट सड़कें नाप रहे हैं, किसी को कहाँ मिलती है नौकरी। कहाँ धरी हैं इतनी नौकरियाँ! और धरी भी हैं तो 'एक अनार सौ बीमार' वाली बात है। वह अनार भी उसी बीमार को मिलता है, जो किसी समर्थ का बेटा है और ऐसे बेटों की जमात में सोमनाथ जैसों का नाम नहीं आता। कंडीडेट पहले से तय हो जाते हैं, रिक्त स्थानों का विज्ञापन बाद में निकलता है। कुछ के पिता, काका या मामा एम.एल.ए. या एम.पी. होते हैं, कुछ के सेक्रेटरी या डायरेक्टर या फिर उनके पिता की हैसियत और पहुँच इतनी होती है कि संबंधित अधिकारी की जेब में नोटों की गरमी पहुँच जाती है और सबकुछ मोम की तरह पिघल जाता है। विज्ञापन तो एक फॉर्मेलिटी होता है और होता है समता का ढोंग, सोचता हुआ सोमनाथ विचलित होने लगता है। उसके पिता, काका या मामा किसी ऊँची पोस्ट पर नहीं हैं, न ही उनकी जेब ऐसी है कि भेंट-पूजा कर सकें। वे गाँव में खेती करते एक साधारण किसान हैं और किसान की औकात होती ही कितनी है!

हाई स्कूल में प्रथम श्रेणी पाते ही सोमनाथ ने बैंक और पोस्ट ऑफिस की नौकरियों के लिए अप्लाय करना शुरू कर दिया था। न जाने किस-किस बैंक के लिए कितने-कितने रुपए के बैंक ड्राफ्ट लगाकर उसने अप्लाय किया। पोस्ट ऑफिस और तारघर की क्लर्क ग्रेड नौकरी के लिए भी कई बार फॉर्म भरे, पर किसी ने कभी रिटन टेस्ट तक के लिए नहीं बुलाया।

आजकल नौकरी का हाल यह है कि जिसे मिल गई, उसे मानो राज-पाट मिल गया। वह जिंदगी की दौड़ जीत गया और जिसे नहीं मिली, उसका जीवन तो नरक ही समझो। सारी शिक्षा-दीक्षा, सारी काबिलीयत धरी की धरी रह जाती है। धोबी के कुत्ते की तरह वह न घर का रहता है, न घाट का। ऐसी हालत में कुछ लोग चोरी-डकैती करने लगते हैं, कुछ दादा बनते हैं, दलाल बनते हैं, ठग बनते हैं, हत्यारे और स्मगलर बनते हैं, क्योंकि उनके खाली दिमाग और जवान शरीर को करने के लिए कोई काम तो चाहिए ही। सोमनाथ के कई साथी 'वैसे' हो चुके हैं, लेकिन सोमनाथ वैसा कुछ नहीं होना चाहता।

इस मकान में सोमनाथ को आए अभी सिर्फ तीन महीने हुए हैं। नीचे छह कमरे हैं, जिन्हें कोठरियाँ कहना ज्यादा सही होगा। पाँच में तो पाँच किराएदार अपने-अपने परिवार के साथ रहते हैं और छठी कोठरी में मकान मालिक की गाय बँधती है, अकेली। ऊपरी मंजिल जरूर ठीक-ठाक बनी है, जिसमें मकान-मालिक का परिवार रहता है। सोमनाथ की कोठरी में न खिड़की है, न रोशनदान। बाकी कोठरियाँ भी कमोबेश ऐसी ही हैं, जिनके टाँड़ों पर आलतू-फालतू सामान भरा रहता है। जैसे सोमनाथ की कोठरी का टाँड़ किताबों और पत्र-पत्रिकाओं से अँटा पड़ा है। एक अलमारी है, जिसमें जरूरी बरतन-भाँड़े और अनस्तर-कनस्तर भरे हैं। कोने में लोहे की बाल्टी में पानी है और उसकी बगल में रखी है सुराही। एक कोने में अंगीठी और स्टोव है। एक चारपाई है, जिसके नीचे सूटकेस है, जिसमें सूट के नाम पर पिछली सर्दी में खरीदा गया सेकंड हैंड कोट है और है एक स्वेटर, जिसे मीता ने बुना है, जिसके बारे में सोमनाथ का खयाल है कि वह उसे प्यार करती है।

कोठरी में थोड़ी देर बाद ही उसका बदन पसीना-पसीना हो उठा। सीलिंग या टेबल फैन की बात तो सपना ही है सोमनाथ के लिए। खजूर का पंखा जरूर है, अंगीठी धौंकते-धौंकते जिसकी हालत भी खस्ता हो चुकी है। पहले तो उसने उसी खस्ता-हाल पंखे से हवा करके बदन को राहत देनी चाही, दो-चार बार उसे हिलाया-डुलाया भी, पर उससे तन और मन की व्याकुलता कम नहीं हुई तो तौलिया लपेटकर बाहर निकल आया और मकान-मालिक की दुकानदारी देखने लगा। प्रवेश

द्वार के अगल-बगल के दो कमरों में मकान-मालिक की दुकानदारी है, स्पिरिट की, जिसे एल्गिन मिल में काम करनेवाले मजदूर और रिक्शेवाले पीते हैं। हालाँकि हड्डियों के क्रॉसनुमा ढाँचे के नीचे 'डिनेचर्ड स्पिरिट विकृत विष है और स्वास्थ्य के लिए खतरनाक है' लिखा साइनबोर्ड वहाँ टँगा है, लेकिन जिसे नशे की लत पड़ गई हो, उसके लिए ऐसे किसी बोर्ड की अहमियत ही क्या!

वह नीम की छाँव तले आया तो गरमी का असर कुछ कम हुआ और उसे राहत महसूस हुई। फिर वह चबूतरे पर बैठ गया। तिवारिन की अंगीठी ऊपर तक दहक आई थी। उसने आवाज दी तो वे आकर उसे उठा ले गईं।

सोमनाथ चाह रहा था कि शंभू जल्द-से-जल्द आ जाए तो उसे पूरी बात मालूम हो। उसका दिल बल्लियों उछल रहा है। मकान-मालिक के लड़के शंभू को 'लँगड़वा' कहकर बुलाते हैं और कभी-कभी नाराज होने पर तिवारिन भी उसे लँगड़दीन कहती हैं; हालाँकि गाँव के रिश्ते में वह उनका भाई लगता है, पर लोग हैं कि उसे बहुत-बहुत कुछ कह जाते हैं और वह है कि सिर झुकाए सुनता रहता है। शंभू के प्रति लोगों का यह व्यवहार सोमनाथ को अच्छा नहीं लगता। बचपन में बैलगाड़ी पलटने से उसका पैर टूट गया था। इलाज से वह ठीक तो हुआ, पर थोड़ा टेढ़ा रह गया और शंभू लँगड़ा हो गया, जीवन भर के लिए।

किसी तरह कस्बे से उसने थर्ड डिवीजन में हाई स्कूल पास किया और आई. टी.आई. से ट्रेनिंग लेकर सूटरगंज के एक प्रेस में काम करने लगा, जहाँ प्राइमरी स्कूल के छात्रों के लिए पाठ्य-पुस्तकें छपती हैं। अभी स्थिति ऐसी नहीं है कि वह अपने परिवार को गाँव से लाकर शहर में रख सके, परिवार यानी माँ-बाप और बहन। ग्वालटोली के एक मकान में सीढ़ियों के नीचे की भंडरिया किराए पर लेकर रहता है वह। तिवारीजी के घर कभी-कभी ही आता है, वह भी जब कोई काम हो। कभी गाँव से आलू ले आएगा तो कभी पिपिया भर गन्ने का रस, कभी मकान-मालिक के लिए असली देसी घी। आते ही तिवारिन से खाना माँगेगा और खाकर सबसे मिलेगा, हाल-चाल पूछेगा और फिर थोड़ी-बहुत गप्पबाजी। जितनी देर रहेगा, हँसता रहेगा, सबको हँसाता रहेगा, बच्चों को, बड़ों और बूढ़ों को भी, पर मकान-मालिक के लड़के न जाने क्यों उससे चिढ़ते हैं।

तीन महीने पहले सोमनाथ ने खलासी लाइन के मकान में किराए पर जब कोठरी ली तो शंभू ही वह पहला आदमी था, जिससे उसकी बोल-चाल हुई और फिर दोस्ती भी। शंभू के जरिए ही तिवारी परिवार से सोमनाथ का मेल-जोल बढ़ा और फिर तो बात कभी-कभार तिवारिन के घर से साग-सब्जी आ जाने या रोटी

बनवा लेने तक बढ़ गई। मास्टर साहब, कटियार साहब, गोविंद या राधेश्याम से अब भी सोमनाथ की बात नहीं होती। वे लोग अपनी तरफ से कभी कुछ पूछ लेते हैं तो वह हाँ-ना में जवाब दे देता है। बात इससे आगे बढ़ नहीं पाती। हालाँकि सोमनाथ चाहता है कि आगे बढ़े, वे लोग भी शायद चाहते होंगे, पर अपनी-अपनी व्यस्तता उन्हें अपने आपमें उलझाए रखती है, लेकिन शंभू से सोमनाथ की आत्मीयता बढ़ गई। उन्होंने 'अंकुर' आदि कुछ फिल्में साथ-साथ देखीं और कई बार ढाबे में एक साथ खाना भी खाया। कई बार सोमनाथ के कपड़े शंभू पहन गया और एकाध बार सोमनाथ भी शंभू की शर्ट पहनकर गाँव गया है। एक दिन मोती झील में कार से उतरकर कैफे की ओर जाते एक सज्जन मिल गए, जिन्हें शंभू ने मामा कहकर संबोधित किया। औपचारिक कुशल-क्षेम पूछने के बाद उनसे अलग होने पर शंभू ने बताया था कि कोऑपरेटिव बैंक में डिप्टी डायरेक्टर हैं। मैट्रिक में तुम्हारी प्रथम श्रेणी है, नौकरी के लिए बात करूँगा।

परसों भेंट होने पर उसने सोमनाथ को बताया था कि बैंक की फूलबाग ब्रांच में एक स्थान रिक्त हुआ है। सारी डिटेल्स लेकर आज आने का वादा किया था शंभू ने। सो उसके आने की सूचना पाकर सोमनाथ को लग रहा है कि उसकी नौकरी लगने में अब देर नहीं। नौकरी, वह भी बैंक की, उसके मन की मुराद पूरी होने का समय शायद आ गया है।

इसी को कहते हैं कि भगवान् के घर देर है, अंधेर नहीं है। भगवान् की कृपा हुई तो उसे शंभू जैसा दोस्त मिल गया। और अब उस दोस्त के जरिए उसे नौकरी मिलने जा रही है। मन-ही-मन पुलकित होता सोमनाथ बेसब्री से शंभू का इंतजार कर रहा है, एक-एक पल गिनते हुए।

तकरीबन एक घंटे बाद शंभू आया और बैंक का अप्लीकेशन फॉर्म उसकी ओर बढ़ा दिया, "बहुत लकी हो यार, मामाजी ने तुम्हारे लिए हाँ कर दी।" कहते हुए शंभू उसे बंगाली ढाबे ले गया और अपनी तरफ से उसका मुँह मीठा कराया। वे दोनों वहाँ डेढ़ घंटे बैठे रहे, मीठी-मीठी बातें करते और कल्पनाओं की ऊँची-ऊँची उड़ान भरते हुए। शंभू ने उससे प्रॉमिस लिया कि नौकरी का एक साल पूरा होने पर वे दोनों दार्जिलिंग जाएँगे, जिसका सारा खर्च सोमनाथ उठाएगा। और लगे हाथ उससे सूट बनवा लेने का वादा भी करवा लिया शंभू ने। शंभू की सब बातें सोमनाथ ने स्वीकार कर लीं, कर भी क्यों न लेता, इतनी अच्छी नौकरी जो लगने जा रही है। अभी ऐसे तो क्या है कि तमाम सारी भाग-दौड़ के बाद कुछ रुपए ट्यूशन से कमाकर कक्का की मदद से एम.ए. कर लेने की फिराक में है

वह। हालाँकि जानता है कि एम.ए. हो जाने भर से स्थिति में कोई खास फर्क नहीं आनेवाला। इसलिए चाहता है कि किसी भी कीमत पर बैंक की यह नौकरी उसे मिल जाए। फिर अगर एम.ए. न भी हो पाए तो कोई चिंता नहीं, क्योंकि आजकल महत्त्व एम.ए.-बी.ए. का नहीं, अच्छी तनख्वाह वाली नौकरी का है। तमाम सारे लोग एम.ए.-बी.ए. नहीं हैं, पर कोई भी ऐसी-वैसी नौकरी पाकर निश्चिंत हैं, पर उनसे कई गुना ज्यादा सोमनाथ जैसे एम.ए.-बी.ए. करते लड़के भविष्य की लहरों के थपेड़ों से जूझ रहे हैं। यह तो कहो कि उसकी किस्मत का सितारा बुलंद है कि उसे शंभू मिल गया, नहीं तो पता ही कहाँ चलता कि कोऑपरेटिव बैंक की फूलबाग ब्रांच में कोई जगह रिक्त हुई है। पता चलता भी तो नौकरी किसी और को मिल जाती, उसे कौन पूछता!

डेढ़ घंटे बाद जब दोनों अपने-अपने कमरे के लिए विदा होने लगे तो शंभू ने धीमे स्वर में उससे कहा, ''ये सारी बातें तब तक गुप्त रखना, जब तक तुम ज वॉइन नहीं कर लेते। तिवारीजी को भी मत बताना। बात लीक हो गई तो मामला गड़बड़ हो जाएगा। और हाँ, मामा को तो नहीं, पर नीचे वाले और लोगों की कुछ-न-कुछ भेंट पूजा करनी होगी। किसी बैंक से तीन महीने का एक्सपीरिएंस सर्टिफिकेट भी लेना पड़ेगा।''

भेंट-पूजा वाली बात सुनते ही सोमनाथ का दिल डूबने लगा। डूबते दिल से उसने पूछा, ''कम-से-कम कितने रुपयों में काम हो सकता है?'' अंगुलियों पर हिसाब लगाकर शंभू ने बता दिया।

''यार, इतने रुपए कहाँ से लाऊँगा?''

''देख लो, मौका है, फिर मुझे दोष मत देना कि कुछ किया नहीं। वैसे तुम्हारा अप्वॉइंटमेंट हो जरूर जाएगा।''

''पर यार...''

''क्या है, तीन-चार महीने की तनख्वाह में सब लौट आएगा।''

''यार, ऐसा नहीं हो सकता कि मामा से कहकर कुछ ऐसी व्यवस्था करवा लो कि नौकरी लगने के बाद डेढ़ गुने दे दूँ?''

''ऐसा नहीं होता है, दोस्त।''

''फिर यार, कुछ कम में काम करवा।''

''चल, कोशिश करते हैं।''

''शुरू में कितने चाहिए होंगे?'' सोमनाथ ने पूछा तो शंभू ने अंगुलियों पर हिसाब लगाकर फिर बता दिया।

"बाकी?"

"बाकी भी एकाध हफ्ते में। देर होने पर मामला गड़बड़ हो सकता है।"

"ठीक है, मैं तीन-चार दिन में कैसे भी इतने की व्यवस्था करता हूँ।"

"जितनी जल्दी कर सकते हो, करो।"

"जल्दी बहुत हो तो मेरी पासबुक में हैं कुछ।"

"ठीक है, वही निकालकर दे दो, ताकि काम शुरू तो हो।" सुनकर सोमनाथ ने कमरे से पासबुक ली और दोनों पोस्ट ऑफिस पहुँच गए। फार्म भरकर सोमनाथ ने रुपए निकाले और शंभू को थमा दिए। दुकान पर आकर शंभू ने पान लगवाया और फिर सोमनाथ के सर्टिफिकेट और मार्कशीट वगैरह लेकर चला गया।

इसके बाद दिन का शेष समय तो किसी तरह बीत गया, पर रात में चारपाई दहकने लगी या शायद सोमनाथ खुद। जैसे-जैसे रात गहराई, सोमनाथ की बेचैनी बढ़ती गई। कभी-कभार मकान-मालिक की गाय की घंटी टुनक उठती। बाकी पूरी तरह खामोशी है। सभी लोग सो गए हैं, लेकिन सोमनाथ है कि उसकी नींद उड़ी हुई है। इतने धन की व्यवस्था कर पाना उसके लिए असंभव है। न जाने कब से दो-दो, चार-चार रुपए बचाकर पोस्ट ऑफिस में जमा करता रहा, जिन्हें शंभू ले गया। बाकी भी तुरंत ही चाहिए। क्या करे, किसी से उधार ले, पर इतने रुपए देगा भी कौन? गाँव जाकर कक्का से कहे तो कौन उनके पास दबी-छिपी गिन्नी रखी होंगी, जो गिनकर दे देंगे। इतने बड़े परिवार की गुजर-बसर ही कर रहे हैं, यही क्या कम है! उनके पाँव का हाल दिनोदिन बिगड़ रहा है, किसी दिन वे बिल्कुल ही बैठ गए तो··· सोचकर ही सोमनाथ का दिल डूबने लगा। उसकी समझ में नहीं आ रहा है कि वह क्या करे। अपने दिमाग को उसने सत्तर जगह दौड़ाया, पर कहीं भी कुछ हाथ लगता नजर न आया।

अगली सुबह का सूरज कुछ अधिक ही गरम था। उसने कुछ मित्रों की जेबें और मन टटोले, पर कहीं कुछ न मिला। कहावत है कि अंततः 'हारे को हरि नाम' और 'गँवई को अपना गाँव' ही याद आता है, जहाँ उसके थके-हारे मन को त्राण मिलता है। सो सोमनाथ ने भी गाँव ही जाने का निर्णय कर लिया। कुछ दूसरे काम निबटाते-निबटाते चार बज गए। पाँच बजे रावतपुर आकर उसने एक टेंपो पकड़ लिया, जिसने उसे दो घंटे बाद शिवराजपुर उतार दिया।

उतरा तो अँधियारा अपनी प्रतीति कुछ अधिक देने लगा और उसे ऊसर-ऊसर तीन किलोमीटर पैदल चलकर अपने गाँव पहुँचना है, कक्का के पास। कक्का को बहुत मानता है सोमनाथ। यही वजह है कि जैसे-जैसे गाँव का फासला तय हो रहा

है, उसकी बेचैनी बढ़ रही है। इतने सारे रुपयों की माँग वह कक्का से किस तरह कर सकेगा, सोचता हुआ जैसे ही जीटी रोड से उतरकर रामबाग पार हुआ, कुछ भी दिखाई देना बंद हो गया। चारों ओर अँधेरा छा गया था, घना अंधकार। कभी-कभार इधर-उधर चमकते जुगुनुओं की चमक जरूर उसको कुछ सुकून दे रही थी, ठीक वैसा, जैसा नौकरी के अभाव में जीवन के लंबे अँधेरे पथ में अचानक उभर आया कोऑपरेटिव बैंक की नौकरी का यह जुगाड़।

वह काफी तेज चल रहा था, पर उसकी इच्छा हो रही थी कि वह और तेज चले। तेज क्या चले, भागता हुआ एकदम से कक्का के पास पहुँच जाए और एक ही साँस में सारी बातें उनसे कह दे। वैसे तो शायद ही बता सके अपनी जरूरत, मन की आकुलता और कल्पना की यह ऊँची उड़ान कि बैंक की नौकरी लगते ही उसे अपनी मंजिल मिल जाएगी, उसका सारा संघर्ष सार्थक हो जाएगा, उसके अपने जीवन का कायाकल्प तो होगा ही, पूरे परिवार को सबल आर्थिक आधार भी मिल जाएगा और कक्का के थके-हारे कंधों को राहत भी, पर गाँव अभी दूर था; हालाँकि परभू बाबा की हवेली में टिमटिमाती रोशनी दिखने लगी थी। चलने की गति में कुछ और तेजी आई, पर अचानक उसका पाँव धूल भरी लीक में धसक गया और वह गिरते-गिरते बचा। उसने अपने को सँभाला और बचा-बचाकर कदम रखने लगा। पीछे से साइकिल पर कोई आ रहा था। गाँव का होगा तो बिठा लेगा, सोमनाथ ने सोचा, पर साइकिल पास से गुजरी तो उसमें आगे-पीछे दो लोग पहले से ही लदे-फँदे थे। मन मारकर वह चुपचाप चलता रहा और फिर अपने घर के सामने आ खड़ा हुआ।

गाँव में सोमनाथ का घर किनारे ही है। लिड़ौरी पर बँधे बैल चारा टूँगने में मगन थे। नाँद पर भैंस चभोक-चभोक कर सानी का पानी सुड़क रही थी। धीरे से बरोठे के किवाड़ खोलकर वह आँगन में पहुँच गया। कक्का वहीं खड़े अम्माँ से कुछ कह रहे थे। उसने झुककर उनके पाँव छुए। उन्होंने उसके सिर पर हाथ फेरा तो न जाने ऐसा क्या कुछ उसके सिर से उतर गया कि वह अपने आपको हल्का महसूस करने लगा। तब तक हाथ में डेलइया लिये तिदवारी से अम्माँ निकल आईं। डेलइया उन्होंने कक्का की ओर बढ़ा दी, शायद बैलों के लिए मक्के का आटा था, जिसे लेकर वे बाहर निकल गए। झुककर उसने अम्माँ के पाँव छुए तो उन्होंने उसे चूम लिया। वह जब भी शहर से लौटता या शहर के लिए निकलता है तो अम्माँ उसे चूम लेती हैं, छोटे बच्चे की तरह। और तब, थोड़ी देर के लिए ही सही, उसकी सारी हताशाएँ खत्म हो जाती हैं, वह निर्द्वंद्व हो जाता है, पर जैसे ही शहर पहुँचता

है, स्थितियाँ उसे तोड़ने लगती हैं, समस्याओं के विषधर फन काढ़कर डराने लगते हैं, लेकिन शंभू की मदद से बैंक की यह नौकरी उसे मिली नहीं कि सारे संकटों से मुक्त हो जाएगा। कुछ पैसा जोड़कर शांता की शादी कर देगा और फिर स्वेटर के धागों में पिरोकर अपना प्यार देने वाली मीता से अपनी शादी भी, सोमनाथ रास्ते भर सोचता आया है। नंदू और सुनील ने आकर उसके पाँव छुए तो याद आया कि इस बार तो उनके लिए फल वगैरह कुछ लाया ही नहीं, अन्यथा खाली हाथ वह शायद ही कभी आया हो। छोटे भाई-बहनों के लिए कुछ-न-कुछ तो हमेशा लाता रहा है, पर इस बार कुछ याद ही नहीं रहा; हालाँकि याद भी रहता तो चाहकर भी वह ला नहीं सकता था। फिलहाल तो उसे एक-एक रुपया भी बचाकर किसी तरह उतनी रकम जोड़नी है, जितनी शंभू ने बताई है।

कक्का पहले ही खाना खा चुके थे, नंदू और सुनील भी। उसने कमीज उतारकर खूँटे पर टाँगी और लोटे में पानी लेकर दिसा-मैदान को निकल गया। लौटकर हाथ-पाँव धोए, कुल्ला किया और चौके में पीढ़े पर आ जमा। अरहर की दाल की महक ने उसकी भूख को और भी बढ़ा दिया। शहर में कहाँ मिलती है ऐसी गाढ़ी दाल और मक्के की करारी रोटियाँ। वह खाने पर ऐसे टूटा, मानो कई दिनों का भूखा हो। अम्माँ ने दूध दिया और थोड़ा सा गुड़ भी। मींसकर उसने दो रोटियाँ और खाईं तो तन-मन पूरी तरह भर गया।

कक्का शायद बाहर ही लेट गए थे। वह चाह रहा था कि कक्का से अभी बात हो जाती तो वह कल शाम तक शहर लौट जाता, पर कक्का फिर भीतर नहीं लौटे। कक्का से अपनी बात कैसे कहे, कैसे समझाए कि वे बखारी के गेहूँ बेचने को राजी हो जाएँ और नंबरदार से उधार लेकर कल सुबह ही रुपए उसे दे दें, सोमनाथ देर रात तक सोचता रहा। सोचता रहा और न जाने कितनी रात गए सो पाया या आँखें बंद किए-किए सोचते हुए सारी रात काट दी। सोया भी हो तो एकाध घंटे की झपकी आ गई हो और फिर किसी खड़कन ने उसे जगा दिया हो या शायद रहीम कक्का के नीम पर बैठे मुरगे ने उसकी उस झपकी को भी पूरा न होने दिया हो। बहरहाल, अम्माँ चकिया ओइरने के लिए उठीं तो सोमनाथ जाग रहा था।

सुबह नहा-धोकर वह आया तो अम्माँ मथानी से दही मथ रही थीं। शांता पराँठे बना रही थी और चौके में बैठे कक्का खा रहे थे। सोमनाथ आकर उनकी बगल में बैठ गया। सोमनाथ जब भी कक्का का हाथी सा पाँव देखता है, उसका मन रोने-रोने को हो आता है—एक पाँव आदमी सा और दूसरा हाथी सा। 'फीलपाँव का इलाज क्या है, क्यों होता है फीलपाँव' जैसे सवाल लगता है कि गाँव के लोगों के

मन में उठने ही बंद हो गए हैं। कक्का से पहले और भी कई लोगों को फीलपाँव हो चुका है। कुछ धनी लोगों ने शिवराजपुर से लेकर कानपुर तक इलाज कराया, पर किसी को कोई फायदा नहीं हुआ। कुछ लोग कहते हैं कि यह रोग एक प्रकार के मच्छर के काटने से होता है और कुछ लोगों का खयाल है कि इसका कारण इधर के गाँवों के कुओं का खारा पानी है। ग्राम प्रधान ने ब्लॉक प्रमुख से लेकर जिलाधिकारी तक सबको इस स्थिति के बारे में बार-बार लिखा, पर कभी कुछ नहीं हुआ। किसी ने नहीं सुनी गाँव की पुकार। कोई नहीं आया फीलपाँव की दवा लेकर। सो, गाँव वाले इसे दैवी प्रकोप मानने लगे हैं और आज भी देवी-देवताओं में इतना विश्वास करते हैं कि फीलपाँव से मुक्ति के लिए हर मंगलवार वे मकनपुर के महुआ बाबा की परिक्रमा करने जाने लगे हैं; लेकिन अभी तक उससे भी किसी पीड़ित आदमी का पाँव ठीक हुआ नहीं है।

एक थाली में दही और पराँठे सोमनाथ के सामने आए तो वह कौर तोड़कर धीरे-धीरे खाने लगा। साहस बटोरा कि कक्का से कह दे अपनी बात। सिर उठाया तो पाया कि कक्का की नजर उसी पर टिकी है। नजरें टकराईं तो लगा कि कोई बात है, जो होना चाहती है, पर सोमनाथ की जबान है कि तालू से चिपक सी गई है। कक्का ने उसकी स्थिति भाँपी और बोले, ''कउनिव बात है का?''

''हाँ...''

''का...''

''नौकरी क्यार चक्कर हय।''

''कहाँ?''

''बैंक मा।''

''का हय...'' कक्का की जिज्ञासा है कि पल भर भी इंतजार नहीं करना चाहती और सोमनाथ का मन है कि बात को जबान पर लाने से रोक रहा है, पर कितनी देर! अंततः उसने बिना किसी भूमिका के सारी बात कक्का के सामने रख दी, पर कक्का आश्वस्त नहीं हुए, ''आज-कालि नौकरी के बहाने ध्वाखाधड़ी खूब चलि रही हय, अउर फिरि इत्ते रुपया!''

''एहमा कउनिव ध्वाखाधड़ी नांइ हय। तिवारी बड़े ईमानदार आदमी हंय। शंभू उनक्यार सार लागत हय।''

''लेकिन...''

''वोहके मामा बैंक मा ऊँची पोस्ट पर हंय। पहिली तारीख का नौकरी लगिही समझव।'' सोमनाथ ने समझाया जरूर, पर कक्का अंत तक अनाश्वस्त ही रहे,

लेकिन विरोध जैसी कोई मुद्रा उन्होंने नहीं बनाई; हालाँकि सोमनाथ जानता है कि कक्का उसकी किसी बात का विरोध नहीं करते, करना चाह कर भी कर नहीं पाते, ज्यादा-से-ज्यादा अनाश्वस्ति जाहिर करते हैं। सोमनाथ समझ गया है कि कक्का इसके लिए राजी नहीं हैं। इसका कारण सिर्फ अनाश्वस्ति नहीं, रुपयों का संकट भी है। रुपए पाने का एकमात्र जरिया बखारी के गेहूँ हैं, जो कक्का के हिसाब से साल भर परिवार के भरण-पोषण भर के लिए भी पूरे नहीं हैं। उसके किसी भी अंश के बिकने का मतलब है, एक अवधि के बाद घर में गेहूँ की समाप्ति, हालाँकि वक्त-बेवक्त थोड़ा-बहुत गेहूँ बेचकर ही घर की जरूरतें पूरी की जाती हैं। सोमनाथ ने इस चिंता से कक्का को निश्चिंत करना चाहा था, ''अगले महीने की तनख्वाह मिलते ही गेहूँ खरीदकर बखारी भर देंगे।''

''उवो तौ ठीक हय, लेकिन…''

इसके बाद फिर कोई कुछ नहीं बोला। कुछ मिनट तक कक्का असमंजस में रहे और सोमनाथ संकट में। थोड़ी देर बाद सोमनाथ उदास होकर चल दिया तो कक्का अक़ुला उठे, ''द्याखव, लंबरदार से बात करे लेत हन।'' कहते हुए कक्का उठे और चले गए। तकरीबन एक घंटे बाद लौटे तो कुरते की जेब से रुपए निकालकर सोमनाथ को पकड़ा दिए। बाजार भाव से कम में गेहूँ का सौदा कर आए थे। यद्यपि सोमनाथ को रुपए देते हुए उनके चेहरे पर संतुष्टि का भाव झलका था, पर जल्दी ही उसे चिंता के राहु ने ग्रस लिया। उनके चेहरे का तनाव साफ-साफ पढ़ा जा सकता था, सोमनाथ पढ़ भी रहा था, पर हालात ऐसे थे कि वह अपने आपको किसी भी ऐसी स्थिति में नहीं पा रहा था कि तत्काल कक्का के माथे पर पड़े बल मिटा सकता, कुछ ऐसा कर पाता कि वे तनाव मुक्त हो सकते। काश! ऐसा कुछ हो पाता, सोमनाथ सोचता रहा।

दोपहर की गाड़ी से वह कानपुर लौट आया। उसका मन हो रहा था कि शंभू उसे शाम को ही मिल जाए तो वे रुपए वह उसे सौंपकर मुक्त हो जाए, पर शंभू नहीं मिला तो उसका मन रात भर अकुलाता रहा। सवेरे जैसे ही शंभू आया, सोमनाथ खिल उठा। शंभू ने उसे अब तक हुई काररवाई की रिपोर्ट दी कि किन-किन लोगों से वह मिला और किस-किससे क्या-क्या बात हुई और अभी क्या-क्या करना बाकी है। शंभू की बातों से लगा कि सारा मामला एकदम फिट है। सोमनाथ ने अपनी जेब से रुपए निकालकर उसे पकड़ा दिए। नोट लेते हुए शंभू मुसकराया और सोमनाथ को आश्वस्त किया कि अब तो पहली तारीख को अपॉइंटमेंट लेटर अपने हाथ में ही समझो। और फिर बतियाते हुए वे दोनों चौराहे पर आए। चाय के बाद

दोनों ने अपनी-अपनी राह पकड़ी। सोमनाथ ट्यूशन पढ़ाने चला गया और शंभू प्रेस की तरफ, लेकिन अगली शाम शंभू फिर हाजिर था। आते ही उसने सोमनाथ की किस्मत की तारीफ की कि बिना किसी झंझट के सारा काम निबट गया। अब तो बस एम्प्लॉयमेंट एक्सचेंज से किसी तरह कार्ड निकलवाना और किसी बैंक से एक्सपीरिएंस सर्टिफिकेट लेना भर शेष रह गया है। शंभू की इन बातों से उसका माथा ठनका और लग गया कि उसके लिए भी शंभू रुपयों की माँग करेगा और हुआ भी यही। चलते समय शंभू ने कह दिया, ''दो-ढाई का इंतजाम और करो यार, नहीं तो सारा किया-धरा माटी हो जाएगा।'' कहकर शंभू तो चला गया, पर सोमनाथ बेचैन हो उठा।

उठते ही सुबह-सुबह उसने तिवारीजी को याद किया। नहा-धोकर माथे पर चंदन का टीका लगाकर वे हनुमान चालीसा का पाठ कर रहे थे—शंकर सुवन केसरी नंदन, तेज प्रताप महा जग वंदन''' तिवारीजी सीधे-सादे भगत किसिम के जीव हैं। जितना है, उसी से संतुष्ट, जो कुछ हो रहा है, सब पिछले कर्मों का फल मानने वाले। और सोमनाथ इतने दिन में जितना उन्हें जान पाया है, वे सत्पुरुष ही हैं। उन पर विश्वास किया जा सकता है। तिवारीजी पूजा से उठे तो सोमनाथ ने उन्हें अपनी कोठरी में बुलाया और शंभू को दिए गए रुपए और अब तक हुई सारी बातें बता दीं तथा यह भी कि वह ढाई और माँग रहा है। उसने पहली बार तिवारीजी से शंभू के चाल-चलन के बारे में पूछा और यह भी कि ढाई और दे देने के बारे में उनकी राय क्या है? बातों की गहराई तक तिवारीजी शायद नहीं पहुँचे और धीरे से बोले, ''वैसे तो शंभू ठीक-ठाक ही है, उसका दूर का कोई रिश्तेदार शायद बैंक में है भी, हालाँकि मैं उनसे कभी मिला नहीं। जब बगैर मेरी राय लिये तुमने शंभू को इतने रुपए दे ही दिए हैं तो ढाई और दे देने में क्या हर्ज है!'' कहकर थोड़ी देर बाद वे उठ गए तो सोमनाथ और भी परेशान हो उठा।

कुछ देर बाद शंभू फिर आ गया और पूछा, ''क्या व्यवस्था कर रहे हो यार, जल्दी करो, नहीं तो कोई और हाथ साफ कर जाएगा और हम लोग टापते रह जाएँगे।'' सुनकर सोमनाथ कातर हो उठा। डूबी हुई आवाज में उसने शंभू से कहा, ''घर का दाना-दाना बेचकर तो किसी तरह वे रुपए ला पाया था। अब गाँव-घर से कुछ नहीं मिल सकता। यार, तुम ऐसा करो कि ब्याज पर कहीं से इतनी रकम दिलवा दो। पहली तनख्वाह मिलते ही चुका दूँगा।''

''अगर मेरी हैसियत और स्थिति होती तो जरूर दिलवा देता। अब अगर नहीं कर सकते तो तुम जानो। एम्प्लॉयमेंट एक्सचेंज से कार्ड निकलवाने में तो पैसा

नकद लगेगा, वहाँ उधार नहीं चल सकता। बाकी तुम सोच लो। बाद में मुझे दोष मत देना, फिर मैं कुछ नहीं सुनूँगा।''

सुनकर सोमनाथ को लगा कि थोड़े से रुपयों के चक्कर में हाथ आई नौकरी इधर-से-उधर हुई जा रही है। रुपए तो फिर भी आ सकते हैं, पर हाथ में आए इस अवसर के निकल जाने पर क्या पता, ऐसा अवसर फिर कभी मिले, न मिले, पर सवाल तो रुपयों का ही है, जिनके मिलने के कोई आसार नहीं। घूम-फिर कर सोमनाथ का दिमाग फिर गाँव और कक्का पर ही जाकर अटका, लेकिन घर में अब बचा ही क्या होगा, पर लगभग मिली हुई नौकरी से हाथ धो बैठने का मतलब तो और भी भयावह होगा। कक्का के लिए न सही, उसके लिए तो होगा ही। अंततः उसने फिर गाँव ही जाने का निर्णय कर लिया।

अगले दिन वह गाँव में था, कक्का के सामने। दोनों का अपना-अपना अंतर्द्वंद्व, आदर और स्नेह की मुठभेड़। जरूरत और अभाव का टकराव और एक भयावह स्थिति की आशंका˙˙˙घर का शेष गेहूँ भी बिक गया और नौकरी तब भी न लगी तो˙˙˙घर का शेष गेहूँ भी बेचकर कक्का ने रुपए दे दिए, उसके बाद भी कोई और जरूरत निकल आई तो˙˙˙सोमनाथ ने सोचा। फिर भी, उसने कक्का को समझा दिया, ''थोड़े गेहूँ और बेचकर कैसे भी मुझे इतने रुपए और दे दो। पहली तारीख को तो नौकरी ज्वॉइन कर ही लेनी है।''

और शाम को चलते समय कक्का ने फिर उसकी हथेली पर रुपए रख दिए। संतुष्टि और आशंका का समंदर एक साथ उनके चेहरे पर लहरा उठा, लेकिन इस समय कक्का क्या वाकई इतने सहज हैं, जितने ऊपर से दिख रहे हैं ? पानी शायद सिर से ऊपर बह रहा है। ऊपर क्या, कक्का शायद अथाह पानी में डूब रहे हैं। फिर भी, कक्का ने अपना फर्ज निभा दिया और रुपए लेकर सोमनाथ कानपुर लौट आया। सुबह शंभू फिर हाजिर था। रुपए फिर उसकी हथेली में रख दिए थे सोमनाथ ने।

शाम को बैंक का एक्सपीरिएंस सर्टिफिकेट लेकर आया था शंभू। सर्टिफिकेट टाइप किया हुआ था, जिस पर स्टेट बैंक की मोहर लगी थी। सोमनाथ उससे संतुष्ट नहीं हुआ। उसने शंभू से पूछा, ''स्टेट बैंक का सर्टिफिकेट तो प्रिंटेड लेटरहेड पर होना चाहिए था!''

''तुम इसकी चिंता मत करो।''

''यार, कोई गड़बड़ तो नहीं होगी ? कुछ गड़बड़ हुआ तो समझो कि आत्महत्या के सिवा मेरे पास दूसरा उपाय नहीं होगा।'' ''कैसी बात करते हो यार, तुम निश्चिंत रहो। सबकुछ एकदम फिट है बॉस। सिर्फ मेडिकल रह गया है। वह भी कल हो

जाएगा। एम्प्लॉयमेंट एक्सचेंज से कार्ड निकलवा लिया है। परसों अपॉइंटमेंट लेटर तुम्हारे हाथ में होगा और तुम बैंक एम्प्लॉय हो चुके होगे।''

''अब और रुपए तो नहीं लगेंगे?''

''अब तो सारा काम हो गया है। सौ-दो सौ मेडिकल अफसर को देकर फिटनेस सर्टिफिकेट लेना होगा। बस उसके बाद एक भी पैसा नहीं लगेगा।''

''अब मेरे पास देने के लिए कानी कौड़ी भी नहीं है।''

''अरे यार, रो क्यों रहा है। परसों तू राजा हो जाएगा, राजा। तब हमें पहचानेगा भी नहीं। और रो रहा है सौ-दो सौ रुपए के लिए!''

''नहीं यार, वाकई मेरे पास अब कुछ नहीं बचा।''

''अरे बेटा, आएगा भी तो टनाटन!''

''आएगा, तब आएगा, अभी तो···'' कहते हुए सोमनाथ रुआँसा हो उठा।

''ट्यूशन के एडवांस माँग ले मेरे भाई, कौन रोज-रोज माँगने हैं। यह आखिरी महीना है ट्यूशन पढ़ाने का। सब के सब छूट जाएँगे नौकरी ज्वॉइन करते ही।'' और अगले दिन सोमनाथ ने शंभू की मुट्ठी, फिर गरम कर दी। तब शंभू उसे होटल ले गया। दो-दो पीस गुलाब जामुन मँगाए और खाते हुए बताया कि सारा काम हो गया है, लेटर तैयार है और कल सुबह दस बजे सोमनाथ को बैंक ज्वॉइन कर लेना है।

तय हुआ कि सुबह दस बजे दोनों मित्र फूलबाग पहुँचेंगे, गांधीजी की स्टैचू के पास और फिर वहाँ से दोनों साथ-साथ बैंक जाएँगे, क्योंकि सोमनाथ को उस बैंक का कोई भी आदमी जानता नहीं है, वह भी नहीं, जिसने उसका काम करवाया है; क्योंकि उसकी हिदायत के अनुसार सारा काम गुपचुप तरीके से हुआ है। गुलाब जामुन खाकर दोनों उठे तो उनकी आत्माएँ तृप्त थीं, सोमनाथ की तो कुछ ज्यादा ही। और फिर वे अलग हो गए थे, अगले दिन फूलबाग में गांधीजी के स्टैचू के पास दस बजे मिलने की बात पक्की करके।

रात भर सो नहीं पाया था सोमनाथ। वह चाह रहा था कि रात जल्द-से-जल्द बीत जाए और सूरज निकल आए। हो सके तो सूरज अभी निकल आए। दस भी अभी बज जाएँ और शंभू उसे ले जाकर बैंक मैनेजर के सामने खड़ा कर दे। मैनेजर उसे देखते ही खड़ा होकर उसका स्वागत करे और एक भी मिनट का विलंब किए बिना उसे एपॉइंटमेंट लेटर दे दे और वह उसी क्षण ज्वॉइन करके काम शुरू कर दे, पर ऐसा कैसे होता। समय की अपनी चाल है, जो किसी के चाहने से तेज या धीमी कहाँ होती है! सवेरे छह बजे के करीब सोमनाथ ने बिस्तर छोड़ा और नित्य-कर्म से निवृत्त होकर चौराहे तक गया और चाय पी। गाँव से शहर आने के बाद इतने

सवेरे इस तरह उठकर पहली बार उसने चाय पी थी और तभी उसका मन हो आया था कि सिगरेट भी पिए और उसने विल्स फिल्टर मँगवाकर सुलगा ली। सिगरेट के धुएँ में सपनों के महल बनने लगे, जिसमें मीता चहकने लगी। नौकरी लगते ही वह मीता के पिता के सामने शादी का प्रस्ताव रख देगा। मीता जैसी लड़कियाँ आज के जमाने में कहाँ मिलती हैं। मिलने को तो तमाम लड़कियाँ मिल जाएँगी, पर उनमें वह सलीका कहाँ होगा, जो मीता में है। मीता उसकी कल्पनाओं के अनुरूप है, डर सिर्फ कक्का का है कि वे कहीं मना न कर दें। वे अपने मन से न भी मना करें, लेकिन गाँव-घर की रूढ़ियाँ तो उन पर दबाव डालेंगी ही, पर वह उन्हें तोड़ेगा। कक्का नहीं मानेंगे तो वह कभी भी शादी न करने की धमकी दे देगा और तब तो कक्का हथियार डाल ही देंगे, सोचता हुआ सोमनाथ वर्तमान से काफी आगे तक चला गया और वापस लौटा तो बहुत खुश-खुश!

मीता को वह ट्यूशन पढ़ाता है। इंटर करते हुए उसकी शादी हुई और एक साल बाद ही वह विधवा हो गई। उसी से शादी का सपना देख रहा है सोमनाथ।

तैयार होकर साढ़े नौ बजे वह फूलबाग पहुँच गया, गांधीजी के स्टैचू के पास। उसको भरोसा था कि शंभू भी साढ़े नौ बजे तक वहाँ आ जाएगा, पर भरोसे के विपरीत शंभू दस बजे तक भी नहीं पहुँचा। वह नहीं आया तो सोमनाथ के दिल की धड़कन तेज हो उठी। शंभू उसका दोस्त है, साले को साढ़े नौ बजे तक पहुँच जाना चाहिए था। पहले नहीं पहुँचा तो हरामजादे को वादे के मुताबिक दस बजे तो आ ही जाना चाहिए था। चलो, पंद्रह मिनट बाद ही आ जाए, पर नहीं, साले का अभी तक कुछ अता-पता नहीं है। साढ़े दस बजे तक भी शंभू के न दिखने पर सोमनाथ की बेचैनी बढ़ने लगी। शंभू को आखिर हो क्या गया, वह अभी तक आया क्यों नहीं?

राह देखते-देखते ग्यारह, बारह और फिर एक भी बज गया। उसकी गरदन दुःखने लगी और दिल डूबने लगा। कहीं शंभू ने उसे धोखा तो नहीं दिया है, सोचते ही उसका कलेजा मुँह को आ गया। और फिर समय के सरकने के साथ उम्मीद का एक-एक कतरा माटी में मिलता चला गया। क्या लँगड़ा साला वाकई छल कर गया! यदि उसने मुझे धोखा दिया है तो साले की टाँगें तोड़कर रख दूँगा। दिख भर जाए साला, मादर··· बिफरते-बिफरते जब चार बजे तक भी शंभू का कुछ अता-पता न चला तो सोमनाथ की चेतना चीत्कार कर उठी—हे ईश्वर! मरे-मरे कदमों से वह फूलबाग से बाहर आया और चावला प्रेस जाकर शंभू के बारे में पूछताछ की। मालूम हुआ कि वहाँ भी कई हजार की चपत लगाकर शंभू भाग निकला है।

लोगों ने जाकर देखा तो उसकी भंडरिया खाली मिली। वहाँ कुछ नहीं है। अब सोमनाथ को काटो तो खून नहीं। कुछ सोचकर वहाँ से सीधे तिवारीजी के पास पहुँचा और सारा वाकया कह सुनाया। तिवारीजी सोच में पड़ गए। उनकी जबान भी मानो पथरा गई, बोल ही नहीं फूटे। अब क्या करे वह, कहाँ डूब मरे जाकर। गाँव पहुँचकर कक्का को क्या जवाब दे, सोचते-सोचते सोमनाथ का सिर चकराने लगा। हताश-निराश सोमनाथ कमरे में लौटकर चारपाई पर ढह गया।

लेटे-लेटे ही शाम हुई, रात गहराई और गहराती चली गई। सोमनाथ की छाती में कोई आग सुलगी और सुलगती रही, रात भर। उसने सोने की बहुतेरी कोशिश की, पर नींद थी कि उसकी पकड़ में नहीं आई तो फिर नहीं ही आई।

कमरे में अँधेरा था, सोमनाथ की आँखें बंद थीं, पर कुछ था, जो इसके बावजूद चमक रहा था, सुनहरे कणों के रूप में, सहज गति से गतिमान, सोमनाथ ने अँधेरे के सागर में जाज्वल्यमान उन टुकड़ों का अर्थ जानने की कोशिश की, पर कोई अर्थ निकाल पाने में सफल नहीं हो सका।

चार बजे के करीब शाकिर मियाँ के मुरगे ने बाँग देनी शुरू कर दी। लोगों की खटर-पटर हुई और क्रमशः बाहर की दुनिया गतिमान हो उठी, पर सोमनाथ नहीं उठा, जस-का-तस पड़ा रहा, निष्पंद, संज्ञाशून्य-सा। इस स्थिति से उबरने और मुक्त होने में उसे कई दिन लग गए। और फिर सोमनाथ ने किसी तरह खुद को तैयार कर लिया, गाँव जाकर कक्का को सबकुछ बता देने के लिए। अँधेरे में सुनहरे कणों के चमकने का मतलब शायद यही था कि गाँव जाकर सच का सामना करो।

अगली शाम एक बार फिर सोमनाथ अपने गाँव में था। जैसे ही वह घर पहुँचा, माँ एकदम से प्रफुल्लित हो उठी और भाई-बहन उछलने-कूदने लगे। कक्का भी अपेक्षाकृत प्रसन्न नजर आए। कपड़े उतारकर वह दिशा-मैदान को गया और लौटकर देखा तो छोटी बहन मंदिर में बताशे चढ़ाकर परसाद बाँट रही थी। परसाद लेते हुए मुकुंदी मास्टर ने पूछा, ''किस खुशी में बँट रहा है परसाद?''

''भैया की नौकरी लग गई।'' मुन्नी ने उमंग के साथ बताया, लेकिन उसकी उमंग देखकर सोमनाथ दहल गया। जब तक वह सँभले और बहन को रोककर कुछ कहे, वह परसाद बाँटने छिद्दन के घर घुस गई, छिद्दन नाई के घर।

□

देश और रोटी

वर्षों बाद इधर आया हूँ। रिटेल शॉप से ऊन खरीदी और फिर चाय पीने के इरादे से होटल आ गया। ऑर्डर देने के बाद नजर वहाँ लगी पेंटिंग पर ठहर गई। उस दिन भी इस पेंटिंग को देखता रहा था। बीच-बीच में कनखियों से उन दोनों को भी। अखबार देखता तो कहीं मुक्तिवाहिनी के विजय अभियान की गाथाएँ होतीं तो कहीं फौजी हुक्मरानों की करतूतें। कभी-कभी मेरा भी मन करता कि सबकुछ छोड़कर मुक्तिवाहिनी से जा मिलूँ, लेकिन सोच और कर्म के फासले कम नहीं होते और उन्हें पार कर पाना आसान नहीं होता।

नीम के पेड़ के नीचे खड़े थे वे दोनों। आदमी तो अधेड़ था, पर लड़की की उम्र सत्रह-अठारह से ज्यादा न थी। सड़क से गुजर रहे लोगों से वे कुछ कहते, पर कोई कुछ जवाब न देता। लड़की मुझे भली लगी थी, निश्छल और मासूम, सलमा जैसी। उनके चेहरे पर अजीब तरह की दयनीयता उभर आई थी। समीप से गुजरने पर वृद्ध ने पुकारा, ''ए भाई, एखाने होटल कोथाय आछे, रास्ता बोले दाओ।''

''अंऽ...''

''वेयर इज द होटल दिस साइड, प्लीज टेल द वे!'' वृद्ध की बांग्ला के बाद लड़की ने अंग्रेजी में पूछा तो मैंने इस होटल की तरफ इशारा किया, ''तुमी ओखाने जाओ।'' टूटी-फूटी बांग्ला में जवाब पाकर अधेड़ के चेहरे पर खुशी की लहर दौड़ गई, लड़की के भी। ऐसा ही होता है, जब अपरिचित जगह अपनी भाषा बोलने वाला कोई मिल जाता है। तुरंत ही लड़की अंग्रेजी से बांग्ला में उतर आई, ''तुमी बांग्ला जानो।''

''हाँ, आमि किछु-किछु बांग्ला जानी।'' कहते-कहते मेरी नजरें उससे टकरा गईं तो उसने नजरें झुका लीं। तब मैंने ही कहा था, ''एशो आमरा चा खाइ।'' संकेत पाकर वे दोनों मेरे साथ चल दिए। होटल पहुँचकर बैरे को तीन दोसे और

चाय का ऑर्डर दिया और फिर मेरी नजर इसी पेंटिंग पर स्थिर हो गई थी। पानी के गिलास और प्लेटें टेबल पर आ गए तो मेरी दृष्टि उन लोगों पर चली गई और मैं काजी नजरुल इसलाम के देश की सरलता और कोमलता के प्रतीक उन दोनों को देखता सोचता रहा कि हिंदुस्तान के बँटवारे से हम लोगों को क्या मिला? एक अलग मुल्क ही न! हिंदुस्तान-पाकिस्तान को अभी और कितने टुकड़ों में बाँटेंगे हम! देश की बजाय रोटी बाँटकर क्यों नहीं खाते!

उन्हें दोसा खाते देखकर मन हो आया कि उनसे बातें करूँ, पर न जाने क्यों, उनके जख्मों को छूने की हिम्मत न हुई। दोसे के बाद हमने चाय पी और थोड़ी देर बाद होटल से बाहर निकले तो वृद्ध ने कहा, "खमा करुन, आमि अपनार काजे बाधा दिएछि।"

"ओह, इट्ज अवर ड्यूटी।"

दिमाग पर जोर डालकर वृद्ध ने कुछ याद किया और फिर पूछा, "डी.ए.वी. कॉलेज कोथाय आछे?" इशारे से मैंने उन्हें डी.ए.वी. कॉलेज का रास्ता बता दिया तो उन्होंने नमस्ते की और चल दिए।

बच्चे की दवा लाने के लिए घर से जो पैसे लेकर चला था, होटल का बिल चुकता करने में खर्च हो गए। अब दवा कैसे लूँ, सोचता हुआ देर तक उन्हें जाते देखता रहा, लेकिन उन्होंने एक बार भी पलटकर नहीं देखा।

□

पालनहारे

हेमू से थोड़ा आगे वे तीनों सगरा तक पहुँचे थे। सगरा ताल, कहा जाता है कि बहुत पुराना है, दानवीर राजा मोरध्वज के जमाने का। तब बहुत गहरा था, इतना कि हाथी डूब जाए। एक बार दुर्वासा जैसा क्रोधी कोई साधु वहाँ से गुजरा। पुरइन के पत्तों पर पारे की तरह झलमलाते जल को देखा तो तट पर बैठ गया और झुककर अपना कमंडल आगे बढ़ा दिया, लेकिन यह क्या, कमंडल उसके हाथ से छूटा और गड़प्प की आवाज के साथ जल में डूब गया। उधर से राजा मोरध्वज का हरकारा आ रहा था। साधु ने उससे कहा, ''ताल में मेरा कमंडल गिरकर डूब गया, निकाल दो।'' साधु की बात सुनकर हरकारे ने कहा, ''ताल बहुत गहरा है, मैं डूब जाऊँगा।'' हरकारे का जवाब सुनकर साधु के नथुने फड़के और चेहरा तमतमा उठा। ताल को तो सुखाकर उसने मैदान कर दिया और हरकारे को भस्म कर शाप दे दिया कि प्रेत बनकर युग-युगांतर तक इस ताल के आस-पास भटकता रह। कहते हैं, तभी से प्रेत बनकर वह हरकारा सगरा ताल के आस-पास भटक रहा है। किसी ने उसे बछड़े की शक्ल में देखा तो किसी ने कटड़े के रूप में। कुछ लोगों के पीछे पड़ा तो उनकी जान ले ली। कुछेक लोगों को सिर्फ दिखलाई पड़ा, बोला कुछ नहीं। जितने मुँह, उतनी बातें। सगरा ताल के इस प्रेत के कारण इधर के गाँवों में राजा मोरध्वज की कहानी सबकी जुबान पर रहती है—मोरध्वज की दानवीरता की परीक्षा लेने के लिए इंद्र ने सिंह का रूप धारण किया और अपने भोजन के रूप में उनके पुत्र को माँग लिया। रानी के साथ आरे से राजा मोरध्वज ने काट दिया था अपना लाडला। आरे से पुत्र को काटते राजा मोरध्वज और उनकी रानी की तसवीर हेमू की चौपाल में टँगी है।

सगरा ताल से थोड़ी ही दूर पर हेमू का गाँव है, धामपुर कलाँ। गाँव से तीन किलोमीटर दूर ग्राम विद्यापीठ अचलगंज पढ़ने जाते हैं वे चारों—गेंदन लाल, राम

चरन, गया दीन और हेमू। वे तीनों आ रहे थे, उनके पीछे हेमू नोन नदी पार कर रहा था, घुटनों तक पाजामा समेटकर। कंधे में झोला लटका था, जिसमें उसकी किताबें थीं, कॉपियाँ, दवात और होल्डर वगैरह। साथियों से हेमू के पिछड़ जाने की वजह है उसकी मॉनीटरी। दर्जा सात का मॉनीटर है वह। और अब बालसभा का इनचार्ज भी। इस नाते दूसरों की अपेक्षा उसकी जिम्मेदारियाँ कुछ अधिक हैं—कुएँ पर पड़ी रस्सी-बाल्टी चपरासी से उठवाकर स्टोर-रूम पहुँचवाना, कोई कुरसी-मेज या स्टूल बाहर तो नहीं रह गया, टाट-पट्टियाँ मैदान में तो नहीं छूट गईं, कोई खिड़की या दरवाजा खुला तो नहीं रह गया आदि-आदि देखना। किसी दिन बालसभा का विशेष आयोजन हो तो उसके सामान की लिस्ट बनाकर प्रधानाचार्य से सबकुछ समझना, जैसे तेरह तरह के काम।

छुट्टी का घंटा बजने के बाद प्रधानाचार्य के कमरे में सब अध्यापक कुछ देर बैठकर ही बाहर निकलते हैं। मॉनीटरों को तभी फुर्सत मिल पाती है, हेमू को भी। इसीलिए वह साथियों से पीछे रह जाता है। कभी दौड़कर और कभी कुछ दूर तेज चलकर वह नदी तक उनके साथ आ जाता है। ग्राम विद्यापीठ प्राइवेट है, इसलिए सातवें दर्जे वालों की छुट्टी अब आठवें वालों की तरह देर से होने लगी है। नोन नदी तक आते-आते सूरज डूबने लगता है और तब घनी पाँतवाले अरहर के खेतों के बीच से गुजरते हुए उन्हें भेड़ियों-बघर्रों का डर सताने लगता है।

उन तीनों की अपेक्षा हेमू निडर है और साहसी भी। पढ़ने में भी न सिर्फ उन तीनों से, बल्कि दर्जे भर में सबसे तेज है। इसलिए छठे दर्जे से ही मॉनीटर रहा और सातवें में पहुँचकर बालसभा का उप-सभापति चुन लिया गया। सभापति आठवें दर्जे का लड़का था। बोर्ड के इम्तहान देकर वह चला गया तो सभापति का चार्ज हेमू को मिल गया। गाँव के उसके तीनों साथी ऊपर से तो नहीं, पर अंदर-ही-अंदर उससे ईर्ष्या करते हैं और स्कूल से लौटते समय दस-पाँच मिनट रुककर उसका इंतजार नहीं करते। हेमू प्राय: पीछे छूट जाता है, आज भी छूट गया था। स्कूल में उसका नाम हेमचंद चलता है, पर गाँव-घर में लोग उसे हेमू कहते हैं।

वे तीनों हेमू से थोड़ा आगे सगरा ताल के पास तक पहुँचे थे। वहाँ उन्हें छोटी सी आकृति दिखी, मेमने जैसी। उनकी पदचाप की आहट शायद उस तक पहुँच गई थी। भ्याँऽऽ की आवाज हुई तो तीनों के रोंगटे खड़े हो गए। कलेजा धक्-धक् करने लगा। जहाँ-के-तहाँ जड़ हो गए वे, काटो तो खून नहीं। पैरों के नीचे की जमीन खिसकने लगी और पसीना छूट गया। धीरे-धीरे आकृति उनकी ओर बढ़ चली। दहशत के मारे तीनों के बदन काँपने लगे। साधु द्वारा भस्म हरकारे का प्रेत

है यह, उन्होंने सोचा, पीछे पलटे और नोन नदी के तट पर बसे गाँव मकरंदपुर की तरफ भाग चले। पदचाप तेज हुई तो आकृति भी तेज चाल से उनके पीछे लग गई। तब तो उन्हें पूरा यकीन हो गया कि यह प्रेत ही है, साधु द्वारा भस्म राजा मोरध्वज के हरकारे का प्रेत! और यह यकीन होते ही वे भागने लगे, उनके पीछे-पीछे मेमने जैसी वह आकृति भी।

मकरंदपुर से उनके गाँव धामपुर कलाँ तक का इलाका समतल नहीं है। उत्तर-पूर्व का क्षेत्र जरूर ऐसा है, जहाँ बंबा है और हर तरह की फसल होती है, पर मकरंदपुर तक का ऊबड़-खाबड़ क्षेत्र किसी पठारी इलाके जैसा लगता है, जहाँ पर सभी फसलें नहीं होतीं—ज्वार, बाजरा, अरहर या फिर सरसों, राई और चटरी-मटरी ही होती हैं। खरीफ की फसल में अधिकतर लोग अरहर और ज्वार मिलाकर बो देते हैं। हरी या सूखी करबी काटकर पशुओं को खिला दी जाती है, परंतु अरहर खड़ा रह जाता है चैत तक, पकने के लिए। अरहर तब कटता है, जब रबी की सारी फसल कटकर खलिहान में पहुँच जाती है। घनी पाँतवाले अरहर के इन्हीं खेतों के बीच से होकर उन लोगों का रास्ता है, पतली-पतली मेंड़ों से गुजरता हुआ। मीलों तक चले जाओ और किसी चिरई-चुनगुना तक के दर्शन न हों। दिखें भी तो खरगोश, लोमड़ी, सियार, भेड़िए या फिर बघर्रे।

बघर्रे के नाम से तो उनकी रूह तक काँप जाती है। कभी सियार, कभी भेड़िए और कभी बघर्रे उनका रास्ता काट जाते हैं तो वे सिहर उठते हैं। हालाँकि आज तक किसी जनाउर ने उनका रास्ता रोकने की हिम्मत नहीं की, लेकिन भेड़िए और बघर्रे बच्चों को खा जाते हैं, यह सुना और देखा हुआ दृश्य उनके लिए खौफनाक एहसास तो है ही। तब तो और भी, जब पीठ पीछे सूरज डूब रहा हो और कीड़े-मकोड़ों की आवाजों के साथ अँधियारा घनिया रहा हो। इस तरह घनी अरहर की पाँतवाले सुनसान रास्तों से गुजरते हुए बड़े-बड़ों की हिम्मत दगा दे जाती है, फिर वे तो अभी बच्चे हैं, तेरह-तेरह, चौदह-चौदह साल के किशोर।

एक दिन स्कूल जाते समय उन्होंने खेत में एक बघर्रे को छोटे से बच्चे को खाते देखा था। उन्हें देखकर वह लहूलुहान बच्चे को मुँह में दबाकर भाग गया और वे डर के मारे काँपते हुए एक-दूसरे को पकड़कर गाँव वापस लौट आए थे, बजरंगबली का सुमिरन करते हुए।

पीछा करते प्रेत के डर से भागते हुए वे तीनों मकरंदपुर पहुँचे, इसके पहले ही हेमू उन्हें दिख गया। उसे देखकर वे रुके और फूलती हुई साँसें रोककर पीछा करती आकृति की ओर इशारा करके बोले, "प्रेत! सगरा का प्रेत!!" हेमू ने

देखा—मेमने जैसी कोई आकृति तेजी से उनके पीछे-पीछे आ रही थी और उनके रुकते ही उनसे थोड़ी दूर पर रुक गई है।

प्रेत के नाम से तो हेमू का भी दिल दहल गया। वे तीनों डर के मारे काँप रहे थे। हेमू ने भी एकबारगी सोचा—हो, न हो, सगरा का प्रेत ही हो और मेमने की शक्ल में छल कर रहा हो। उसने सुना था, भूत-प्रेत लोहे से डरते हैं। पास में चाकू-छुरी हो तो कुछ बिगाड़ सकना तो दूर, वे पास तक नहीं फटकते। क्लास टीचर का कलम छीलने वाला चाकू उसके बस्ते में पड़ा है, उसको याद आया तो उसने झट से निकाल लिया। निकाला ही नहीं, खोल भी लिया। बस्ता गेंदन लाल के हवाले किया और प्रेत से भिड़ने की हिम्मत जुटाने लगा। उसके आस-पास तीनों साथी खड़े थे, इसलिए उसे उतना डर नहीं लग रहा था। अकेले होता तो शायद इतनी हिम्मत न कर पाता। और फिर मकरंदपुर के लोगों की आवाजें उसके कानों में पड़ रही थीं, इसलिए भी खुद को तैयार करने में उसे ज्यादा वक्त नहीं लगा। सीधे हाथ में खुला हुआ चाकू लेकर मेमने का कान पकड़ने के लिए वह पैंतरे पर आ गया। जैसे-जैसे वह मेमने की ओर बढ़ा, वैसे-वैसे मेमना भी उसकी ओर बढ़ आया। और फिर हिम्मत जुटाकर हेमू ने उसका कान पकड़ ही तो लिया।

एक तरफ मारे भय के उसका कलेजा दहल उठा, दूसरी तरफ कुछ भी न होने से उसे इत्मीनान हो गया कि यह प्रेत नहीं है। प्रेत होता तो चाकू के चलते गायब हो जाता। बचपन से ही उसे बताया गया था कि भूतों और प्रेतों के पाँव उल्टे होते हैं और जमीन से एक इंच ऊपर भी। हेमू ने मेमने के पाँव देखे—वे सीधे थे और पूरी तरह जमीन पर भी। तब उसे राजस्थान से आनेवाले ऊँट और भेड़ों के रेवड़ का ध्यान आ गया। हेमू ने गौर से उसकी आँखें देखीं, उन पर सफेद परत चढ़ी हुई थी।

तब उसे विश्वास हो गया कि यह प्रेत नहीं, मेमना है। अपने झुंड से बिछड़कर यहाँ भटक गया और इन लोगों ने इसे सगरा का प्रेत समझ लिया। ऐसे जानवरों को खुद की आँखों से तो कुछ दिखाई नहीं पड़ता, वे झुंड के अन्य जानवरों की पदचाप के सहारे आगे बढ़ते रहते हैं। और तब आहट के सहारे चलते रहने की उनकी आदत हो जाती है। कभी-कभी ऐसे जानवर किसी झाड़ी, नाली या गड्ढे में उलझकर पीछे छूट जाते हैं तो फिर हमेशा के लिए अपने झुंड से बिछड़ जाते हैं। ऐसे अंधे-अपाहिज जानवरों को पशुपालक जान-बूझकर पीछे छूट जाने देते हैं और फिर वे किसी मांसखोरे मनुष्य अथवा जंगली जानवर द्वारा मारकर खा लिये जाते हैं।

रबी की फसल कट चुकी थी और जैसा प्रायः हर वर्ष होता है, फसल कटते ही ऊँट और भेड़ों के रेवड़ उत्तर भारत में आ धमकते हैं। इस साल भी आने शुरू

हो गए थे। पहले गायों के भी आते थे, पर अब वे कभी-कभार ही दिखते हैं। ऊँटों का आना भी कम हो गया है, भेड़ें ही अधिक आती हैं और फसल कटे खेतों को चरती हुई निकल जाती हैं। जहाँ शाम हुई, डेरा पड़ गया। सवेरा हुआ, चल दिए। एक बार हेमू ने बड़ी अम्माँ से पूछा था, "इत्ती भ्यांड़ैं कहाँ ते अउती हैं, अम्माँ ?"

"राजस्थान ते।"

"काहे ?"

"गरमी माँ हुन सूखा पड़ि जात है तौ जानवर तौ जानवर, आदमी लग भूखन-पिआसन मरन लागत हैं। तब उइ लोग अपन-अपन जानवर लै कै यहैं चले आवत हैं, अउर जब लग बरसात आवति है, घूमत-फिरत अपने देस लौटि जात हैं।"

हेमू ने मेमने को गोद में उठाया और साथियों के साथ घर की ओर चल दिया। बप्पा के डर से उसने चाहा कि गेंदन लाल मेमने को अपने घर लेता जाए, अगले दिन अम्माँ से पूछकर वह उसे ले लेगा, पर अपने बाबा के कारण गेंदन लाल ने इनकार कर दिया। गयादीन की झोंपड़ी से भेड़िया उसे उठा ले जा सकता था। अंत में हेमू ने ही हिम्मत जुटाई।

ज्यों-ज्यों घर करीब आ रहा था, हेमू की धुकधुकी तेज हो रही थी। अम्माँ और बड़ी अम्माँ को तो वह मना लेगा, पर बप्पा के सामने उसकी जान सूख जाती है। बप्पा ने हालाँकि कभी उस पर हाथ नहीं उठाया, पर उनका रोब ही कुछ ऐसा है कि अम्माँ को छोड़कर कोई उनसे जुबान नहीं लड़ाता; न बड़े बप्पा, न अंती जीजी और न ही बड़ी अम्माँ। मुन्नी जरूर उनकी मूँछें मरोड़ देती है और वे कुछ नहीं कहते।

हेमू सोच रहा था कि मेमने को देखते ही बप्पा भड़क उठेंगे और हुआ भी यही। जब वह घर पहुँचा, बप्पा सानी कर रहे थे। उन्होंने घूरकर उसे देखा। फिर भी, उनकी उपेक्षा कर देहरी लाँघता हुआ वह आँगन में आ गया। खूँटे में बस्ता टाँगकर इत्मीनान से खड़ा हो पाए, इसके पहले ही सानी की बाल्टी लिये बप्पा आ धमके। नाबदान पर बाल्टी रखकर वे हेमू के करीब आए और पूछा, "कहाँ ते पकरि लायेव एहखा ?"

"सगरा पर मिलिगा ?"

"इयो तव ठीक है, लेकिन एहखा बंधिहौ कहां ?"

"आँगन मा बंधो रही।"

"बंधो तौ रही, लेकिन हगी-मूती तौ गंधई ना ?"

"तौ का होइ ?"

''होइ इयो कि गंध पाय कै भेड़हना-बघर्रवा घर मा घुसि अइहैं, अउर एहखा उठा लइ जइहैं। कहव मुन्नेवैं का उठा लइ जांय।'' कहकर बप्पा घिनौंची पर रखी बाल्टी से मग्घे में पानी लेकर हाथ धोने लगे। इतने में हेमू को मौका मिल गया। अम्माँ का हाथ अपने सिर पर रखकर उसने कसम दे दी और मेमना उनकी गोद में डालकर बाहर निकल गया। जब कभी बप्पा से हेमू का आमना-सामना होना होता है, अम्माँ को सामने कर वह खिसक लेता है। मेमने को लेकर अम्माँ अटारी पर चढ़ गईं। बप्पा कुछ देर बड़बड़ाते रहे और मेमने को कसाई के हाथ बेच देने की धमकी देते हुए घर से बाहर निकल गए।

थोड़ी देर बाद लौटकर हेमू अटारी पर पहुँचा। दीये की रोशनी में मेमने की आँखों में जाला देखकर अम्माँ बोलीं, ''मंदिर पर जाव अऊर बिरवा केरि पाती ले आव। वोख्यार रसु डारैं ते जाला कटि जई।'' दिमाग पर थोड़ा सा जोर डालते ही हेमू को याद आ गया कि गाँव के बाहर शंकरजी का मंदिर है। मंदिर की पिछली दीवार पर बजरंग बली की मूरत है। मूरत के सामने बिरवा है। ध्यान आते ही वह दौड़ गया और बिरवा की पत्तियाँ चुन लाया। फिर अम्माँ की मदद से उसने मेमने की आँखों में पत्तियों का रस निचोड़ दिया। ओखली में पड़े चने के छिलके टोकरी में लाकर बड़ी अम्माँ ने मेमने के सामने रख दिए तो वह हफर-हफर खाने लगा।

रात में हेमू अटारी पर सोया, मेमने के पास! अम्माँ, बड़ी अम्माँ, मुन्नी और अंती जीजी भी बगल में सो रही थीं। झबई के अंदर बंद मेमने की खुर-खुर होते ही हेमू चौकन्ना हो जाता। मेमने को कहीं कुछ और न हो जाए, इस आशंका में उसे रात भर नींद नहीं आई। वह भगवान् से प्रार्थना करता रहा कि मेमने की आँखें ठीक हो जाएँ। वैसे अम्माँ की बताई दवा पर उसे भरोसा है, अम्माँ गाँव भर की डॉक्टर जो हैं। किसी को कुछ होता है तो भागा-भागा चला आता है अम्माँ के पास और अम्माँ कुछ-न-कुछ उसे बता ही देती हैं—पैर में ठूँडा घुस जाए तो गरम घी का फीहा रख दो। मोच आ जाए तो बिना बच्चे वाली औरत के चुटीले के धागे बाँध दो। गसहरी-बिसहरी हो जाए तो लहसुन पीसकर बाँधो। पेट में शूल का दर्द उठे तो गुड़ और चूने की गोली बनाकर निगल लो। लाल-लाल चकत्ते वाली रिस्पिती हो जाए तो सीरा में गेरू घेंपकर चुपड़ दो। ऐंठ-ऐंठकर बच्चा रो रहा तो तो हींग मिला कड़वा तेल गरम कर पेट पर मल दो वगैरह-वगैरह पचासों दवाइयाँ और टोटके अम्माँ को जुबानी याद हैं और गाँव-घर में चलते भी यही हैं। मेमने को जरूरत पड़ी तो बिना पूछे ही अम्माँ ने बता दिया—बिरवा की पत्तियों का रस। अम्माँ जैसी

बताने वाली और हेमू जैसा लानेवाला। कोई और होता तो कल पर टाल जाता, पर हेमू को अम्माँ ने बचपन में ही रटवा दिया था—'कालि करै सो आज कर, आज करै सो अब्ब···' इसलिए अँधेरे के बावजूद हेमू गाँव के बाहर शंकरजी के मंदिर तक गया और कड़ैल पर चढ़कर बिरवा की पत्तियाँ चुन लाया।

रात में पेड़ पर चढ़ने की बात बप्पा को पता लग जाए तो आसमान सिर पर उठा लें। बप्पा रात में किसी को पेड़ पर नहीं चढ़ने देते। कहते हैं कि पेड़ पर भूत-प्रेत सोते हैं। चढ़कर जो उन्हें जगाता है, वे उसे नीचे फेंक देते हैं, पर हेमू को भूतों-प्रेतों के होने पर ही संदेह है।

मेमना कहने में अम्माँ गड़बड़ा जातीं तो उन्होंने उसे मेमा कहना शुरू कर दिया। कुछ दिन बाद हेमू की तर्ज पर मेमा को मेमू कर दिया गया। बहुत दिनों तक बप्पा मेमने से कटे-कटे रहे और उन्होंने उसमें कोई रुचि नहीं ली। हेमू द्वारा सिखाए जाने पर धीरे-धीरे वह इशारों को समझने लगा। मेमना अब केवल मेमना नहीं रह गया था, मेमू बनकर घर के किसी नन्हे-मुन्ने जैसा सबका दुलारा हो गया था।

दरवाजे पर खड़ा हेमू उसे आवाज देता, "मेऽमूऽऽ···" और फुदकता हुआ मेमू उसके पास आ जाता। रसोई में आटा गूँथती अम्माँ उसे पुकारतीं तो वह उनके पास हाजिर हो जाता। बरोठे में पंखा झलती बड़ी अम्माँ गुहार लगातीं तो मेमू उनके आँचल में जा दुबकता। मेमने के साथ चलते ऐसे खेलों में एक दिन अनायास बप्पा भी शामिल हो गए। न जाने कैसे उनके मुँह से भी निकल गया, "मेऽमूऽऽ" और फुदकता हुआ मेमू पास पहुँच उनके पैर चाटने लगा। फिर तो बप्पा से भी नहीं रहा गया और उन्होंने उसे गोद में उठा लिया। सारा बैर, सारा गुस्सा पल भर में फुर्र हो गया। इसके पहले उन्होंने मेमू को कभी आवाज नहीं दी थी और बिना आवाज के वह कभी उनके पास गया भी नहीं। पशु था तो क्या हुआ, प्रेम और बैर के हाव-भाव आदमी तो आदमी, पशु-पक्षी भी समझ ही लेते हैं।

बड़ी अम्माँ जब कभी मेमू को नहला देतीं तो वह झक्क सफेद निकल आता। तब हेमू उसे खूब दुलराता, उसके मुलायम बालों को सहलाता, गोद में लेकर इधर-उधर घुमाता, गले से लगाता और कोई तराना भी छेड़ देता। शुरू-शुरू में मेमू जगह-बेजगह हग-मूत देता तो बप्पा बुरी तरह उखड़ जाते, पर अब उसके हगने-मूतने के स्थान तय हैं।

रघुनाथ टेलर ने हेमू को बताया कि कानपुर में ऊन की बड़ी मिल है, जहाँ पर ऊन के धागे और गुच्छे बनते हैं, ऊनी कपड़े भी। कई बार अचलगंज के बाजार में हेमू ने ऊन के गुच्छे देखे थे। एक दिन वह रघुनाथ टेलर से कैंची माँग लाया और

मेमू के शरीर की मुलायम-मुलायम ऊन काटने लगा तो बड़ी अम्माँ ने पूछ दिया, "ई ऊन क्यार का करिहौ हेमू?"

"कानपुर भेजिबे।"

"हुन का होइ?"

"ऊन की लच्छी बनि जइहैं।"

"फिर?"

"अंती जीजी हमरी खातिर सूटर बिनि द्याहैं।"

"फिर?"

"तुम्हार, अम्माँ क्यार, बप्पा क्यार, अउर फिर सबके सूटर बनि जइहैं।"

हेमू की यह बात बड़ी अम्माँ ने सुनी तो अम्माँ और बप्पा को भी बताई। सुनकर सबके सब मुसकरा दिए।

रघुनाथ टेलर ने ही बताया था कि भारत से ऑस्ट्रेलिया और कनाडा के लिए जो भेड़ें भेजी जाती हैं, उनके बहुत पैसे मिलते हैं। इस बात ने हेमू की कल्पना को पर दे दिए और वह उड़ चला—जब मेमू बड़ा हो जाएगा, तब वह उसे ऑस्ट्रेलिया भेजेगा। उससे जो पैसे मिलेंगे, वह तमाम सारे मेमने खरीदेगा और जब उन्हें बड़ा करके बेचेगा तो उसके पास इतना पैसा हो जाएगा, जितना गाँव में किसी के भी पास नहीं होगा। तब वह गाँव का सबसे अमीर आदमी हो जाएगा।

अपनी यह योजना हेमू ने बड़ी अम्माँ को बताई। बड़ी अम्माँ ने जब उसकी अम्माँ से कहा तो वे हँस दीं। अम्माँ से होती हुई हेमू की योजना जब बप्पा तक पहुँची तो वे हँसे नहीं, गंभीर हो गए। उन्हें लगा कि जैसे पत्थर का कोई टुकड़ा उनका सिर फोड़ गया। वे जो नहीं चाहते, हेमू वही सोचने लगा—भेड़-बकरी-पालन, जीवनयापन का पुश्तैनी धंधा। हेमू की इस सोच की वजह है मेमू, सगरा पर मिला मेमना, भेड़ का बच्चा, बप्पा ने सोचा और निर्णय ले लिया कि से अब एक दिन भी घर में नहीं रहने देना, नहीं तो हेमू उस धंधे की ओर कदम बढ़ा देगा, जिसे वे पूरी तरह से छोड़ चुके हैं।

चार बीघे अच्छी और चौदह बीघे नाले-खाले की अंजर-बंजर जमीन उनके पास है। किसी तरह गुजर-बसर हो ही रही है। पढ़-लिखकर हेमू कहीं अच्छी नौकरी ढूँढ़ ले, ताकि घर का हुलिया कुछ तो बदले, बप्पा ने सोच रखा है, पर मेमू ने हेमू की सोच ही बदल दी। और सोच बदल जाने से क्या नहीं हो सकता, वे अच्छी तरह जानते हैं। खुद उनकी जिंदगी इसका जीता-जागता सबूत है। तब वे तेरह-चौदह साल के रहे होंगे। हुकूमत अंग्रेजों की थी और उनके जैसे लोगों के

पढ़ने-लिखने पर ज्यादा जोर नहीं दिया जाता था। पढ़ाई-लिखाई ज्यादातर ब्राह्मण ही करते थे, कायस्थ या फिर कुछ और लोग, जिनकी किस्मत अच्छी होती थी, पढ़-लिख जाते थे, पर उनके जैसे अहीर-गड़रियों की किस्मत में पढ़ना-लिखना नहीं होता था। उनकी किस्मत में तो अपना बचपन भेड़-बकरियों के साथ इधर-उधर जंगल-जंगल गुजार देना भर होता था। सवेरा होते ही भेड़-बकरियों के साथ वे निकल जाते और इस हार से उस हार तक सेंगरी और महुए के पत्ते काट-काटकर उन्हें खिलाते रहते। ओले पड़ते, चाहे धूप सिर चटकाती या बर्फानी हवा कनपटी बजाती, बप्पा को भेड़-बकरियों का झुंड सँभालना ही होता। भेड़ियों-बघर्रों से उनकी रक्षा करनी ही होती। कई बार उन्होंने भेड़ियों-बघर्रों से उन्हें छीन लिया, कई बार देखते ही रह गए। कई मेमनों को भेड़िए खा गए और उन्हें तब पता चला, जब शाम को कोई मेमना गिनती में कम मिला।

एक मर्तबा मेमने को बचाने के चक्कर में भेड़ियों ने उलटकर उन्हीं पर हमला कर दिया। यह तो गनीमत रही कि उधर से रघुनाथ टेलर के काका के साथ कई और लोग आ गए, नहीं तो उस दिन न जाने क्या हो जाता। उस दिन वे इतने घबरा गए कि महीने भर के भीतर सारी भेड़-बकरियाँ अचलगंज के बाजार में बेच आए। दो ठऊ गायें ले लीं और खेती-बाड़ी सँभालने लगे।

उनके घर में फिर कभी भेड़-बकरियाँ नहीं आईं। एक तो उन्हें चराने का हाड़-तोड़ काम, ऊपर से भेड़ियों-बघर्रों का डर। बप्पा इस बात से ही उखड़ जाते हैं कि उनके घर में भेड़-बकरियाँ पाली जाएँ और उनकी किसी संतान को उनकी तरह जंगल-जंगल भटकना पड़े। देश के आजाद होने के बाद शिक्षा का महत्त्व उनकी ही नहीं, सबकी समझ में आ गया है—बिना पढ़े नर पशु कहावैं। नौकरी न भी मिले तो भी बप्पा चाहते हैं कि उनके बाल-बच्चे उनकी तरह गँवार न रहें। आजादी ने कुछ और दिया हो, न दिया हो, पर देश के हर बच्चे के लिए पढ़ाई-लिखाई के दरवाजे तो खोल ही दिए हैं। अब वह किस्मत का नहीं, बच्चों के करम का लेखा है। इसलिए वे नहीं चाहते कि हेमू का मन पढ़ाई के सिवा किसी और काम में रमे। वे देख रहे हैं कि जब से मेमू आया है, पढ़ाई की उपेक्षा कर हेमू उसमें कुछ ज्यादा ही रुचि लेने लगा है। इसी आशंका में बप्पा ने पहले दिन ही मेमना लाने पर हेमू का विरोध किया था, अन्यथा मेमना पकड़ने का वृत्तांत सुनकर उनका मन हुआ था कि हेमू को शाबाशी दें, उसकी हिम्मत की दाद दें और पीठ ठोंककर उसकी हौसला अफजाई करें, लेकिन हेमू की यह योजना सुन-समझकर उनका मन आशंका में डूब गया। घर में यदि मेमू रहा तो उनके किए-कराए पर पानी फिर

जाएगा, सोचते हुए बप्पा ने निर्णय ले लिया कि रात में वे मेमने को चुपके से बंबा पार छोड़ आएँगे। सब लोग सोते रहेंगे, किसी को कुछ पता ही नहीं चलेगा और सुबह तक भेड़िए-बघर्रे उसका काम तमाम कर देंगे।

रात के बारह बजे होंगे। वे चोरों की तरह उठे और मेमू को गोद में लेकर चल दिए। बंबा पार कर उन्होंने उसे गड्ढे में ढकेल लिया और पीठ पीछे मुड़कर घर की ओर भाग खड़े हुए। एक-दो खेतों की मेंड़ें ही पार कर पाए होंगे कि मेमना भाग कर उनसे आगे निकल गया। वे रुक गए तो मेमना भी रुक गया और फिर पास आकर उनके पैर चाटने लगा। गुस्से में उन्होंने उसे कसकर लात मारी तो वह घुसमुड़ियाकर गिर पड़ा। वे उसे फिर वापस ले चले और एक गहरी खंती में फेंक दिया। काफी दूर से घूमकर घर की तरफ थोड़ा ही चले होंगे कि मेमना फिर उनके पीछे था। इस बार मेमने पर उन्हें गुस्सा नहीं आया, उन्होंने उसे लात भी नहीं जमाई—उस सब में इस बेचारे का क्या कसूर, सोचते हुए उसे अपने पीछे आने दिया।

घर आकर बरोठे में खूँटे से बाँध दिया और सवेरा होते ही घोषणा कर दी कि आज से मेमू का सारा काम वे खुद करेंगे, हेमू उसे छुएगा भी नहीं। हेमू कुछ नहीं करेगा, हेमू सिर्फ पढ़ेगा—पढ़ाई और पढ़ाई।

बंबे में धामपुर कलाँ के लिए अलग से कुलाबा नहीं है, किशुनपुर के साझे में है, किशुनपुर के पास। हफ्ते में चार दिन का पानी जाता है किशुनपुर और तीन दिन का आता है धामपुर कलाँ। धामपुर कलाँ से कुलाबा इतनी दूर है कि गाँव के आधे से अधिक खेतों तक पानी पहुँच ही नहीं पाता। वे रामभरोसे बोए और काटे जाते हैं। एक भरोसा और है, चंदरोजा कुलाबे का, जो धामपुर कलाँ के ठीक सामने है, जिसका चलना, न चलना निर्भर करता है पतरावल हरीराम की मेहरबानी पर। हरीराम की मेहरबानी का मतलब है फी बीघा अलग से उसकी भेंट-पूजा।

पहले एक नोट फी बीघा पड़ता था। इमरजेंसी में दो नोट फी बीघा हो गया। और जब इमरजेंसी हट गई तो उसने तीन नोट फी बीघा की माँग कर दी तो लोग क्रुद्ध हो गए और सिंचाई विभाग के ब्रांच ऑफिस से लेकर हेड ऑफिस तक उसके खिलाफ शिकायत कर दी।

शिकायत से कुछ और तो नहीं हुआ, लेकिन बाईस साल पुराना चंदरोजा गूँजा लगवाकर बंद करवा देने की बजाय उखड़वाकर ब्रांच ऑफिस पहुँचवा दिया गया, जबकि बाईस साल से चल रहे पुराने और मुस्तकिल हो चुके चंदरोजा को उखड़वाकर पूरे गाँव की फसल को सुखा देने का अधिकार बड़े-से-बड़े अफसर को भी नहीं है, पर इंजीनियर और अफसर हर माह मिलने वाली गड्डियों के कारण

ऐसी शिकायतों को रद्दी की टोकरी में फेंक देने के आदी हो गए हैं। परिणाम जो होना था, वही हुआ। कुछ खेत बिना पानी के सूख गए। कुछ कम पानी मिलने के कारण हल्के पड़ गए और ऐसे खेतों में हेमू के बप्पा के खेत भी थे। पानी की कमी से फसल हल्की पड़ी, सो पड़ी, जो कसर बाकी रह गई थी, ओलों ने पूरी कर दी। आधे से अधिक दाने खेतों में ही छिटक गए। बप्पा के हाथ जितना अनाज लगा, वह घर में चार महीने भी चलने वाला नहीं था। वे माथा पकड़कर बैठ गए। एक दिन रेडियो ने बताया कि मुख्यमंत्री ने घोषणा की है कि जिन इलाकों में ओलों से फसलें बरबाद हुई हैं, वहाँ के किसानों से सिंचाई-लगान की वसूली में जोर-जबरदस्ती नहीं की जाएगी। अन्य किसानों के साथ हेमू के बप्पा ने भी राहत की साँस ली और सरकार की किसानपरस्ती की प्रशंसा के पुल बाँधने लगे, लेकिन मुख्यमंत्री की घोषणा के कुछ ही दिन बाद किसानों के पास सिंचाई और लगान वसूल करनेवाले अमीनों के हरकारे पहुँच गए। मुख्यमंत्री की घोषणा का उन पर कोई असर नहीं हुआ, क्योंकि उनके पास लिखित आदेश नहीं पहुँचे थे। इसलिए वे किसानों के पास पहुँचे और समय से कुछ पहले पहुँचे। जो किसान सिंचाई-लगान दे सकते थे, एक-एक कर दे आए। जो नहीं दे सकते थे, उन्होंने प्रार्थना-पत्र लिखकर विधायक को दिया कि मुख्यमंत्री तक पहुँचा दें, पर महीनों तक कोई जवाब नहीं आया। अमीन का हरकारा जरूर अपनी गुहारों से बिला नागा उन किसानों की नींद हराम करता रहा, जो सिंचाई और लगान नहीं दे पाए थे। कुर्की और वारंट तक की बातें होने लगीं।

कोई कहता कि नए कानून के चलते कुर्की नहीं हो सकती। कोई कहता कि जेल हो जाएगी। कोई कहता कि कुछ नहीं होगा, मुख्यमंत्री सिंचाई-लगान माफ कर देंगे। हेमू के बप्पा को नया कानून तो नहीं मालूम था, पर पुराना कानून उन्होंने देखा था कि किसानों को उनके खेतों से बेदखल तक कर दिया जाता था। बप्पा सोच नहीं पा रहे थे कि करें तो क्या करें। अनाज बेचकर सिंचाई-लगान चुका दें तो अगली फसल तक खाएँगे क्या ? एक दिन बप्पा इतने गुमसुम हो गए कि खाना तक नहीं खाया। शाम को मुन्नी जब उन्हें खाने के लिए बुलाने गई तो भी उन्होंने इनकार कर दिया। लौटकर मुन्नी ने बड़ी अम्माँ से पूछा, ''बप्पा दुपहरी का खाना नांइ खाओ तेइनि, अबहुन नांइ खा रहे हैं, का बात है ?''

''परेशान है बिचारो।''

''काहे ?''

''लगान-सिंचाई दें का रुपया नांइ हैं। लंबरदार क्यार कर्जव दें का है।''

"अपने खेतवन लग पानी तव पहुँचो नांइ रहै, फिर कइसि सिंचाई ?"

"इयो तौ पतरावल अऊर अमीनै जानैं।"

"बप्पा दें ते इनकार काहे नांइ करि देत हैं ?"

"जेहेलि न होइ जइ।"

"तव बप्पा सोमनाथ काका कि नांय जेहेलि काहे नांइ चले जात हैं।"

अबोध मुन्नी के इस प्रश्न ने बड़ी अम्माँ को निरुत्तर कर दिया और वे सोचने लग गईं कि अंग्रेजी राज और गांधी के इस रामराज में फर्क क्या है! गाँववालों की जिंदगी में तो आज भी वही बदहाली है और छाया रहता है—वैसा ही पुलिस-अमीन का आतंक।

स्कूल से पढ़कर लौट रहे थे वे चारों—गेंदनलाल, रामचरन, गयादीन और हेमू। नोन नदी का पाट दूर पीछे छूट गया था और सगरा की सरहद छोड़कर वे अपने गाँव के करीब आ गए थे। उन्हें घर पहुँचने की जल्दी थी, जोरों की भूख जो लग रही थी। सुबह नौ बजे के खाए हुए थे और अब साँझ घिरने को थी। नाच रही थीं, उनकी आँखों में गोंहचना की मोटी-मोटी रोटियाँ और अरहर की गाढ़ी-गाढ़ी दाल। घर पहुँचते ही उन्हें रोटियाँ न मिलें, ऐसा कभी नहीं होता। उनकी माँओं को अपने छौनों की भूख का पता रहता है। हर हालत में दोपहर को इतना खाना बनाती हैं कि उनके लिए दाल और दो-चार पनेथियाँ बच ही जाएँ। उन्हें वे चौके की किवड़ियों में रखकर ही खेत-खलिहान जाती हैं। स्कूल से लौटने पर वे भी इंतजार नहीं करते कि कोई आकर उन्हें परोसे। खूँटे में बस्ता टाँगते हैं, लोटा उठाकर घिनौंची पर रखे घड़े से पानी लेकर हाथ-पाँव धोते हैं और टूट पड़ते हैं खाने पर।

हेमू के घर के पिछवाड़े से आता हुआ बुद्धन कसाई उन्हें दिखाई पड़ा। उसकी गोद में मेमना था। हेमू ने देखा—उसका मेमू है। पल भर के लिए हजारों-हजार बिजलियाँ हेमू के सामने चमचमा उठीं। उसे समझते देर नहीं लगी कि बुद्धन कसाई के हाथ में क्यों है उसका मेमू ? खड़ाऽऽक्! बुद्धन कसाई का गँड़ासा चलेगा और फिर शाम तक मेमू के टुकड़े-टुकड़े बिक जाएँगे। मेमू को वह इस तरह नहीं मरने देगा, उसने क्षणांश में निर्णय ले लिया। एकबारगी कई दृश्य उसकी आँखों में कौंध गए—पानी के जहाज पर ऑस्ट्रेलिया के लिए रवाना होता चक्क-भक्क मेमू, कानपुर में मेमू की ऊन से बनती लच्छियाँ, लच्छियों से सूटर बुनती अंती जीजी...और फिर हेमू का बस्ता गेंदनलाल के हाथ में चला गया। चीते की-सी फुरती न जाने कहाँ से आ गई दिन भर के भूखे-प्यासे हेमू में। वह बुद्धन कसाई

पर झपटा और मेमू को ऐसे छीन लिया, जैसे बघर्रे के जबड़ों में फँसे बेटे को उसके बाप ने छीन लिया हो। हक्का-बक्का रह गया बुद्धन कसाई और हेमू के तीनों साथी भी। बुद्धन जब तक कुछ सोचे-समझे, तब तक भागता हुआ हेमू अपने घर की तरफ निकल गया।

दुआरे ही चारपाई पर बप्पा बैठे थे, मैले-कुचैले नोट हथेली में दाबे हुए। मेमू को गोद में लिये हाँफते हुए हेमू को उन्होंने देखा तो अचंभे में पड़ गए। साँस रोककर वह बप्पा से कुछ कह पाए, इसके पहले ही बुद्धन आ खड़ा हुआ और तब बप्पा को समझते देर न लगी कि आखिर माजरा क्या है!

''मालिऽऽक्…'' बुद्धन कसाई उनसे कुछ कह पाए, इसके पहले ही कठोर लहजे में बप्पा ने हेमू से कहा, ''मेमू, बुद्धन का दइ देव।''

''नाहीं।''

''काहे।''

''मेमू कसाई के घरै न जइ।''

''तव नांइ द्याहौ?''

''नऽ…''

''हम कहत हन सरऊ, चुप्पै दइ देव, नाहीं तौ याक राफट मा दिमाक् सही होइ जइ।''

''मेमू का हम लाए रहन, एखा हम पालो हय, इयो हमार आय।''

''मेमू के बाप, हम कहत हन कि दइ दे।''

''नै देबे…'' हेमू के स्वर में दृढता थी। मेमू की खातिर पहली बार उसने इतनी हिम्मत की थी। उसके स्वर की दृढता ने बप्पा को अंदर तक हिला दिया। क्रोध से उनके नथुने फड़क उठे और जबर हाथ हवा में लहराकर हेमू के गाल पर जा पड़ा—तड़ाऽऽक्…

हेमू इसके लिए तैयार न था। वह लड़खड़ा कर खूँटे पर जा गिरा। उसका माथा फूट गया और खून की धार बह चली। मेमू छिटककर अलग जा गिरा, जिसे उठाकर बप्पा ने फिर से बुद्धन के हवाले कर दिया। उसके तीनों साथी चुप खड़े तमाशा देख रहे थे। मेमने को लेकर बुद्धन पिछवाड़े की डगर निकल गया और बप्पा नंबरदार के घर की ओर चले गए।

दरवाजे की ओट खड़ी अम्माँ बाहर आईं और हेमू के माथे का खून पोंछते हुए बोलीं, ''लंबरदार क्यार कुछु कर्जा रहै। उइ दिन उनते लइ कय लगान-सिंचाई दीनि गै रहै। दें क्यार वादा रहै, बप्पा दइ नांइ पाए, तउनै आज लंबरदार उल्टा-सीधा

बकिगे रहैं। संझा बखत बुद्धन आ गा तौ बप्पा मेमू का बेचि दिहिन।'' कहते हुए अम्माँ रुआँसी हो उठीं।

अम्माँ की बात सुनते हुए हेमू की नजर चौपाल में टँगी तसवीर पर जा अटकी, जिसमें राजा मोरध्वज रानी के साथ आरे से बेटे को काट रहे हैं। और फिर कुछ पल बाद हेमू की नजर अम्माँ के पैरों पर चली गई, वे खाली थे, उनकी पायलें भी उतरकर सुनार के घर पहुँच गई थीं।

□

भाई-भाई

थोड़ी देर पहले ही बारिश बंद हुई है। ट्यूशन पढ़ाकर लौट रहा हूँ। फुटपाथ के सहारे घर की तरफ बढ़ रहा हूँ। बहुत कम लोग आ-जा रहे हैं। ऊपर नजर उठाई तो टावर क्लॉक सवा नौ बजा रही थी। जिस बच्चे को पढ़ाता हूँ, उसने पूछा था, "क्या पाकिस्तान-हिंदुस्तान मिलकर भारत बनते हैं?"

"नहीं, हिंदुस्तान ही भारत है।"

"पाकिस्तान भारत माँ का अंग नहीं?"

"अंग तो है, लेकिन..." तत्काल मुझे कोई उत्तर नहीं सूझा और न अब तक कोई सटीक उत्तर सोच पाया हूँ। प्रकाश मिल की मशीनों की खड़-खड़ के बीच मैंने सुना, "चटाक्! चटाक्!! बेड़ियाँ और हथकड़ियाँ टूट गईं। हम दोनों मुक्त हो गए। मुक्ति का प्रयास हमने मिलकर किया था।"

सुनकर चौंक पड़ा। एक लंबा-तगड़ा युवक मुझसे दस-बारह कदम आगे बड़बड़ाता हुआ चला जा रहा था। मैंने उसे गौर से देखने का प्रयास किया, लेकिन अँधेरी रात में बिजली की मद्धिम रोशनी ने साथ नहीं दिया और मैं उसे अच्छी तरह देख नहीं सका।

एक विराम के बाद युवक फिर बड़बड़ाया, "मुक्ति से पहले हमने एक साथ चलकर मंजिल तक पहुँचने के सपने देखे थे, लेकिन दुश्मनों को हमारे सपने रास नहीं आए। उन्होंने हमारे बीच दो अक्षर खड़े कर दिए।"

"कौन से दो अक्षर?"

"फू...ट...और हर अक्षर अपना अर्थ रखता है—फू यानी फूस की तरह जल जाओ और यदि जलने से बच जाओ तो ट अक्षर अपना अर्थ देता है—टट्टू हो जाओ और दूसरों का बोझ ढोने का काम करो। किसी राष्ट्र, समुदाय या परिवार का सुख-चैन छीनना हो तो इन दो अक्षरों को भेज दो, तुम्हें कुछ नहीं करना पड़ेगा।

फूट ने हम दोनों की मंजिल की एक राह को दो राहों में बाँट दिया। हमें दो भिन्न राहों से मंजिल की तरफ चलने के लिए कहा गया। भाई को सलाह दी गई कि तुम्हारा भाई तेजी से मंजिल की तरफ बढ़ रहा है, उसके हाथ-पैर काट दो, नहीं तो तुमसे पहले मंजिल पर पहुँचकर तुम्हारी सफलता का रंग फीका कर देगा।''

कभी लगता, युवक बुदबुदा रहा है और कभी लगता कि वह बड़बड़ा रहा है। फुटपाथ पर लगे बिजली के खंभों के पास पहुँचते ही हमारी छाया सिमटकर हमीं में खो जाती। खोये भी क्यों नहीं, जब हमारे बिना हमारी छाया का अस्तित्व ही नहीं। सूरज के बिना धूप का और चाँद के बिना चाँदनी का कोई अस्तित्व नहीं तो अगर छाया खो जाती है हममें, धूप खो जाती है सूरज में और चाँदनी खो जाती है, चाँद में तो इसमें क्या आश्चर्य!

युवक कभी हाथ उठाता, कभी तैश में आकर मुट्ठियाँ भींचता। कभी बिल्कुल चुप होकर तेज-तेज चलने लगता। तब लगता कि अब वह कुछ नहीं कहेगा, लेकिन वह फिर बोलता, ''दुश्मनों के इशारे पर भाई ने मेरे ऊपर कई बार घातक हमले किए, लेकिन मुझे लगने से पहले शस्त्रों ने भाई के ही हाथ-पाँव काट दिए, क्योंकि शस्त्र दान में मिले हुए थे। शस्त्र और शास्त्र बिना सच्चे गुरु के तो सीखे नहीं जा सकते। चोट मेरे भी लगी, किंतु जानलेवा नहीं। फिर भी, मेरे हाथ-पाँव भी जख्मी हो गए। अब मेरे भाई के हाथ-पाँव नहीं हैं। मेरे हैं तो, लेकिन उनमें वह ताकत नहीं कि भाई की कुछ ज्यादा मदद कर सकूँ...

रास्ता मंजिल की तरफ बढ़ रहा था। तभी एक भयंकर तूफान आया। आँखों में धूल भर गई। हम धुंध में खो गए। पेड़ चरमराकर गिर पड़े। मेघ पड़पड़ाकर बरस पड़े। हम भीग गए थे, मगर रुके नहीं। दूर, बहुत दूर मंजिल का चमचमाता कलश दिख पड़ा। हम उत्साह में भरकर आगे बढ़े। धीरे-धीरे मंजिल नजदीक आती गई। हम मंजिल पर पहुँचने ही वाले थे कि रास्ते में बिखरे मोती देखकर झोली में भर लेने का लोभ सँवरण न कर सके...

हम दोनों के पास झोली थी। मैं तो दोनों हाथों से मोती भर रहा था, लेकिन भाई के तो हाथ ही नहीं थे, वह मोती भरता भी तो कैसे! अरे, मैं इतनी देर से झोली में मोती भर रहा हूँ, लेकिन उसमें तो एक भी मोती नहीं। हाँ, याद आया, मेरे ऊपर भाई ने जब शस्त्र चलाए थे तो मेरी झोली फट गई थी। फटी झोली में भी कहीं मोती ठहरते हैं! दूसरी झोली तो यहाँ मिल नहीं सकती। मंजिल समीप है, लेकिन मोतियों को छोड़कर आगे बढ़ें तो कैसे बढ़ें...मेरी झोली तुमने फाड़ दी है। अपने हाथ स्वयं काट लिये हैं। न तो तुम मोती भर सकते हो, न ही मैं। कुछ ऐसा जतन

करो कि मोती दोनों को मिल जाएँ। तुम मुझे अपनी झोली दे दो तो मैं उसे मोतियों से भर दूँ। मंजिल पर पहुँचकर बराबर-बराबर बाँट लेंगे।'

'चुप्प, मुझे तेरी कोई बात नहीं सुननी। मुझे नहीं चाहिए मोती।'

'जबान सँभालकर बात करो बरखुरदार, तुम्हारी शैतानियों को अब तक इसलिए बरदाश्त करते रहे कि छोटे भाई हो। तुम अच्छी तरह जानते हो कि हम सहोदर हैं—माँ एक है, बाप दो। तुमने मुझसे अलग होने का फैसला किया। मेरा सिर फोड़ दिया। दोनों बाप अपने-अपने बेटों के साथ हो लिये। माँ किसके साथ रहे! माँ की ममता नहीं मानी। उसने पेश कर दिया अपना तन और कह दिया, 'कर दो मेरे तन-मन के खंड। मेरे स्तनों में दूध भरा है। तुम दोनों को मिलता रहेगा, लेकिन याद रखो, खंडित हो जाने पर अशक्त हो जाऊँगी। इसका मुझे कोई गम नहीं, लेकिन तुम दोनों फिर कभी लड़ना-झगड़ना नहीं।'

माँ के उस बलिदान को भूल गए और भूल गए उसकी उन कामनाओं को। तुम यह भी भूल गए कि इसी माँ के पेट में पले हो। इसी के स्तनों का दूध पिया है। इसी की गोद में खेले हो। माँ के बलिदानों का यह प्रतिफल, उसके दूध का यह मोल। अपने को औरों के हवाले कर माँ के आंचल के चिथड़े उड़वाना चाहते हो तो सुनो, ऐसा नहीं होने दूँगा मैं।

'कैसे नहीं होने दोगे। जो मेरे मन में आएगा, करूँगा। तुम नहीं जानते मेरे दोस्तों को, तुम्हारी हड्डी-पसली तोड़कर रख देंगे।'

'तुम्हारे दोस्तों की ऐसी की तैसी!'

कहते हुए युवक का झूमता हाथ बिजली के खंभे पर पड़ा तो वह झनझना उठा और भड़ाम्... खंभे का बल्ब टपककर गिर पड़ा और वहाँ अँधेरा छा गया, घना अंधकार!

□

कलम हुए हाथ

बापू ने शंकर को आवाज दी तो अम्माँ उठ गईं। दरअसल आवाज अम्माँ को ही दी गई थी। रात के चार-सवा चार बजे मुरगा बोलने पर शंकर का नाम लेकर दी गई बापू की हल्की सी आवाज अम्माँ के लिए ही होती है, इस बात को अम्माँ अच्छी तरह जानती हैं और शंकर भी। कभी-कभी बापू की इस आवाज से शंकर की भी आँख खुल जाती है, लेकिन वह न तो उठता है, न ही बोलता है, चुपचाप लेटा रहता है। आज भी बापू की आवाज पर शंकर की आँख खुल गई।

आवाज का जवाब देते हुए अपनी रजाई से निकलकर अम्माँ ने सलूका पहन लिया और बखारी से थोड़ा सा भूसा लेकर बरामदे में आ गईं। बिरौसिया को खखोरकर राख में दबी हुई आग निकाली, अंगूठे से उसे खूँथा और भूसा रख दिया। लौटकर कोठरी में आईं और आले में रखे चिराग को उठा लिया। चिराग लेकर बिरौसिया के पास पहुँचीं तो भूसा धुंधुवा रहा था। बैठकर उसे फूँकने लगीं, लेकिन उनका पोपला मुँह उसे जला नहीं पाया। सुलगते हुए भूसे का धुआँ कोटरों में धँसी उनकी आँखों में घुस गया तो आँसू चुचुवा आए। भूसा शायद भीगा हुआ था, इसलिए नहीं जला। अम्माँ की परेशानी समझकर तब तक माचिस लेकर शंकर कोठरी से बाहर निकल आया। उसने माचिस घिसी और जलती हुई तीली को चिराग की बाती से छुआकर रोशनी कर दी।

अम्माँ से उसने लाख बार कहा कि कम-से-कम रात में तो चिराग को माचिस से जला लिया करो, पर अम्माँ न जाने किस मिट्टी की बनी हैं कि माचिस को छूती तक नहीं। बिरौसिया में गड़ी कंडे की आग और भूसे का ही इस्तेमाल करती हैं। शायद ही कभी उन्होंने माचिस छुई हो। दरअसल बिरौसिया की आग और भूसे ने उन्हें कभी माचिस का मोहताज नहीं किया। वे प्राय: माचिस का इस्तेमाल नहीं करतीं।

यह अम्माँ की कंजूसी नहीं, आदत है। जिंदगी में उन्होंने बहुत ऊँच-नीच देखे हैं और अपनी जिंदगी सादगी से गुजारी है। उन्हें वे दिन भी याद हैं, जब बड़के पैदा हुए थे और घर में भूँजी भाँग तक न थी। लगान न दे पाने की वजह से जमीन बेदखल हो गई थी। गरीबी और संकेती के उन दिनों से लेकर हजारों रुपए के आलू बिकने के खुशहाल दिनों तक में भी अम्माँ की जिंदगी का ढर्रा एक सा रहा है। थोड़ा-बहुत रफा-दफा कर दें तो उसमें कभी कोई खास परिवर्तन नहीं हुआ।

अम्माँ के पैरों में चाँदी के खड़वे थे, जब वे शादी के बाद पहली बार यहाँ आई थीं, उनके पैरों में वही खड़वे अब भी हैं। हाथों में कड़े भी वही हैं और कानों में हैं, वही चालीस साल पुराने कर्णफूल। फर्क सिर्फ इतना है कि अब सबकुछ घिस-घिसाकर श्रीहीन हो गया है। मोटी किनारी वाली धोती वे तब भी पहनती थीं और अब भी। पहले हरे या लाल रंग से रँग लेती थीं, लेकिन पिछले कई साल से सफेद ही पहनती हैं। बापू के पास तमाम-तमाम रुपए आने की बात वे सुनती भर रही हैं, लेकिन लेन-देन से उन्हें कभी कोई मतलब नहीं रहा। अम्माँ ने कभी कुछ खरीदा नहीं, कभी कुछ बेचा नहीं। सारी की सारी खरीद-फरोख्त बापू ही करते रहे हैं। खाने-पहनने के लिए उन्होंने जो कुछ ला दिया, अम्माँ ने बनाकर खिला दिया, खा लिया। पहना दिया, पहन लिया। कभी कोई शिकवा-शिकायत नहीं की।

बापू ने ही जरूर, जब कभी बड़के-मँझले से झाँय-झाँय हुई तो अम्माँ को ताना सा दिया कि तुमहीं जिंदगी भर रोती रहिव कि खेत चले गे, खेत चले गे। जब खेत वापस मिलि गे तो रेढ़ना शुरू किया कि घर ठीक नांइ हय, घरु बनवाव। खेतन अऊर घर के चक्कर मा जिंदगी भर न ढंग ते खा सकेन, न पहिर सकेन। सोंचो रहय कि बुढ़ापा मा लरिका-बच्चा दुइ रोटी तौ ढंग ते द्याबै करिहंय, पर रोटी तौ दूर, हियाँ हमारि बात सुनन लग केरि कोहू का फुर्सत नांइ हय। कउनव सार पानी लग का तौ पूछत नांइ हय। इयो सब तुम्हरे कारन भा। हमारि चलति तौ घर-वर कुछु न बनउतेन। रुपया बैंक मा जमा करत जातेन। पास मा पइसा होत तौ आज सब सार आगे-पाछे घूमत।

''तौ फिरि काहे सबका बाँटि-चूँटि कै दइ दीन्हिव, न देतेव। न बाँटि-चूँटि कै देतेव, न इया हालत होति।'' हालात की सारी वजह बँटवारे को करार देती अम्माँ संक्षिप्त उत्तर देकर चुप हो जाती हैं तो फिर बापू भी कुछ नहीं कहते। लगता है कि जैसे अम्माँ की दलील से वे असहमत नहीं हैं, लेकिन तब वे इसके सिवा कर भी क्या सकते थे, सोचते-सोचते उनकी आँखें सामने वाली अधूरी दीवार पर टिक गईं और वे आगे वाले कमरों-बरामदों के बारे में सोचने लगे—सामने के

कमरे-बरामदे ही तो घर की शोभा होते हैं और उनकी आँखें अकसर उसी शोभा की तलाश में भटक जाती हैं।

जलता हुआ चिराग लेकर अम्माँ कोठरी में आईं और बापू के पास बैठ गईं। उन्हें सहारा देकर उठाया। खूँटे पर टँगे कुरते को उतारा और उनका हाथ उठाकर पहना दिया। बापू का बायाँ हाथ बेकार हो गया है। वे उससे कुछ कर नहीं पाते। कुछ करना तो दूर, उनका वह हाथ अब उठता तक नहीं है। उसे दाएँ हाथ से उठाकर इधर-उधर करते हैं। कुरते के बाद अम्माँ ने खूँटी से बंडी उतार ली। सफेद बंडी को मैल की काली-काली पर्तों ने चितकबरा-सा कर दिया है। वैसे तो शंकर ही कभी धो देता या अम्माँ ही, पर बंडी रुइया है, बेचारी को रेह या साबुन तो दूर, कभी पानी तक नसीब नहीं हुआ। यों उपयोग करते समय बापू उसकी हिफाजत का पूरा ध्यान रखते हैं। तभी तो अभी तक उसका एक भी तागा टस-से-मस नहीं हुआ। हाथ उठाकर अम्माँ ने उन्हें बंडी पहनाई और सहारा देकर जमीन पर खड़ा कर दिया। कोने में रखी लाठी पकड़ा दी और बाहर ले चलीं।

बापू नित्य कर्म से निबटना चाह रहे हैं। उनमें अब इतनी भी ताकत नहीं बची कि आधा-एक किलोमीटर दूर गाँव से बाहर अकेले दिसा-मैदान तक जा सकें। इसलिए चार बजे उठने का नियम सा बना लिया है। उधर इब्राहीम की नीम पर बैठा मुरगा बाँग देता है और इधर शंकर का नाम लेकर वे अम्माँ को गुहार लगाते हैं और शंकर नहीं उठता, अम्माँ ही उठती हैं। टोले-पड़ोस के लोगों के उठने से पहले ही बापू नित्य कर्म से निबटकर फिर रजाई में दुबक जाते हैं। बापू से निबटकर अम्माँ ने कुठिला से एक डेलवा गेहूँ निकाले और चकिया ओइर दी। चकिया चल पड़ी तो शंकर ने चिराग सँभाला और पढ़ने बैठ गया।

चकिया का काम खत्म होते ही अम्माँ घर से बाहर निकलकर छप्पर के नीचे आ गईं। बड़के और मझले ने अपना-अपना बैल निकालकर लिड़ौरी पर बाँध दिया। शंकर की भैंस भर छप्पर के नीचे रह गई। उसे निकालकर अम्माँ ने नाँद पर बाँध दिया। बँटवारे में एक बैल बड़के को मिला और एक मझले को। शंकर और बापू के हिस्से में भैंस आई। घर का उत्तरी हिस्सा बड़के को और दक्षिणी मझले को मिला। पश्चिमी हिस्सा बापू और शंकर के हिस्से पड़ा। बड़के और मझले अपने-अपने हिस्सों में चले गए। शंकर के साथ रह गए अम्माँ-बापू। अपने लिए बापू ने कुछ नहीं रखा। सब बाँट दिया। अपने लिए तीन बीघे वाला चक भर रख लिया, बस।

अम्माँ की आवाज ने शंकर का ध्यान भंग किया तो उसने अपनी किताबें समेटीं और बाहर निकल आया। खली-चूनी की बाल्टी देखी—अम्माँ उसे पानी से भरकर

आवाज देते हुए स्कूल वाले कुएँ से पानी भरने के लिए निकल गई थीं। शंकर ने एक नजर बखरी में लगे हैंड पंप पर डाली—पानी सब लोग भरते हैं, लेकिन जब बनता-बिगड़ता है तो बापू ही ठीक करवाते हैं। इस बार बापू की हालत ऐसी है कि चाहकर भी ठीक नहीं करवा सके तो कई रोज से बिगड़ा पड़ा है। सब लोग स्कूल वाले कुएँ से पानी भर लाते हैं, लेकिन बिगड़े पड़े पंप को कोई ठीक नहीं करवाता, मानो हर बनी-बिगड़ी को ठीक कराने का ठेका बापू ने ही ले रखा है। बड़के सोचते हैं कि मझले ठीक कराएँ और मझले सोचते हैं कि बड़के। ठीक होने में कुछ रुपए लगेंगे और कोई भी अपनी टेंट खोलना नहीं चाहता।

शंकर बाहर निकला तो एक काँख में कलसिया दबाए और दूसरे हाथ में भरी बाल्टी लटकाए अम्माँ अंदर आ गईं। वह झबई लेकर बखारी में चला गया। तब तक अम्माँ ने कोठरी से पड़िया छोड़ दी तो वह बाल्टी ले आया। पड़िया हूँथा मार-मारकर पी रही थी। भैंस के थनों में दूध अभी उतरा नहीं था। पड़िया की पीठ पर हाथ रख शंकर बैठ गया और दूसरे हाथ से भैंस के थन भिलगाने लगा। थोड़ी देर में ही भैंस ने दूध उतारना शुरू कर दिया तो मुलायम थन कड़े हो गए। भैंस पल्हा आई तो शंकर ने पड़िया को खींचकर बाँध दिया और थन धोकर दुहने लगा। दूध की पहली धार बाल्टी की पेंदी पर पड़ी तो वह टनकार उठी। थोड़ी देर बाद जब पेंदी में कुछ दूध आ गया तो वह टनकार गरगराहट में बदल गई—गर-गर-गर्र, गर-गर-गर्र। बाल्टी की पेंदी पर दूध की मोटी धारें पड़ीं तो ढेर सारा फेन उठने लगा और दुहने की गति तेज हो गई। भैंस दुहकर वह अंदर आया तो रजाई में दुबके बापू ने उसके नाम की गुहार लगाई। आवाज सुनकर वह उनके पास पहुँच गया। इस बार शंकर का नाम लेकर लगाई गई बापू की गुहार उसके लिए ही थी, अम्माँ के लिए नहीं और उनके पास पहुँचा भी वही। आले में रखी दवा की बोतल उठाई और चम्मच में डालकर बापू को दे दी। वे उसे गटाक् से पी गए। होंठों पर अंगुलियाँ फेरीं और रजाई हटाने लगे। शंकर समझ गया कि अब वे बाहर धूप में बैठना चाहते हैं। उसने उन्हें सहारा देकर खड़ा किया और लाठी पकड़ा दी। लाठी और उसके कंधे का सहारा लेकर बापू घर से बाहर चबूतरे पर आ गए।

बड़के और मझले अपना-अपना बैल लेकर खेतों पर चले गए थे। बड़के की दोस्ती बिंदा से है और बिंदा के पास भी एक ही बैल है। वह भी अपने भाई पुत्ती लाल से अलग हो गया है। इस तरह एक बैल बड़के का और एक बैल बिंदा का मिलाकर गोईं बनती है और साझेदारी में बारी-बारी से वे अपने-अपने खेत जोत-बो रहे हैं। इसी तरह मझले और पुत्ती लाल ने भी गोईं बना ली है।

राजा ठाकुर गाँव के प्रधान हैं। आजकल शंकर और बापू का काफी खयाल रखते हैं। शायद बापू की बीमारी और शंकर की असहाय स्थिति को देखकर या शायद इसकी वजह यह है कि राजा ठाकुर का लड़का शंकर के साथ ग्यारहवीं में पढ़ता है और पढ़ने-लिखने में भोंदू है, जबकि शंकर हरदम अव्वल रहता है। राजा ठाकुर ने हर माह कुछ रुपए देकर शंकर को इस बात के लिए राजी कर लिया कि वह उनके लड़के के साथ बैठकर हर रोज दो घंटे पढ़े और उसे भी पढ़ाए। बापू की बीमारी के इलाज का सारा पैसा राजा ठाकुर ने ही दिया है। शंकर के हिस्से के खेत अपने ट्रैक्टर से जुतवाकर अपने ही नौकरों से बोआ भी दिए हैं। बापू के हिस्से का तीन बीघे वाला चक भर बचा रह गया है। एक-दो बार बापू ने कहा, पर ठाकुर के बैल और ट्रैक्टर खाली नहीं रहे।

नकद पैसे देकर अन्य किसी से जोतवाने और बोआने का माद्दा उनमें रह नहीं गया है। उधार-व्यौहार जैसे भी हो, ठाकुर से ही काम चल रहा है। बड़के अपने खेत जोतने-बोने में लगे हैं। मझले भी आपाधापी में हैं। फुरसत में होते तो भी क्या बापू के हिस्से के खेत जोत देते, क्या बापू उनसे कहते, कह पाते, किस मुँह से कहते! जो लड़के बँटवारे के बाद बाप से बोलते तक नहीं, उसके मरने-जीने का हाल तक नहीं पूछते, वह बाप उनसे क्या उम्मीद कर सकता है!

शंकर ने बताया कि चक की ओइंठि खरा रही है, एक-दो दिन में जोताई न हुई तो ओइंठि चली जाएगी। ओइंठि चली जाने की बात सुनकर बापू की आँखें भर आईं। उन्हें लगा कि उनका घर बँटकर बिखर गया है। एक में होता तो सँभाला भी जा सकता था, पर टुकड़ों-टुकड़ों में बिखरे घर को सँभाल पाना अब किसी के बूते की बात नहीं रह गई।

सूरज ऊपर चढ़ आया तो बापू ने शंकर से खेतों तक चलने की इच्छा व्यक्त की तो शंकर ने मना कर दिया, ''आपकी तबीयत ठीक नहीं है, उतनी दूर चलोगे तो थक जाओगे, वैसे ही साँस फूलती है।'' शंकर ने मना जरूर किया, लेकिन बापू माने नहीं। शंकर के कंधे और अपनी लाठी के सहारे डगरते हुए बड़े चक तक पहुँच ही गए। इस चक को पाँच-पाँच बीघे के तीन टुकड़ों में बाँटा गया है—बड़के, मझले और शंकर के लिए। शंकर के हिस्से के खेत तो जोतकर बो दिए गए हैं, लेकिन बड़के और मझले अभी भी हाथ-पाँव मार रहे हैं। यह पहला मौका है, जब दीवाली आ जाने पर भी खेत बिना जोते-बोए पड़े हैं, नहीं तो जब तक बँटवारा नहीं हुआ था, सारे के सारे खेत दीवाली तक जोत और बो दिए जाते थे। बापू को मेंड़ पर बिठाकर शंकर अपना चक देखने चला गया। वे मेंड़ पर

बैठे-बैठे बड़के और मझले के खेतों में चलते बैलों को टुकुर-टुकुर देखते रहे। अपने खेतों में घूम-फिरकर शंकर लौट आया तो बापू अपने हिस्से के तीन बीघे वाले चक की ओर डगर चले।

बड़े चक और बापू के हिस्से के छोटे चक के बीच राजा ठाकुर का चक पड़ता है। ठाकुर के चक के कुछ खेत पहले बापू के थे, लेकिन अच्छे और उपजाऊ होने के कारण चकबंदी में राजा ठाकुर ने उन्हें अपने चक में मिलवा लिया और बापू का चक ऊसर की तरफ खिसक गया। ठाकुर के पास बहुत खेती है, उनके अपने ट्रैक्टर हैं, थ्रेसर हैं, ट्यूबवेल हैं, किसिम-किसिम के हल और औजार हैं, जिनसे राजा ठाकुर के काम फटाफट हो जाते हैं। ठाकुर के ट्यूबवेल के पास पहुँचकर बापू ने उन्हें सुपारी कतरते देखा। उन्हें देखते ही ठाकुर बोले, ''आव-आव माधौ भाई, बहुत दिन मा दिखानेव?''

''हाँ ठाकुर, अब चले नांइ चुकत है। हाथ-पाँव जवाब दइ गे हंय।''

''हाँ-हाँ, बुढ़ापा मा तौ अइस होतै हय।''

''अउर का हाल-चाल हैं ठाकुर?''

''सब ठीकै हैं। तुम आ गेव, नाहीं तौ अबहिन हम तुम्हैं द्याखन खुदै अवइयाँ रहन।'' ठाकुर की बात सुनते हुए बापू चारपाई पर बैठ गए। ट्यूबवेल चल रहा था। दूर खेत से संतू ने फावड़े के लिए गुहार लगाई तो ठाकुर ने शंकर से फावड़ा दे आने का संकेत किया। फावड़ा लेकर शंकर उसकी ओर चला गया।

संतू को फावड़ा देकर जब शंकर लौटा तो बापू और ठाकुर चिंतामग्न थे। शंकर के आते ही बापू उठ खड़े हुए और राजा ठाकुर से बोले, ''संझा लग सोंचि-समझि कय बतइबे।''

''ठीक है, हम संझा का अइबे।''

ठाकुर की बात सुनकर बापू अपने चक की तरफ चल दिए। उनके पाँव तो जमीन पर थे, लेकिन दिमाग अतीत की गुफाओं में भटक रहा था। तब राज था अंग्रेजों का और गाँव के जमींदार थे ठाकुर के पिता शिवराज सिंह। उनकी शादी हुई ही हुई थी। ओले बरस गए तो रबी की फसल चौपट हो गई और फिर सूखे ने खरीफ की फसल को चपट लिया तो छोटे-मोटे किसानों की रही-सही कमर भी टूट गई। बापू भी दाने-दाने को मोहताज हो गए। लगान न दे पाने की वजह से उनको खेती से बेदखल कर दिया गया। उन्होंने शिवराज सिंह से लाख मिन्नतें कीं, पर उनके कान में जूँ तक न रेंगी। वे किसान से मजदूर हो गए। मजूरी पर शिवपुर के चंपत ठाकुर की किसानी में जाने लगे। तभी उन्हें चंपत ठाकुर का खोया हुआ

बटुआ मिला, जिसमें चाँदी के रुपए और कुछ बहुत जरूरी कागजात थे। उस बैग को माधौ बापू ने ज्यों का त्यों उन तक पहुँचा दिया। उनकी ईमानदारी से चंपत ठाकुर इतने खुश हुए कि कुछ भी माँग लेने को कहा। वे बहुत बड़े जमींदार थे। बापू ने अपने बेदखल खेत वापस दिलवा देने की विनती की तो उन्होंने शिवराज सिंह से कहकर उनकी इच्छा पूरी करवा दी। बापू फिर मजदूर से किसान हो गए।

माधौ बापू ने बड़के और मझले को पढ़ाने की बहुत कोशिश की, पर वे पढ़ नहीं सके। हारकर बापू ने पहले तो बड़के को खेती में जुटाया और फिर मझले को भी। बापू के साथ दोनों बेटों का भी खून-पसीना पाकर खेती तो मानो सोना ही उगलने लगी। पहले से दुगना-तिगना पैदा होने लगा। और तेजी का जमाना आ गया तो सेर से उतर कर गेहूँ आधा सेर तक के भाव बिक गया। बापू के पास नोटों की गड्डियाँ ही गड्डियाँ हो गईं। तब अम्माँ ने बापू से टूटे-फूटे घर को बनवाने की फरमाइश की। थोड़ी ना-नुकुर के बाद बापू ने पुरवावाले खेत में ईंटें पथवाईं और कानपुर से कोयला मँगवाकर पजेवा लगवा दिया। पजेवा खुला तो ईंटें अव्वल निकल आईं। कुछ दिन बाद बापू ने पीछे से घर की पक्की नींव डलवा दी और दीवारों पर दीवारें बनती चली गईं। तीन तरफ से पक्का घर बनकर तैयार हो गया। सामने के बैठक-बरामदे भर बनने को शेष रह गए।

अब तक बड़के और मझले के दो-दो बच्चे हो चुके हैं, लेकिन शंकर की शादी नहीं हुई है। बापू सबको समान रूप से कपड़ा-लत्ता करते, खर्चा-पानी देते! सबको खुश रखने की कोशिश करते। न लड़ाई, न झगड़ा। वे अपने भरे-पूरे परिवार में खुश थे। बच्चों को गोद में लिये अम्माँ इधर-उधर घुमाया करतीं। ऊपर के सारे कामकाज बहुएँ सँभालतीं। सबकुछ मजे में चल रहा था।

तभी मझले की दोस्ती राजा ठाकुर से हो गई। हालाँकि उनमें जमीन-आसमान का अंतर है। राजा ठाकुर मझले से चौदह-पंद्रह साल बड़े हैं। फिर भी दोस्ती हो गई, क्योंकि दोस्ती तो दोस्ती होती है, किसी से भी हो सकती है, जो जल्दी ही पान-बीड़ी से बढ़ते-बढ़ते जुआ और शराब तक पहुँच गई। मझले को शराब की लत लगी तो फिर लग ही गई। तब मंझले ने बापू से कुछ अधिक खर्च की माँग की। और जब खर्चे की सीमा कुछ ज्यादा ही बढ़ गई तो बड़के ने बापू को समझाया, "शराब के लिए मझले को इतने पैसे मत दीजिए। इसके पीने की सीमा इसी तरह बढ़ती रही तो एक दिन यह घर तबाह हो जाएगा। शराब जिस घर में घुसती है, उसे तबाह किए बगैर नहीं छोड़ती।" और बड़के की बात मानकर अगली बार बापू ने मझले को पैसे देने से मना कर दिया।

बापू के इनकार से मझले खौरिया गए। बापू की कोठरी में गए और उनका बक्सा उठाकर ताला तोड़ने लगे। शराब की तलब ने मर्यादा का उल्लंघन कर दिया। बड़के सबकुछ चुपचाप देखते रहे। बापू ने लपककर अपना बक्सा छीनना चाहा तो मंझले ने धक्का दे दिया और बापू गिर पड़े। यह सब देखकर बड़के अपने आपको रोक नहीं पाए। गुस्से में उबलकर खड़े हो गए और आव देखा, न ताव, एक साथ कई झापड़ मझले की कनपटी पर जड़ दिए और बक्सा छीनकर बापू को दे दिया। तउआई आँखों से मझले ने बड़के को देखा और अपने को उन्नीस पाकर घर के बाहर निकल गए।

उस दिन शाम को ही मझले का चूल्हा अलग जल गया। बाद में बापू ने बहुत कोशिश की कि बिगड़ी बात किसी तरह बन जाए। ठाकुर दखलंदाजी न करते तो संभव था कि बापू की कोशिश सफल हो जाती, पर ठाकुर बीच में आ गए और बँटवारे की जमीन तैयार कर दी। बड़के बँटवारे के पक्ष में कतई न थे, इसके लिए वे ठाकुर तक से भिड़ने को तैयार हो गए। उन्होंने बापू को समझाया कि आप बँटवारा मत कीजिए, मझले को घर से निकाल दीजिए। घर से निकलते ही उसका नशा हिरन हो जाएगा, लेकिन बापू तो बापू थे, बेटे को घर से कैसे निकालते! एकबारगी बापू ऐसा सोचते भी, पर मझले के दोस्त राजा ठाकुर बीच में आ गए।

कहने को तो ठाकुर की जमींदारी चली गई, पर उनका रुतबा और दबदबा तो पहले जैसा ही है। गाँव के गरीब संतू से लेकर शिवपुर के थानेदार तक सब उनकी हाँ में हाँ मिलाते हैं। उनकी उपेक्षा कैसे की जा सकती है और बापू ने बँटवारा कबूल कर लिया। बड़के ने इसे अपनी हेठी की तरह लिया और बापू से कट गए। इतना कि अब उनसे बात तक नहीं करते।

और वही ठाकुर आज फिर एक नए रूप में बापू के सामने हैं। ठाकुर का यह पैंतरा बापू को अंदर तक छील गया। उनका मन किया कि ठाकुर की नाक पर हनककर घूँसा धर दें और सारे झंझट से पार हो जाएँ। राजा ठाकुर ने जो सवाल उनसे किया, बापू तत्काल उसका कोई जवाब नहीं दे पाए, संझा तक सोच-समझकर बताने का वादा किया और अपने चक की ओर बढ़ आए। अपने खेतों की मेंड़ पर पहुँचकर बापू रुक गए। खेतों की ललछौंह धीरे-धीरे पिलछौंह हो रही थी। खेतों के पिलछौंहपन को उन्होंने बेबस नजरों से देखा और फिर आकाश की ओर ताकने लगे। उनका मन शायद दैव को टेर रहा था।

बीच खेत में कुछ देर खड़े रहने के बाद बापू वापस लौट चले। खरामा-खरामा चलते हुए शंकर के कंधे और लाठी के सहारे घर आकर चारपाई पर लेट गए। तभी

सामने वाली दीवार से बिल्ली ने ईंट गिरा दी। गिरा क्या दी, उसके निकलने से गिर गई तो बापू को लगा कि दीवार से ईंट नहीं, उनका कोई अंग कटकर गिरा है जैसे। उसके बाद शाम तक माधौ बापू चुपचाप चारपाई पर पड़े रहे। शंकर की समझ में न आया कि बापू आज इतने उदास क्यों हैं! आज तो दीवाली है, त्योहारों का त्योहार।

बँटवारे के बाद यह पहली दीवाली है। पिछले साल जब बापू ठीक थे, तमाम गट्टे-खिलौने आए थे और आई थीं गगरा भर खीलें। पिछले तीन साल से दीवाली की दियालियाँ शंकर जलाता आ रहा है। उससे पहले बड़के जलाते थे और बड़के से पहले बापू। जूनियर की परीक्षा में जब शंकर प्रथम श्रेणी लाया तो उस साल ऐन टाइम पर बड़के को न जाने क्या सूझी कि उन्होंने शंकर को बुलाकर दियालियाँ जलाने का निर्देश दे दिया। बड़के की बात सुनकर शंकर की आँखें मझले को तलाशने लगीं। उसकी समझ में न आया कि यह पारिवारिक दायित्व बड़के उसे क्यों सौंप रहे हैं! अगर यह जरूरी ही हो तो मझले भइया भी तो हैं। तभी नशे में धुत्त मझले आ गए थे, झूमते हुए, गलगलाते और अंट-शंट बकते हुए। दियालियों से हटकर सबकी नजरें मझले पर टिक गईं। बापू का चेहरा तमतमा उठा और अम्माँ की जुबान छुरी बन गई। वे बकने लगी थीं, ''नठिअऊ, मरीकटउनूँ! तुम आजौ माहुर पी आएव। अइस जनतिउं तौ पैदा होतै खन घींच मरोरि देतिउं।''

''अच्छा-अच्छा, चुप्पै रहव।'' अम्माँ को घुड़ककर बापू ने चुप करा दिया तो मझले को पकड़कर बड़की भाभी कोठरी में ले गईं और लिटा दिया। बिना किसी हंगामे के सबकुछ शांत हो गया और तब शंकर की समझ में आ गया कि वह दायित्व बड़के ने मझले की बजाय उसे क्यों सौंपा है।

सब लोग शंकर को घेरकर बैठ गए। उसने परई से दियालियों में तेल डाला और भतीजे-भतीजियों ने उनमें बातियाँ भिगो दीं। घी की सात दियालियाँ अलग रखने के बाद सबसे पहले उसने दियाले को माचिस से जला दिया और फिर सारी दियालियाँ जला दी गईं। कंडे की आग पर कुछ गट्टे और खिलौने फोड़ने के बाद उसने गरइया से निकालकर एक चम्मच घी आग पर रख दिया, दियालियों के चारों ओर आचमन किया और फिर धरती माता के पैर छू लिये। धुआँ उठने लगा तो उसे अपने चेहरे पर बिखरने दिया, साँसों में समाने दिया। पूरा घर दीवाली की रोशनी से जगमगा उठा। फिर शंकर ने भर-भर मूठा खील-खिलौने और गट्टे सबको दिए। बाद में परात से काट-काट कर बरफी भी। सबने छककर बरफी खाई। तब तक बड़के भी लौट आए थे। उन्होंने मझले को जगाना चाहा, पर वे उठ नहीं पाए, शायद ज्यादा पी आए थे। शंकर और बड़के ने साथ बैठकर बरफी खाई। जिंदगी

में पहली बार दियालियाँ जलाते, खील-गट्टा और बरफी बाँटते हुए शंकर को गर्व की अनुभूति हुई और एक अपूर्व सुख का एहसास भी। ऐसा सुख, जो कभी-कभी और किन्हीं खास क्षणों में ही नसीब होता है, लेकिन इस बार की दीवाली दीवाली नहीं, कुछ और लग रही है। एक दीवाली वह थी और एक दीवाली यह है। बखरी में बैठे बापू यह सब टुकुर-टुकुर देख रहे हैं—घर के एक कोने में बड़के और दूसरे कोने में मझले के बाल-बच्चे पानी में सिझी दियालियाँ निकालकर पड़ोर से लिपी जगह रख रहे हैं। शंकर भी तीसरे कोने में पड़ोर कूटकर दियालियाँ रखने की जगह बना रहा है। जब जगह बन गई तो अम्माँ ने पानी से निकालकर दियालियाँ रख दीं। तभी अचानक माधौ बापू ने बड़के और मझले को आवाज दी तो वे पास आ गए। तब उन्होंने उनसे पूछा, ''हमार खेत जोतिहौ ?''

''हाँ-हाँ, दइ देव।'' बड़के और मझले ने एक साथ कहा, मानो इसके लिए वे पहले से ही तैयार बैठे थे। बापू ने अपनी समस्या उनके सामने रखी तो वे बगलें झाँकने लगे। थोड़ी देर तक तो बापू ने उनके जवाब का इंतजार किया, फिर बोले, ''कउनौं जवाबु नांइ दीन्हिव कोउ ?''

''हमरे पास इत्ते रुपया कहाँ धरे हैं।'' कहकर दोनों भाई चुप हो गए और थोड़ी देर बाद उठकर अपने-अपने बाल-बच्चों के पास खिसक गए तो बापू को लगा कि इस लड़ाई में अब वे एकदम निहत्थे और अकेले हैं। लड़के ही तो बाप के हथियार होते हैं, सोचते-सोचते उनकी नजर सामने वाली अधूरी दीवार पर चली गई। उन्हें लगा कि उनके घर में नोना लग गया है, जो एक-एक कर ईंटों को खा रहा है। इस तरह अलग-अलग रहकर नोने को घर की ईंटें खाते हुए बेबस और लाचार आँखों से देखा भर जा सकता है, किया कुछ नहीं जा सकता।

बड़के और मझले को दियालियाँ जलाते देख बापू शंकर की ओर मुखातिब हुए, ''तुमहूँ दियालियाँ जलाव शंकर!''

''नाहीं बापू, आपै जला देव।''

''नाहीं बेटा!''

''नाहीं बापू, आजु तौ आपै का जलावैं का परिहैं।'' शंकर की जिद पर बापू दियालियाँ जलाने को तैयार हो गए तो शंकर ने जल्दी-जल्दी सारा सामान बखरी में इकट्ठा कर दिया। डेलवा में बताशे-गट्टे और खील-खिलौने रखे। अगियारी के लिए घी और मिठाई भी। बिरौसिया से निकालकर कंडे की आग रख दी तो दियालियों में तेल डालकर बत्तियाँ भी। तब तक अम्माँ लोटे में पानी ले आईं और बापू ने अपने अधसुन्न हाथ में किसी तरह से माचिस अंटाकर दूसरे हाथ से तीली घिस दी।

फुर्र की आवाज करती हुई तीली जली तो बापू ने उसे एक दियाली की ओर बढ़ाया। इसके पहले कि दियाली की बाती जल पाए, तीली बुझ गई। तब बापू ने दूसरी तीली निकाल ली। आज उनके अधसुन्न हाथ में पता नहीं कहाँ से इतनी ताकत आ गई थी कि वह हरकत कर रहा था। दूसरी तीली जलाने के लिए हाथ उठा ही था कि जूतों की चर्र-मर्र से उनके हाथ जहाँ के तहाँ रुक गए और नजरें अपने आप दरवाजे की ओर चली गईं। राजा ठाकुर आ गए थे। आते ही उन्होंने अपना सवाल दाग दिया, ''माधौ भाई, सब सोंचि-समझि लीन्हिव कि नाहीं?'' सुनकर भी जैसे सुना नहीं बापू ने। वे एकदम से चुप हो गए।

बापू ने कोई जवाब नहीं दिया तो चारपाई पर बैठते हुए ठाकुर ने फिर पूछा, ''का हो माधौ भाई, बोलतेव काहे नांइ?''

''ठाकुर बेटा, अबहिनै तौ तुम जाव। साल भरे क्यार त्योहार है, को जानै, पारसाल लग जिंदा रहिबे कि मरि जइबे, राति भरे केरि मोहलत अउर दइ देव, सवेरे लग सब सोंचि-समझि कै बता देबे।''

''द्याखौ माधौ भाई, अइसे टारैं ते तौ कामु चली ना। तुम कहत हो तौ हम चले जात हन, लेकिन सवेरे लग सब सोच-विचार करि लेहेव।'' कहकर राजा ठाकुर चल दिए। बापू उन्हें जाते हुए अपलक देखते रहे और जब दी जलाने का खयाल आया तो फिर से तीली घिसने की कोशिश करने लगे, लेकिन कोशिश सफल नहीं हुई। उनका अधसुन्न हाथ फिर सुन्न हो गया था, इस बार शायद पूरा। तब शंकर की ओर माचिस बढ़ाते हुए उन्होंने कहा, ''लेव शंकर।''

''काहे बापू?''

''लेव बेटा, तुमहीं जलाव। हमरे बस क्यार अब कुछु नांइ रहो। अब तौ सब कुछु तुमहीं का झ्यालैं का परी।'' कहते-कहते माधौ बापू का गला रुँध गया। उनके शब्दों में निहित अर्थ को शंकर झेल नहीं पाया। उसकी चेतना पर हथौड़ा-सा पड़ा। बापू की आँखें छलक आई थीं। शंकर भी अपने आँसू रोक नहीं सका। बापू की असमर्थता, उसकी अपनी असमर्थता भी तो थी। वह घर को सँभाले, कॉलेज देखे या खेती-बाड़ी की चिंता करे। पढ़-लिखकर प्रोफेसर बनने के अपने सपने के सामने उसने बापू की आखिरी इच्छा तक को ठुकरा दिया, अन्यथा अपने सामने ही वे शंकर का भी घर बसा देना चाहते हैं।

अचानक जब बापू ज्यादा बीमार हो गए तो ठाकुर से कर्ज लेकर उसने कानपुर में उनका इलाज करवाया। तमाम रुपया खर्च हो जाने के बावजूद दो महीने बाद डॉक्टर ने जवाब दे दिया कि अब इनके इलाज पर पैसा फूँकना बेकार है। इन्हें

घर ले जाओ। जो दवा लिख दी है, पिलाते रहना, शायद कोई चमत्कार हो जाए। डॉक्टर की बातें सुनकर शंकर सिहर उठा था।

बापू के हाथ से माचिस लेकर शंकर ने चुपचाप दियालियाँ जलाईं और घर-आँगन में रख आया। दियालियों की रोशनी में हालाँकि सारा घर जगमगा उठा है, पर उसे लग रहा है कि इतनी रोशनी के बावजूद सबके दिलों में कहीं घना अँधेरा है, जिसे कोई चिराग मिटा नहीं पा रहा। दीवाली की ये रोशनियाँ रात के अँधेरे को भले ही खत्म कर दें, पर दिलों में घर कर गए अँधेरे को कौन दूर करेगा! कैसे दूर होंगे दिलों के ये खौफनाक अँधेरे, जिन्होंने संबंधों की चमक तक को लील लिया है। इन अँधेरों में संबंधों की शिनाख्त तो दूर, उनकी चमक तक दिखाई नहीं देती, सोचते हुए शंकर ने डेलवा में दियालियाँ, बातियाँ, माचिस तथा तेल की गरैया रखी और खेतों की ओर चल दिया।

जागौऽऽऽ··· धरती माता जागौऽऽऽ··· चारों ओर से तेज आवाजें उठ रही थीं। दूर-दूर तक जलती हुई दियालियों से दसों दिशाएँ जगमगा उठी थीं। आकाश में झिलमिलाते तारों की मानिंद झिलमिलाती धरती की ये रोशनियाँ शंकर को बहुत अच्छी लगती हैं। यह पहला मौका है, जब शंकर को खेत-खलिहान में दियालियाँ जलाने अकेले जाना पड़ रहा है, अन्यथा वह बड़के के साथ ही जाया करता था।

हाथ में डेलवा लिये शंकर अपने खेतों की तरफ बढ़ रहा है। कुछ लोग ऊँचे स्वर में दिवाली गा रहे हैं तो कुछ तेज आवाज में धरती माता को जगा रहे हैं—जागौऽऽऽ··· धरती माता जागौऽऽऽ··· लोग धरती माता को क्यों जगाते हैं, शंकर ने अपने आपसे पूछा और जवाब भी खुद ही दे दिया—धरती माता को नहीं जगाया जाता, शायद धरती के गर्भ में छिपे दानों को गुहार लगाई जाती है। अपने खेतों में पहुँचकर शंकर ने भी आवाज लगाई—जागौऽऽऽ··· धरती माता जागौऽऽऽ··· पूरी कोशिश के बावजूद शंकर को लगा कि उसकी आवाज पूरी की पूरी उभरी नहीं, कहीं बीच में ही दब गई। बड़के और मझले अपने-अपने खेतों में दियालियाँ रखकर लौट गए हैं। शंकर ने उनके खेतों में जलती दियालियाँ देखीं और फिर उसका ध्यान बड़के के हिस्से में स्थित कुएँ पर चला गया। उस पर कोई दियाली नहीं जल रही है। फिर उसने मझले के हिस्से में स्थित महुए के पेड़ को निहारा। उसके नीचे एक दियाली जल रही है। अपने खेतों और आम के पेड़ की खोह में दियालियाँ रखने के बाद शंकर कुएँ की ओर बढ़ गया।

पहले ढेर सारे महुए होते थे, सबके काम आते थे और अब महुओं का उपभोग सिर्फ मझले कर सकते हैं, क्योंकि महुआ मझले के हिस्से में है। माधौ

बापू ने कुएँ में बोरिंग करवाने की बात सोची थी। बोरिंग हो जाती तो सबके खेत सिंचते और अब बोरिंग तो दूर, बड़के पिपियाँ डलवाने तक की स्थिति में नहीं हैं। हों भी तो सिर्फ उनके खेत सिंच सकते हैं। शंकर के हिस्से आए आम के पेड़ से सब लोग आम खाते, लेकिन अब कोई किसी के हिस्से के फल नहीं खा सकता। पहले सबका एक ही आकाश था और अब सबका अपना अलग-अलग आकाश हो गया है। उस आकाश के अलग-अलग रंग हैं। पहले घर सतरंगी इंद्रधनुष हुआ करता था। अब वह टुकड़े-टुकड़े होकर बिखर गया है और बिखरे हुए रंगों से कहाँ कोई इंद्रधनुष बनता है! सोचता हुआ शंकर बड़के के कुएँ की जगत् पर दियाली रखकर बापू के चक में पहुँच गया और वहाँ भी दियालियाँ रखकर चुपचाप घर लौट आया। अम्माँ और बापू के साथ बैठकर थोड़ा-बहुत खाया-पिया और फिर सब लोग अपने-अपने बिछावने में चले गए। सोते समय शंकर ने बापू से पूछा, ''राजा ठाकुर क्या पूछने आए थे?'' शंकर के पूछने पर बापू ने बताया, ''ठाकुर ने हिसाब लगाकर सवेरे बताया था कि हम पर उनका कर्जा कितना हो गया है। सो कागजों पर दस्तखत करवाने के बाद बोले कि चाहे हमारे रुपए दे दो, चाहे एक बीघे का बैनामा कर दो या फिर तीनों बीघे खेत छह साल तक जोतने-बोने के लिए दे दो। हमने सोच-विचार कर शाम तक बताने को कहा था। वही पूछने आए थे।''

''तौ तुम का सोंचो हऊ?'' शंकर ने बापू से पूछा।

''हम का सोंचि सकत हन, कोउ का सोंचि सकत है? उतने रुपया दइ नांइ सकत हन। उनके बदले एक बिगहा क्यार बैनामा कइसे करि देन। छह साल खातिर तीनिउं बिगहा दइ देबे तौ खइबे का?'' कहकर बापू चिंता में डूब गए। उन्होंने सोचा था कि बड़के और मझले रुपए देकर खेत जोत लेंगे तो कम-से-कम घर के खेत घर में रहेंगे, लेकिन उनके भी लाचार लगने के बाद अब वे करें भी तो क्या। उन्हें लगता है कि जैसे उनके तो हाथ ही कलम हो गए। उनके ही क्यों, बड़के, मझले और शंकर, सभी के तो हाथ-पाँव कलम हैं, क्योंकि सब अलग-अलग हैं। सब एक में होते तो क्या मजाल थी कि ठाकुर ऐसी हरकत कर पाते। कुछ देर बाद शंकर ने बापू को फिर कुरेदा, ''तौ फिरि अब का करिहौ?''

''करिबे का, करिही का सकत हन, लेकिन ठाकुर का हम अइस करन न देबे, चहौ कुछु होइ जाय।'' कहते-कहते बापू की आवाज तेज हो गई, मानो ठाकुर के खिलाफ कोई चाल उन्होंने सोच ली। उन्होंने क्या सोचा है, यह पूछने की हिम्मत शंकर को नहीं हुई, लेकिन ठाकुर का बिछाया जाल उसे दिख गया और फिर माहौल में नीरवता व्याप गई। कौन कब सोया, सोया भी या नहीं, कोई नहीं जान सका।

सवेरे गजरदम कुंडी की खड़खड़ाहट से शंकर की आँख खुली, अम्माँ की भी। चार न जाने कब के बज चुके थे, पर आज बापू को शायद समय का कोई खयाल ही नहीं है। भर-भर-भर्र, भर-भर-भर्र···बाहर दरवाजे पर ठाकुर का ट्रैक्टर भरभरा रहा है। अम्माँ ने उठकर किवाड़ खोले तो राजा ठाकुर अंदर आ गए और बापू को आवाज दी, "का हो माधौ भाई, सब सोंचि-समझि लीन्हिव कि नाहीं?"

बापू शायद अभी तक जागे नहीं हैं। शंकर ने उनके मुँह से रजाई हटाई तो वे हिले तक नहीं। उसने उनका हाथ पकड़ा तो वह ठंडा पड़ा था, काठ की मानिंद। आशंका में भरकर उसने उनकी नाक के आगे हाथ किया तो सन्न रह गया। उनकी साँस बहुत धीमी थी और ठाकुर को शायद देर हो रही थी। आँगन से ही उन्होंने फिर आवाज दी, "बतउतेव काहे नांइ माधौ भाई, का सोंचो हऊ?"

□

मसीहा की आँखें

देश कठिन परिस्थितियों के भँवर में फँसा डोल रहा था। लोकतंत्र का सूरज अब डूबा कि तब डूबा वाली स्थिति थी। बुरी तरह से डरी हुई जनता चुप थी, अडोल। कहीं कोई जुंबिश नहीं हो रही थी कि तभी परिवर्तन का मसीहा उठ खड़ा हुआ, सामाजिक क्रांति की अलख जगाने। सोए हुए लोग जैसे अचकचाकर नींद से उठ बैठे। जहाँ कोई परिंदा भी पर नहीं मार सकता था, उसी फूलबाग में मसीहा के नाम पर हजारों लोग इकट्ठा हो गए।

अपनी बुलंद आवाज में मसीहा ने देश और समाज के हालात बयान करने शुरू किए। दम साधकर बैठी जनता गौर से सुन रही थी। उस समय वह भूल गई कि चारों तरफ आग्नेयास्त्र से लैस भारी पुलिस-बल घेरा डाले खड़ा है। बहुत संभव है कि ऐसे नाजुक मौके का फायदा उठाकर कोई सिरफिरा कुछ ऐसा कर बैठे कि पुलिस को गोली चलाने का बहाना मिल जाए। सैकड़ों लोग मरें, हजारों घायल हों और मसीहा को गिरफ्तार कर जेल के सीखचों में डाल दिया जाए।

सो, आयोजकों ने मजबूत और पक्का इंतजाम किया था कि किसी भी तरह की बदअमनी न फैलने पाए। भीड़ का क्या भरोसा! अनजाम के बारे में कहाँ कुछ सोचती है वह! ऐसे में ही तो बड़े-बड़े हादसे हो जाते हैं।

उस दिन भी आखिर हो ही गया। एक सिरफिरा बिजली की फुरती से मंच पर चढ़ गया और मसीहा के हाथ से माइक छीन लिया। आयोजक सोच-समझ ही न पाए कि यह सब कैसे हो गया। वे हक्के-बक्के रह गए।

सभा में दहशतनाक सन्नाटा पसर गया और कुछ पल बाद आयोजकों में भागा-दौड़ी मच गई। सिरफिरे को पकड़कर मंच से नीचे फेंक देने को तत्पर लोगों से मसीहा ने शांत रहने की अपील करते हुए उसकी बात सुन लेने का आग्रह किया। सिरफिरे ने मंच पर जाकर मसीहा से सवाल करने की इजाजत माँगी थी, जो

व्यवस्था और सुरक्षा के नाम पर उसे नहीं मिली। सो उसे यह दुस्साहस करना पड़ा। माइक अब उसके हाथ में था और मसीहा उसके सामने, उसकी पहुँच के भीतर।

''महामना, आपसे एक सवाल पूछना चाहता हूँ।''

''पूछिए, जरूर पूछिए।''

''इस भ्रष्ट और जनविरोधी सरकार से आप सत्ता छीन क्यों नहीं लेते?''

क्रांति और संघर्ष का बिगुल बजाते-बजाते मसीहा के पाँव थक चले थे और हाथों में ताकत की कमी महसूस होने लगी थी। आँखों की ज्योति धुँधला गई और गुर्दों की क्षमता घट गई, लेकिन सिरफिरे के सवाल से जैसे उसकी जीवनीशक्ति में अचानक इजाफा हो गया। पाँवों में जैसे शक्ति लौट आई। हाथ भी मानो दूनी शक्ति से संपन्न हो उठे। दूर, बहुत दूर क्षितिज में उसे परिवर्तन का सूर्य उगता नजर आया। कुछ पल चुप रहने के बाद मसीहा ने सिरफिरे से पूछा, ''छीन तो लें भाई, मगर कैसे?''

''ऐसे।'' मसीहा से छीने माइक को अपनी मुट्ठी में कसे उसे उनकी आँखों के आगे करते हुए कहा, ''जैसे मैंने आपसे माइक छीन लिया।''

''मैं सिर्फ इतना ही नहीं करना चाहता भाई, मेरा लक्ष्य संपूर्ण परिवर्तन है, सत्ता हथियाना भर नहीं।'' कहते-कहते व्यवस्था परिवर्तन को आतुर मसीहा की आँखें डबडबा आईं और आगे बढ़कर उसने सिरफिरे को बाँहों में भर लिया।

□

शिक्षाकाल

घर से निकलकर रघुनाथ भाई ने चौपाल में सो रहे मदन को हल्की सी आवाज दी और कान पर जनेऊ चढ़ाकर पिछवाड़े चले गए। निपटकर चौपाल में आए और माचिस के लिए घुप्प अँधेरे में ताखा टटोलने लगे। अचानक उनका हाथ माचिस में लगा तो उन्होंने उसे अंगुलियों में दाब लिया। फिर एक तीली निकालकर घस्स से घिस दी। वह फुर्र से जल उठी तो उसे बाती से छुआकर चिराग जला दिया। चौपाल का अँधेरा खत्म हो गया। उसमें ललछौंही उजास फैल गई। मदन और राजू रजाई में दुबके हुए थे। सिरहाने की पाटी पर मदन की कमीज रखी थी और रस्सी पर पाजामा लटक रहा था। दीवार में गड़ी दो खूँटियों पर एक तख्ती, तख्ती पर रखी किताबें, कॉपियाँ, ज्योमेट्री बॉक्स और दवात, नीले रंग का पेन, पटरी, होल्डर, पेंसिल, छोटी सी डिब्बी, दफ्ती का नीली अबरीवाला सोख्ता पैड, दीवारों पर रंग-बिरंगी तसवीरें। मदन का चौपालनुमा कमरा। यह कमरा पहले कमरा नहीं था, चौपाल थी और कमरा तो खैर यह अब भी नहीं है, लेकिन मदन इसे कमरा ही कहता है। हाँ, रघुनाथ भाई के लिए यह अब भी चौपाल ही है। इस चौपाल में पहले बिना दरवाजे के तीन चौखट थे। दो को मदन ने कच्ची-पक्की ईंटों से बंद कर दिया। शेष बचे एक चौखट में दरवाजा लगवा देने की बात उसने रघुनाथ भाई से कई बार कही, लेकिन हर बार फिजूलखर्ची कहकर वे इस बात को टाल गए।

दीवारों से झरते नोने और उपेक्षा ने चौपाल को लगभग खँडहर जैसा बनाकर छोड़ दिया था। चौपाल के दक्षिणी हिस्से में दीवार के किनारे छत में एक बड़ा सा सुराख हो गया तो बरसात में छत का पानी झरने की तरह झर-झर झरने लगा। छत का यह पानी छत को ही नहीं, धीरे-धीरे दीवार को भी काट रहा था। उसमें जगह-जगह कटान उभर आए थे। घर के अंदर पढ़ने में मदन को दिक्कत होती। भाई-भाभी और बच्चों की किचपिच में उसका ध्यान बँट जाता। चौपाल को कमरा

बनवाकर मदन ने इस समस्या का समाधान निकालना चाहा था, किंतु उसकी चाह पूरी न हो सकी और जिस तरह से उसने अपनी चाह को पूरा किया है, उसे पूरा होना नहीं कह सकते। एकबारगी उसके दिमाग में यह बात भी आई थी कि दरवाजे के लिए वह भाई के सामने अड़ जाए, आखिर इस घर में आधे का हकदार है वह। रघुनाथ भाई बापू की पहली संतान थे और वह आखिरी, रघुनाथ भाई से अठारह बरस छोटा। बीच में आठ भाई-बहनों में मुन्नी जीजी के सिवा कोई बचा नहीं। भाई से इतना छोटा है, इसका मतलब यह तो नहीं कि खुद जो चाहें, करते रहें और उसकी छोटी-से-छोटी चाह भी पूरी न होने दें।

रघुनाथ भाई ने मुड़कर लैरुओं पर नजर डाली। सब के सब शांत बैठे थे। गोबर और पेशाब से गीले हुए कच्चे फर्श पर खुरों के दबाव से कीचड़ ही कीचड़ हो गया था। अच्छे खासे लिपे-पुते फर्श की छीछालेदर हो गई। यह कचौंधन मदन को कतई नापसंद है। दरवाजा लगने की अपनी चाह पूरी न होने के बावजूद मदन हारा नहीं। उसने सोचा था—कभी-न-कभी तो उसके पास पैसे आएँगे ही और तब वह सबसे पहले दरवाजा ही लगवाएगा। ऐसे में तो कोई उसकी कॉपी-किताबें और कपड़े-लत्ते तक उठा ले जा सकता है।

छत के छेद को उसने लकड़ी और सरसौड़ी लगाकर मिट्टी से बंद कर दिया था। कमरे की दीवारें खुरपी से तराशी थीं, ताकि नोना लगी मिट्टी का झरना बंद हो जाए। उसके बाद तालाब की मिट्टी और गोबर का लेप बनाकर दीवारों पर चुपड़ा था, जिससे उनमें नई जान आ गई थी। तब उसने उसे कलई से पुतवाने के लिए रघुनाथ भाई से पैसे माँगे तो उन्होंने उसे झिड़क दिया था। झिड़के जाने के बाद उसने उसे परोड़े से पोता था, फर्श को बराबर कर कूटा था और जब गोबर में गेरू मिलाकर उसे लीपा तो कमरा चमक उठा। हाट-बाजार से खरीदी गई तसवीरों ने कमरे को सजा दिया है। बिना बेंट की खुरपी दीवार में गाड़कर मदन ने उसका चिरागदान बना लिया और अपनी चारपाई यहीं डाल ली। यहीं पढ़ने-लिखने और सोने-लेटने लगा। उसके साथ कर दिया गया तीन साल का राजू, उसके इनकार के बावजूद। फिर भी घर से बाहर चौपाल में उसे अच्छा लगता, एकांत बासा, झगड़ा न झाँसा।

लैरुए हरदम तिदवारी में बँधते थे। चौपाल को झाड़-पोंछकर जब मदन ने उठने-बैठने लायक बनाया तो भाभी ने फरमान जारी कर दिया कि लैरुए मदन के कमरे में बँधा करेंगे। एक तरफ मदन की चारपाई रहेगी, दूसरी तरफ लैरुए। भाभी के इस फरमान से मदन जल उठा। उसे लगा कि यह तो सरासर अपमान है। उसे और पशुओं को एक माना जा रहा है। सोचते हुए वह सुलग कर रह गया।

चिराग जलाकर रघुनाथ भाई दिसा-मैदान को चले गए थे। लौटकर आए तो कमरे में घुसने के साथ ही मदन को फिर से आवाज दी, ''मदनऊँ!''

''आंऽ''

''चलौ, जल्दी उठौ।'' कहकर रघुनाथ भाई ने चिराग उठा लिया और बरोठे से जानवर निकालने लगे। सबसे पहले चारों भैंसें निकालकर नाँद पर बाँधी और फिर तीनों गायें। बाद में बैल निकालकर लिड़ौरी पर बाँध दिए और चारा मशीन पर चले गए। मदन भी उठकर बनियान पहनने लगा। रजाई से बाहर होने पर उसे सर्दी महसूस हुई। कँपकँपी छूट आई। दाँत किटकिटाने लगे। मन किया कि पाजामा-कमीज भी पहन ले, किंतु अभी तो चारा मशीन में जुटना था। करबी में घुसे कीड़ों के खून से अगर खराब हो गए तो कॉलेज क्या पहनकर जाएगा। यही कमीज-पाजामा तो उसके पास हैं। कौन चार जोड़ी कपड़े धरे हैं, जो बदलकर पहन लेगा।

चारा मशीन में जुटने के लिए तैयार होकर कमरे से बाहर निकलते समय बदबू का भभका नथुनों से टकराया। समझ गया कि राजू ने आज फिर टट्टी कर दी है। वह गुस्से से भर उठा। मन किया कि दो-चार चाँटे जड़ दें और भाभी को कथरी साफ करने के लिए भी कह दे। तब तक रघुनाथ भाई ने फिर आवाज दे दी तो राजू को वैसा ही छोड़कर वह चारा मशीन पर पहुँच गया। करबी का गठवा गिराया और छप्पर में खुँसे हँसिया से उसका बँध काट दिया। फिर खूँटी में टँगा चारावाला टटियाया कुरता उतारकर पहन लिया। मशीन के गंड़ासों पर रेती लगाकर भाई जब तैयार हो गए, तब उसने ऑयल का डिब्बा उन्हें पकड़ा दिया। वे मशीन में तेल डालते जाते और मदन मशीन घुमाता जाता।

तेल पड़ जाने के बाद उसने मूठा लगाया और भाई के साथ मशीन खींचने लगा। बार-बार मूठा लगाने में यद्यपि उसे आराम मिल जाता, फिर भी भाई के मुकाबले अभी वह कच्चा और कमजोर है, हाँफ-हाँफ जाता है। दाँत किटकिटा देने वाली सर्दी में भी पसीने से तर-बतर होकर उसकी साँस फूलने लगती है।

चारा कट गया तो कुरता उतारकर अँगौछे से बदन पोंछता हुआ मदन बाहर निकल गया। बनियान पहन रहा था कि भाभी दिख गईं। हाथ में लोटा लिये वे दिसा-मैदान से लौट रही थीं। कमरे से पाजामा-कमीज लेकर वह बाहर निकल आया और वे राजू को उठाने लगीं।

मदन ने निश्चय कर लिया था कि आज कथरी नहीं धोएगा। अभी तक इनके लड़कों-बच्चों का गू-मूत सब करता आया है, लेकिन अब कुछ नहीं करेगा। बच्चों को देखो-भालो, रात भर जानवरों की निगरानी करो, ग्यारह-बारह बजे रात तक

पढ़ो और चार बजे ही भाई काम में जुटा देते हैं। पाँच घंटे भी आराम से सोने को नहीं मिलता। रात में कोई-न-कोई जानवर खूँटा-गिरवाँ तोड़ता जरूर है। उसने लाख बार कहा कि मजबूत पगहे और जंजीरें ले आओ, लेकिन रघुनाथ भाई सुनें तब न। नींद भरी आँखों से रात में उठकर यह सब उन्हें कहाँ करना पड़ता है। एक दिन भी करना पड़े तो पता चल जाए। भाभी राजू को उठा ले गई थीं, किंतु कथरी वैसी की वैसी पड़ी थी। यह देखकर उसके अंदर जोर से कुछ धधका। तेजी से गुस्से में वह घर के भीतर घुसा, पर अंदर पहुँचते-पहुँचते शांत हो गया। दूध दुहाने के लिए पिपिया-मग्घा उठाया और घर से बाहर निकल आया।

गाँव से निकलकर जैसे ही वह बंबे की पटरी पर आया, हवा हाड़ तोड़ने लगी। ऐसी सर्द हवा का एहसास घरों के भीतर रजाइयों में दुबके लोगों को कभी नहीं होता। यह हाड़-तोड़ एहसास तो मदन जैसे कामकाजी लोगों को ही होता है। सर्द हवा के ये झोंके नथुनों से अंदर पहुँचकर शरीर को भीतर ही भीतर काट-सा देते हैं। चाकू की धार की तरह तेज हवा के ये झोंके हाथ-पैर की खाल को घिस-सा देते हैं। कान ठिठुरकर सुन्न पड़ने लगे तो मदन ने उन्हें अँगौछे से कसकर बाँध लिया, लेकिन हाथ-पैर तो सुन्न होंगे ही, रोज होते हैं। न ढंग के जूते-मोजे हैं, न ही दस्ताने, हालाँकि जब भी कोई यह बात छेड़ता है तो मदन का नपा-तुला जवाब होता है, ''मोजे और दस्ताने अमीरों के चोंचले हैं। हमारे जैसे लोग मोजे और दस्ताने पहन लें तो सानी-चारा और गोबर-पानी कैसे हो।'' ऐसा कहने के बावजूद वह इनकी जरूरत महसूस करता है, पर जानता है कि ये जरूरी जरूरतें भी पूरी नहीं हो पाएँगी। और जब पूरी नहीं हो पाएँगी तो फिर रघुनाथ भाई से कहना ही बेकार है—अंधे के आगे रोना, अपने दीदे खोना।

बंबे की पटरी पर चलते-चलते मदन शीशम के पेड़ों के झुरमुट तक आ गया। शुरू-शुरू में उसे यहाँ बहुत डर लगता था। अब तो खैर उतना डर नहीं लगता, लेकिन झुरमुट को पार वह जल्दी-जल्दी ही करता है। तीन साल पहले इसी झुरमुट में बग्गा ठाकुर की बोटी-बोटी काट डाली गई थी। गाँव के और लोगों के साथ उसने भी बग्गा ठाकुर की कटी हुई बोटियाँ और छितराया हुआ खून देखा था। बाद में लोगों ने कहना शुरू कर दिया कि बग्गा ठाकुर भूत बनकर झुरमुट में रहने लगा है और कभी-कभार राह चलते लोगों को घेरकर तंग करता है।

पिछले साल रघुनाथ भाई ने दूध का धंधा शुरू किया। कुछ दूध घर में होता, कुछ दूसरे गाँव सबलपुर में रघुनाथ भाई ने बाँध दिया, जहाँ से मदन को दुहाकर लाना पड़ता है। पहले दिन तो रघुनाथ भाई उसके साथ सबलपुर गए, पर दूसरे दिन

से मदन को अकेले ही जाना पड़ा। झुरमुट में बग्गा के भूत से मदन को डर तो बहुत लगा, पर भाई का हुकुम तो किसी भी कीमत पर मदन को बजाना ही बजाना था।

दूसरे दिन सूरज डूबने से काफी पहले वह सबलपुर पहुँच गया। सोच रहा था कि सूरज डूबते-डूबते उसे दूध मिल जाए, लेकिन दूध मिलते-मिलते सूरज डूब गया और धुँधलका बढ़ने लगा। जैसे-जैसे अँधेरा घना हो रहा था, वैसे-वैसे उसकी धुकधुकी तेज हो रही थी। जो वह नहीं चाहता था, वही हो गया—अँधेरा, घुप्प अँधेरा। पूरा दूध मिलने के बाद सिर पर पिपिया रखकर वह सबलपुर से बाहर निकल आया। दूर से ही शीशम के पेड़ों का झुरमुट दैत्य की तरह उसकी आँखों में खौफ भरने लगा। उसे लगने लगा कि जैसे ही वह झुरमुट के नीचे से गुजरेगा, वैसे ही बग्गा भूत उसके ऊपर कूदेगा, झम्म से, और···और···सोचकर ही वह सिहर उठा। अचानक उसे एक तरकीब सूझ गई। उसने पिपिया से थोड़ा सा दूध निकालकर बग्गा भूत के नाम पर जमीन में डाला और विनती की, ''हे भूत बाबा, मैं वैसे ही बिना माँ-बाप का दीन-दु:खी और सताया हुआ लड़का हूँ। तुम मेरे ऊपर दया रखना, मुझे सताना नहीं।'' इस तरह की विनती करने के बाद उसे इत्मीनान हुआ। फिर हिम्मत जुटाकर वह आगे बढ़ा, लेकिन थोड़ी ही दूर चलने पर उसकी हिम्मत टूट गई और कदम अपने आप रुक गए। उसका भय अभी भी खत्म नहीं हुआ था। सींऽचींऽ··· झींगुरों और कीट-पतंगों की आवाजें उस निर्जन माहौल को और भी खौफनाक बना रही थीं। कुछ सोचकर वह बंबे की पटरी से एक खेत की मेंड़ पर उतर गया और घूमकर थोड़े चक्कर से झुरमुट बचा जाने के लिए चाल तेज कर दी। कुछ ही दूर गया होगा कि मेंड़ पर सामने से आता बघर्रानुमा कोई जनाउर दिखा। जनाउर देखकर उसके रोंगटे खड़े हो गए। जहाँ का तहाँ रुककर वह सोचने लगा—अगर वह बघर्रा है, तब तो खा ही जाएगा और अगर बघर्रा नहीं है तो भेष बदलकर बग्गा भूत उसे घेर रहा है और छोड़ेगा, वह भी नहीं। उसके ठिठकने पर वह जनाउर भी रुक गया था। वह बघर्रा ही है, तभी तो रास्ता रोककर खड़ा हो गया, मदन ने सोचा और ऐसा सोचते ही उसे पसीना छूट गया।

बुजुर्गों के मुँह से उसने सुना था कि इस तरह जनाउर का भेस बनाकर भूत अगर घेर ले तो चुपचाप लौट पड़ो और मुड़कर पीछे मत देखो। यह बात दिमाग में आते ही वह सबलपुर की तरफ लौट पड़ा। उसे बजरंग बली की याद आ गई और वह 'हनुमान चालीसा' का पाठ करने लगा—''जय हनुमान ज्ञान गुन सागर, जय कपीश तिहुं लोक उजागर। भूत-पिशाच निकट नहिं आवैं···'' साँस रोककर हनुमान चालीसा का पाठ करते हुए वह तेजी से आगे बढ़ रहा था कि सर्र से एक

कुत्ता बगल से निकलकर आगे बढ़ गया। वह कुत्ता ही था, बघर्रा या भूत नहीं, उसने उसे जाते हुए अच्छी तरह से देख लिया था।

वह अकसर कहा करता है कि भूत नहीं होते, भय के भूत जरूर होते हैं। उसे अपनी बात पूरी तरह सही लगी। वह कुत्ते को भूत समझकर डर गया था और तब उसने राहत की साँस ली। तत्काल उसी जगह से फिर अपने गाँव के लिए लौट पड़ा था। फिर भी, कुछ दिन इसी तरह मेंड़ से निकलकर उसने झुरमुट से खुद को बचाया और फिर रोज-रोज आते-जाते उसकी हिम्मत खुल गई। एक दिन हिम्मत कर वह अँधेरे में ही उस झुरमुट के नीचे से होकर गुजर गया। उसने हिम्मत जरूर की थी, लेकिन जिस जगह बग्गा ठाकुर की कटी हुई बोटियाँ और बिखरा खून उसने देखा था, उस घुप्प अँधेरे में पहली बार वहाँ से गुजरते हुए उसे बहुत डर लगा। इसके बाद फिर तो वह झुरमुट के नीचे से ही गुजरने लगा। अब तो खैर, यह उसका रुटीन हो गया है। फिर भी, न जाने क्यों, वह इस झुरमुट को जल्दी-जल्दी पार ही करता है।

सूरज निकलने में अभी कुछ देर बाकी थी। झुरमुट को पार कर मदन सबलपुर पहुँच गया। दूध दुहाया और सिर पर पिपिया रखकर अपने गाँव के लिए लौट पड़ा। सूरज का लाल गोला ऊपर उठ रहा था। पेड़ों पर चिड़ियाँ चहचहा रही थीं और घास पर मोतियों की मानिंद चमक रही थीं ओस की नन्ही-नन्ही बूँदें। बंबे पर आकर उसे रामभरोसे मिला, जो दूसरे गाँव से दूध दुहाकर अपनी साइकिल पर लौट रहा था। उसे देखकर मदन का मन किया कि वह भी साइकिल पर दुहाने आया करे, लेकिन वह तो साइकिल चला ही नहीं पाता। दिन भर कोई-न-कोई काम रहता है और उसे साइकिल सीखने का मौका ही नहीं मिलता। एक बार वह सीख रहा था तो रघुनाथ भाई ने डाँट दिया। तब से उसने सीखने की कभी कोशिश ही नहीं की। रामभरोसे तेजी से पैडल मारता हुआ उसकी बगल से निकल गया।

बंबे की ठ्याक पर आकर उसने सिर से पिपिया उतारी। छलक-छलक पानी ठ्याक से नीचे गिर रहा था। इधर-उधर गरदन घुमाकर मदन ने चारों तरफ देखा—दूर-दूर तक कहीं कोई नहीं दिखा तो उसने पिपिया से एक ढक्कन दूध निकाला और गटागट पी गया। मन अभी पूरी तरह भरा नहीं था। सो, आधा ढक्कन दूध और पीकर उतना ही पानी डाल दिया। हिसाब-किताब बराबर हो गया।

पहले मदन चोरी से इस तरह दूध नहीं पीता था। उसने देखा कि घर में ढेर सारा दूध होता है और भाभी उसे कभी एक पाव से अधिक नहीं देतीं। काफी दिन वह उतने दूध पर ही खटता रहा। भाभी दूध से मलाई निकालतीं। भर-भर डिब्बे घी होता। भाभी खातीं, बच्चे खाते और भाई भी, लेकिन मदन घी के स्वाद तक के

लिए तरस जाता। घर के ढेर सारे काम, कॉलेज की पढ़ाई और खाने के नाम पर मक्के की रोटियाँ और पाव भर दूध। कभी-कभार साग-सब्जी और दाल। कभी मिठाई आती तो उसे एक टुकड़ा पकड़ा दिया जाता, बस।

दूध लेकर वह घर पहुँचा तो रघुनाथ भाई खा-पीकर कानपुर जाने को तैयार खड़े थे। उसने पिपिया का दूध ताजे दूध वाले पीपे में डाल दिया और बाहर निकालकर दोनों पीपे साइकिल के कॅरियर में बाँध दिए। भाई आए तो साइकिल का हैंडिल उनके हाथ में देते हुए उसने कहा, ''कुछु सामान लें का है।''

''कइस सामान?''

''प्रेटिकल इंतिहान केरि तयारी करैं का हय।''

''कित्ते रुपया लगिहैं?''

''तेइस-चउबिस लागि जइहैं।''

''संझा का नांइ बकुरत बनत है, सवेरे-सवेरे अठेनि करि देत हौ।'' कहकर रघुनाथ भाई रुपए दिए बिना गुस्सा दिखाते हुए चले गए। वह कुछ देर सिर झुकाए वहीं खड़ा पैर के अंगूठे से मिट्टी खुरचता रहा और जब रघुनाथ भाई आगे की गली में मुड़ गए तो अपने कमरे में चला आया। उसकी आँखें भर आई थीं।

कमरे में पहुँचकर बदबू का सामना फिर हुआ। भाभी ने कथरी साफ नहीं की थी। उसके अंदर फिर कोई लावा-सा भभका तो गुस्से में वह अंदर चला गया। भाभी खाना बना रही थीं और बड़का छोटे को बहला रहा था। रानी बरतन धो रही थी। उसने रानी से जरा तेज आवाज में कहा, ''रानी, बरतन बादि मा साफ करि लेहेव। पहिले कथरी साफ करि देव।''

''उवा कइसे साफ करी।''

''तव तुम साफ करि देतिव।''

''ई रोटी का तुम्हारा बाप बनावत।''

''जिंदा होत, तब इहव करि देत।''

''खांय भरे के पैंतुआ हौ, काम करैं मा मरी आवति है।''

मदन ने अपना गुस्सा रानी पर जाहिर किया था और भाभी ने उसके बापू तक को नहीं छोड़ा। भाभी की बातें सुनकर उसके मन में ऐसे-ऐसे जवाब आए कि उनकी बोलती बंद हो जाती, लेकिन फिर कुछ सोचकर वह चुप ही रह गया। भाभी की बातों से आहत होकर मदन ने पानी से भरी हुई बाल्टी उठा ली और अपने कमरे में आ गया। कथरी साफ कर सूखने के लिए बाहर धूप में फैला दी। इसके बाद बाल्टियाँ उठाईं और पानी भरने चला। जब पानी भर गया तो पलवा उठाया

और गोबर समेटकर घूरे पर पहुँचाया। बरहंचा उठाकर दुआर साफ किया और फिर हँसिया लेकर खेत पर चला गया और एक गठवा करबी लाकर मशीन पर पटक दी।

पढ़नेवाले लड़के जा रहे थे, लेकिन उसे तो अभी नहाना था, खाना था। जल्दी-जल्दी बाल्टी लेकर कुएँ पर पहुँचा और खड़े-खड़े ही दो बाल्टी पानी सिर पर डाल लिया। नहाकर घर पहुँचा तो भाभी बच्चे को दूध पिला रही थीं। रानी रसोई में गई और परोसी हुई थाली उसकी ओर सरका दी—वही पाव भर दूध और मक्के की चार रोटियाँ। दूध, जिसमें मींसकर सिर्फ दो रोटियाँ ही खाई जा सकती हैं या फिर बोर-बोरकर चबाए या दो दूध में मींसकर और दो नमक-मिर्च से खाए। भाभी न तो ज्यादा दूध दे सकती हैं, न ही घी या दही। उसने रोटियाँ पल्टीं—दो ताजी, दो बासी। शाम की बची हुई बासी रोटियाँ देखकर उसके भीतर फिर कुछ खौल-सा उठा। मन किया कि बासी रोटियाँ भाभी के मुँह पर दे मारे, पर उसने अपने आपको फिर रोका और रानी से सरसों का तेल माँगकर ताजी रोटियों में चुपड़ लिया, नमक उर्राया और काट-काटकर खा लिया और बासी रोटियाँ दूध में मींसकर खा लीं। खाने के बाद किताबें सँभाली और कॉलेज को भागा। सब लड़के निकल गए थे। वह अकेला रह गया था। उसे देर हो गई थी और ऐसा अकसर होता है। यह तो गनीमत है कि पहला पीरियड सक्सेना साहब का है और वे उसकी स्थिति से अच्छी तरह वाकिफ हैं, अन्यथा निगम साहब तो लेट हो जाने पर बिना किसी मुरौवत के 'गेट आउट' कह देते हैं। गाँव से निकलकर मदन बटहे में आया तो उसे एक मुर्दा दिख गया। मुर्दा देखकर उसे बापू की याद आ गई।

बापू जब मरे, तब वह केवल नौ साल का था। माँ की उसे याद नहीं। दो बरस का था, तभी वे गुजर गईं। बापू के साथ वह नौ बरस तक रहा। जब वह छोटा था, बापू उसे गोद में लिये घूमा करते। कभी कंधे पर बिठाते तो कभी पीठ पर। दुकान से कंपट ले देते। पट्टी, चूरन या मुरमुरियाँ, कुछ-न-कुछ वह खाता ही रहता। कभी बरफ बिकने आती, बेर या अमरूद, बापू उसे जरूर दिला देते। बापू के साथ ही वह खाता-पीता और सोता था। बापू ही उसके कपड़े-लत्ते करते, नहलाते-धुलाते और रात में थपकी देकर छाती पर सुला लेते। जब वह छह साल का हुआ, बापू उसे स्कूल ले गए। ऊँचे दरजे के लड़कों को मार पड़ती तो मदन के होश उड़ जाते। वह चुपचाप स्कूल से खिसक आता, पाटी और बस्ता वहीं छोड़कर। तब बापू भी उसके साथ स्कूल जाकर बैठने लगे और फिर धीरे-धीरे उसमें हिम्मत आ गई।

मदन जब तीसरे दरजे में था, उसके सुख-सपने बिखर गए। आलू से भरी गाड़ी लेकर बापू कानपुर जा रहे थे कि उनकी गाड़ी से एक ट्रक टकरा गया और

इस दुर्घटना में वे मारे गए। जब लोग बापू के शव को लेकर घाट चले गए तो वह चौपाल में जा सिसक-सिसककर रोने लगा।

"चोऽप्प, बिना मतलब भ्यांभा पसारि रहो है।"

"अंऽ…"

"जा, दुई बाल्टी पानी भल्ला।"

बगैर कुछ बोले उसने मुड़कर विस्मय से देखा—भाभी थीं और था उनके स्वर का बदला हुआ टोन। पहले तो भाभी इस तरह नहीं बोलती थीं, सोचते हुए मदन पानी तो भर लाया, पर भाभी के इस बदले हुए टोन से उसे तकलीफ हुई और आश्चर्य भी। बापू के गुजरते ही भाभी को ये क्या हो गया, बहुत सोचने पर भी उसकी समझ में कुछ नहीं आया। कुछ दिन बाद भाई का टोन भी उसी तरह बदल गया और फिर उसे मालूम हो गया कि अब सबकुछ बदल गया है। रूठने पर अब उसे कोई मनाता नहीं, मनाकर खिलाता नहीं, वह भूखा ही सो जाता है। जिद करने का कोई अर्थ नहीं रह गया। तब उसने अपने आपको ही बदल लिया। जो मिल जाता, चुपचाप खा लेता और चौपाल में बाबा के पास सो रहता।

मदन की पहले वाली बेधड़क आवाज दब गई। बदली हुई परिस्थिति में उसे नई आवाज का सहारा लेना पड़ा। नई आवाज, जो दबी-दबी, घुटी-घुटी, बेजान और बेअसर थी, जिसे शायद किसी आवाज की संज्ञा ही न दी जा सके। दरअसल बापू के मरने के साथ उसकी अपनी आवाज भी मर गई। भाई-भाभी की आवाज तले दब गई थी उसकी आवाज।

भाई और भाभी की आवाजों को मदन सुनता था। सुनकर उन पर अमल करता था। आवाजें, जो आवाज कम, हुक्म अधिक हुआ करती थीं। हुक्म चाहे आसान हो, चाहे कठिन, इच्छा हो, चाहे न हो, मदन को भाई-भाभी का मिला हर हुक्म बजाना ही होता था। शुरू-शुरू में उसने रघुनाथ भाई के कुछ कठिन हुक्म बजाने से इनकार किया तो उन्होंने तमाचों से उसके गाल लाल कर दिए। तब मदन को लगा कि बड़े भाई और किसी हुक्मरान में कोई खास फर्क नहीं होता और होता है तो बाप के जिंदा रहने तक, और उसके बापू जिंदा नहीं थे। तभी से रघुनाथ भाई को उसने बड़े भाई से अधिक अपना हुक्मरान मान लिया था। शुरू में भाभी के भी कुछ हुक्म उसने नहीं माने थे। भाभी ने तमाचे तो खैर नहीं जड़े, लेकिन जो जड़ा, वह उन तमाचों से भी अधिक तकलीफदेह था—उसकी दाल में अलग से नमक डाल दिया, सब्जी में अलग से पिसी हुई मिर्च डाल दी और दूध दिया तो ज्यादा पानी मिलाकर। मदन इन सब बातों की शिकायत करता तो किससे करता! रघुनाथ

भाई से! न बाबा! उसकी हिम्मत ही नहीं हुई। बाबा का भी कोई वश नहीं था। वह चुपचाप चौपाल में बैठा आँसू बहाया करता। कभी-कभी बाबा उसे इस तरह रोते देख लेते तो उसके पास आते और आँसू पोंछकर सिर पर हाथ फेरते। तब उसे और भी रुलाई आती, वह फफक पड़ता और बाबा के सीने से चिपट जाता। तब बाबा की बूढ़ी लाचार आँखों से भी झरना फूट पड़ता।

बापू के न रहने पर धीरे-धीरे घर के सारे काम मदन को सौंप दिए गए। सबसे पहले कुएँ से पानी भरने का काम दिया गया। बाल्टियों में पानी भरकर लाने में उसके हाथ लाल हो जाते। फिर चारा मशीन में जुटाया गया। भैंसें दुहना, सानी-चारा करना, हल जोतना और फिर घर का हर काम उसे सँभाल लेना पड़ा। बाबा जब कमजोर हो गए तो गोबर डालने का उनका काम भी मदन के ही मत्थे मढ़ा गया। चौदह-पंद्रह बरस की नन्ही सी जान पर पूरे आदमी के काम डाल दिए गए। रघुनाथ भाई काम न करते हों, ऐसी बात नहीं थी, दरअसल काम इतने ज्यादा हो गए थे कि कम-से-कम तीन आदमी चाहिए थे—पहले बापू थे, भाई और बाबा। अब न तो बापू रहे, न ही बाबा, तो आफत का पहाड़ टूटा मदन की जान पर। जितने काम मदन को करने पड़ते थे, उसकी क्षमता से बहुत ज्यादा थे। फिर भी, काम से उसे इतनी शिकायत नहीं थी, जितनी भाई-भाभी के व्यवहार और तानों से। शारीरिक कष्ट वाले काम तो वह झेल जाता, किंतु अपमान और उपेक्षा की मार उसे तोड़ देती, पागल कर देती। तब भीतर-ही-भीतर वह कहीं बहुत क्रूर और हिंस्र हो उठता और भाभी की मौत की कामना करने लगता।

बिना किसी चूँ-चपड़ के मदन ने घर के तमाम सारे काम सँभाल लिये तो रघुनाथ भाई के दिमाग में किसी और धंधे की बात आई। जो बात उन्हें सूझी, वह थी दुदाही, गाँव से शहर ले जाकर दूध बेचना। गाँव से कई लोग दूध बेचने कानपुर जाते थे।

मिडिल के इम्तहान में जब मदन को फर्स्ट डिवीजन मिला तो वह उमंग और उत्साह से भर उठा। दौड़कर भाई-भाभी के पैर छू लिये। रघुनाथ भाई खुश हुए, पर न जाने क्यों भाभी की कोई अच्छी प्रतिक्रिया उसे नहीं मिली। शिब्बू सेकंड लाया तो भी उसके बापू ने साइकिल खरीद दी और गाँव भर में उसका बखान करते घूमे। बबुआ थर्ड ही पास हुआ तो उसके भाई ने भी साइकिल और घड़ी खरीद दी। तब मदन का मन हुआ कि रघुनाथ भाई से कहे कि सेकंड और थर्ड लाने वालों को इतना कुछ मिला, मैं तो फर्स्ट लाया हूँ, आप मुझे कुछ नहीं देंगे, पर यह सोचकर चुप रह गया कि अगर देना होता तो बिना कहे देते, जब हौंस ही नहीं तो फिर कहने से क्या फायदा!

पिछले बरस बाबा गुजर गए। बाबा के भी गुजर जाने पर मदन बिल्कुल अकेला पड़ गया। काफी दिनों तक अंदर-ही-अंदर एक अजीब सी बेचैनी उसे सालती रही और फिर उसने अपने आपको अकेले ही उस माहौल में खटने के लिए तैयार कर लिया।

रामचंदर की आवाज ने उसका ध्यान भंग किया तो उसने देखा—वह कॉलेज के सामने है। रामचंदर के साथ गेट के अंदर घुसा और इंटर साइड पार कर हाईस्कूल साइड में पहुँच गया। क्लास चल रही थी। वे दोनों जाकर चुपचाप बैठ गए। सक्सेना साहब होमवर्क चेक करवा रहे थे। दसवाँ सवाल किसी को भी नहीं आया था। मदन की तरफ मुखातिब होते हुए उन्होंने पूछा, ''क्यों मदन, तुम्हें भी नहीं आया यह सवाल?''

''आ गया है सर!''

''तो फिर बोर्ड पर हल कर दो, बाकी गधे भी नकल कर लें।''

''यस सर!'' कहते हुए मदन अपनी कुरसी से उठा, मेज से चाक उठाई और बोर्ड पर सवाल हल करने लगा। मुड़कर धीरे से एक उड़ती हुई नजर क्लास पर डाली। कुछ लड़के बोर्ड की तरफ देख रहे थे और कुछ की नजर उसके पुट्ठे पर टिकी थी। सिर को मोड़कर उसने पुट्ठे को देखा—कमीज फटी हुई थी। और तब लड़कों की वे नजरें उसे चुभने लगीं। सवाल से उसका मन उचट गया। अनमने भाव से किसी तरह सवाल हल कर वह अपनी कुरसी पर लौट आया। आगे फिर किसी भी पीरियड में उसका मन पढ़ाई में लग नहीं सका।

इंटरवल में क्लास टीचर ने बताया कि मदन और सलीम का वजीफा आया है, बड़े बाबू से जाकर ले लें। वजीफे की सूचना मिलते ही मदन की आँखों में चमक पैदा हो गई। इस चमक में दुनिया उसे किसी और ही रंग की दिखने लगी। आँखों के सामने उसकी चौपाल बाकायदा कमरे में तब्दील हो उठी—कलई से पुता साफ-सुथरा कमरा, पेंट किए हुए दरवाजे, लकड़ी की खूबसूरत अलमारी में रखी किताबें। चिराग की जगह लालटेन, माचिस की जगह लाइटर। एक मेज, दो कुरसियाँ, बढ़िया मेजपोश। रजाई, गद्दा और रंगीन चादर। चाय बनाने के लिए स्टोव। एक टीन मिट्टी का तेल। पैंट-बुशर्ट, जूते और मोजे, हाथों में दस्ताने और हीरो साइकिल। कल्पनाओं की इस उड़ान में मदन भूल गया कि जितने रुपए मिलेंगे, उनसे इतनी सारी चीजें कैसे आ पाएँगी, लेकिन कल्पना तो कल्पना होती है, उस पर भी किसी का वश चला है कभी!

मदन के हाथ में इतने रुपए पहली बार आए थे। महत्त्व पहली बार का नहीं, बल्कि इस बात का था कि ये उसके अपने रुपए थे, सिर्फ उसके, उसकी मेहनत

का इनाम, जो उसे सरकार से मिला था। इन रुपयों पर उसका, केवल उसका हक था। इन्हें वह मनचाहे ढंग से खर्च करेगा, अपनी तमाम जरूरतें पूरी कर सकेगा। बड़े बाबू से रुपए लेने के बाद घर जाते हुए यह सब सोचते मदन की चाल में आज अनोखी अदा थी। बहुत दिनों के बाद उसकी जिंदगी में खुशी की लहर आई थी।

रात में काफी देर तक उसे नींद नहीं आई। रुपयों को उसने अपने पास ही रखा, अपनी जेब में। कल शनिवार है, परसों बाजार जाकर वह सारा सामान खरीदेगा। दूसरे दिन जब कॉलेज गया तो भी रुपए अपनी जेब में ही रखे, कहीं कोई चुरा न ले या भाई-भाभी को पता न चल जाए, इस डर से। और फिर रखता भी कहाँ! कौन उसके पास ताले-चाभी वाला कोई बक्सा है, जिसमें छिपाकर रख देता।

शाम को पाँच बजे जब वह कॉलेज से लौटा तो दरवाजे पर खड़ी भाभी उसे देखकर मुसकराईं। वह चौके में आया तो भाभी की मुसकराहट से उसकेशरीर में सुरसुरी-सी दौड़ गई—पहले तो कभी भाभी इस तरह नहीं मुसकराईं! वह चौके में बैठा तो वे उसे खाना परोसने बैठ गईं। खाने की थाली उसके सामने आई तो वह देखता का देखता रह गया—अचार, राब, गेहूँ की रोटियाँ और सब्जी। एक कटोरे में दूध और चावल। खाते समय मदन को लगा कि शायद किस्मत ने पल्टा खाया है। उधर वजीफा मिला और इधर भाभी बदलकर उसके अनुकूल हो गईं, सोचता हुआ मदन खाता रहा, भाभी मुसकराती रहीं और उसके मन में फूल-ही-फूल खिलते रहे। इसी मुसकराहट के लिए तो वह तरसता रहा है। भाई-भाभी का यह रूप देखने के लिए उसने क्या नहीं किया, उनके बच्चों के कपड़े-लत्ते फींचने से लेकर गू-मूत करने तक। खाना खाकर करबी काटने चला तो भाभी ने एक और हँसिया देकर बड़के से कहा, "जाव, चच्चा के संघै जाकै करबी कटवा लाव।"

"हओ।" कहकर हँसिया लेकर बड़का उसके साथ चल दिया। खेत पर पहुँचकर दोनों ने करबी काटी। बड़के के साथ उसका काम जल्दी निबट गया। उसे अच्छा लगा कि चलो, अब बड़का भी काम में हाथ बँटाने लगा, उसके काम जल्दी निबट जाया करेंगे और थोड़ा आराम भी मिल जाया करेगा।

जब से भाई ने दूध का काम किया, पाँच बजे से पहले कभी घर नहीं लौटते, लेकिन आज शायद जल्दी आ गए थे। जब कॉलेज से लौटा, भाई करबी का गठवा काटकर ले आए थे। रघुनाथ भाई भी उसके सुख-दुःख का खयाल रखने लगे हैं। उसके बदले एक गठवा करबी काट लाए। रोज उसे दो गठवा करबी काटकर लानी पड़ती है। आज एक गठवा भाई काट लाए और बड़का के साथ एक गठवा वह। दूध दुहाकर लौटा तो रघुनाथ भाई मशीन के गँड़ासे रेत रहे थे। दूध रखकर वह भी मशीन पर आ गया। चारा कटवाकर जब सानी करने चला तो रघुनाथ भाई

ने उसे रोक दिया, ''सानी-चारा हम करि लेबे। खा-पी कै तुम पढ़ौ-लिखौ जाय। तुम्हार इंतिहान आ रहे हैं।''

''अंऽ...'' वह कुछ कहे, इसके पहले ही रघुनाथ भाई ने खली-चूनी की बाल्टी उसके हाथ से ले ली और सानी करने चले गए।

मदन ने हाथ-पैर धोए और खाना खाने बैठ गया। भाभी ने खीर बनाई थी। ढेर सारी उसकी थाली में परोसकर गेहूँ के दो फुल्के रख दिए। खीर की मिठास और खुशबू से उसका मन और भी खुश हो उठा। भाभी के व्यवहार में यह परिवर्तन उसे रुचा। यही तो वह चाहता था। काम कितना भी पड़े, कोई चिंता नहीं। खाना कैसा भी मिले, कोई बात नहीं। कठिनाइयाँ कोई भी हों, वह झेल जाएगा, बशर्ते भाई-भाभी का यह प्यार और मुसकराहट उसे सांत्वना देते रहें। यही तो नहीं है उसकी जिंदगी में, वह सोच रहा था कि भाभी ने बड़े प्यार से दो चमचे खीर उसकी थाली में और परोस दी। वह गद्गद हो उठा। तब तक सानी-चारा से निबटकर भाई भी आ गए। रानी से पानी माँगकर उन्होंने हाथ-पैर धोए और अँगौछे से पोंछकर चौके में आ गए। मदन चुपचाप खाता रहा, लेकिन उसे लग गया कि भाई कुछ कहना चाह रहे हैं और एकाएक वे बोल ही तो पड़े, ''चलत बिरिया रुपया माँगत हव, तव हमैं गुस्सा आ जात है। सवेरे-सवेरे अठेनि होई जाति है तौ दिन भर पइसा केरि छीछालेदर होति रहति है। तुम रुपया-पइसा संझा का माँगो करौ।''

''जब द्याखव तब तुम बिचारे का डांटोय करत हौ। अब ते रुपया-पइसा वोहका हम देव करिबे, तुमसे कउनौ मतलब न रही।'' भाभी ने कहा। भाई-भाभी का अपने प्रति यह प्यार देखकर मदन के मन-प्राण में नई उमंगें जन्म लेने लगीं। तभी भाई बोल पड़े, ''तुमका वजीफा मिलो हय?'' मदन को मानो किसी ने चाकू घोंप दी। नहीं सोच पाया कि हाँ कहे या न। असमंजस में वह कुछ बोल ही नहीं सका, ''कुछु जवाब नांइ दीन्हिव।''

''अंऽ...''

''तुम्हार कलास टीचर मिले रहैं...''

''अंऽ...'' चाकू ने मानो आँतों को बाहर निकाल दिया। उसका दिल धक्-धक् करने लगा। अपनी कमीज का फटा पुट्ठा उसने देखा। कमरे से चौपाल में और चौपाल से कमरे में तब्दील होता उसका कमरा आँखों में दिप-दिप करने लगा। उसकी ढेर सारी कल्पनाएँ और वे अंतहीन त्रास, सारे के सारे मदन के दिमाग में आने-जाने लगे।

''रुपया हमैं उधार दइ देव।''

पहले भी दो-तीन बार भाई रुपए ले चुके हैं। अब तक वही वापस नहीं किए तो इतने रुपए कैसे वापस कर देंगे, मदन ने सोचा।

''कुछु बताएव नांइ मदन!''

''अंऽ…''

''खाद लावैं का है, खेत पियरा रहे हैं, कुछ रुपया कम पड़त हैं, दइ देव, रुपया तुमका हम जरूर-जरूर लउटा देबे।''

''उवो कमरा मा दरवाजा, इया फाटि कमीच, इंतिहान…''

''आलू खुदन देव, दरवाजा लगि जई। कमीचौ बनि जई। इंतिहान खातिर रुपया अबहिनै लइ लेव।'' रघुनाथ भाई ने जबरन अपनी बात थोप दी तो भाई का वह प्यार, भाभी की मुसकराहट और खीर की मिठास एकदम से कसैली हो उठी। सिर उठाकर देखा तो सामने खड़ी भाभी एकटक उसे निहारे जा रही थीं। उनके चेहरे की मुसकान गायब थी। भाई के चेहरे पर भी उसे मुसकान नहीं दिखी। वहाँ विद्रूपता झलकने लगी थी। चिराग की उजास पीली से लाल और फिर लाल से और लाल होती चली गई। वातावरण खूनी उजास में डूब गया।

''रुपया द्याहव कि…''

''अंऽ…'' रघुनाथ भाई के अपेक्षाकृत कठोर स्वर ने मदन का हाथ उसकी जेब में पहुँचा दिया। नोटों की गड्डी उसकी अंगुलियों में कसमसाई और फिर रघुनाथ भाई के हाथों में चली गई। खाली हाथ तेजी से उठकर वह अपने कमरे में चला आया और बिना बिछी चारपाई पर धम्म से गिर पड़ा। उसकी धुकधुकी बहुत तेज हो गई। पढ़ने-लिखने की इच्छा कतई नहीं हुई। उसने चिराग तक नहीं जलाया, जलाने की जरूरत ही नहीं थी, क्योंकि आज तो वह खुद जल रहा था। रात में कब नींद आई, मदन को कुछ पता नहीं चला, लेकिन सवेरे चार बजे ही रघुनाथ भाई ने गुहार लगा दी, ''मदन!''

''…''

''मदनऊँ!''

''…''

''अरे ओ मदनवांऽ''

''अंऽ।'' रघुनाथ भाई की तीसरी आवाज पर मदन हड़बड़ाकर उठ बैठा और बनियान पहनता हुआ चारा मशीन पर पहुँच गया। गठवा गिराया, हँसिया से उसका बँध काटा, मूठा लगाया और मशीन चालू हो गई, रोज की तरह—खचखच खाच्च, खचखच खाच्च, खचखच खाच्च!

□

गंदी बात

बाल-विकास पर आयोजित हुए उस सेमिनार में बड़े-बड़े लोग आए थे—शिक्षाशास्त्री, वैज्ञानिक, मनोवैज्ञानिक, चिंतक, लेखक और पत्रकार। निर्मल और वीणा ने भी वहाँ अपने-अपने परचे पढ़े। बहस दो धाराओं में बँट गई थी। एक धारा के अनुसार बच्चे को प्रारंभ से ही नियंत्रण में रखकर पढ़ाना-लिखाना चाहिए। इस धारा का प्रतिनिधित्व कर रही थीं श्रीमती वीणा आचार्य। दूसरी धारा के अनुसार बच्चे को पूर्णत: मुक्त रखकर खुद सीखने देना चाहिए। माता-पिता तो उन्हें सिर्फ साधन और सुविधा भर मुहैया करा दें। इस धारा का प्रतिनिधित्व कर रहे थे आचार्य निर्मल, श्रीमती वीणा के पति और उस चार वर्षीय बच्चे के पिता, जो जिद करके उन दोनों के साथ सेमिनार में आ गया था।

सेमिनार खत्म होने पर वे लोग बस से लौट रहे थे। उन लोगों की बगल वाली सीट पर बैठा किशोर प्लम खा रहा था। भूखा न होने के बावजूद प्लम देखकर बच्चे के मुँह में पानी भर आया और वह प्लम खाते किशोर को टकटकी लगाकर देखने लगा। बच्चे की मासूम नजरों ने किशोर को विचलित कर दिया। उसने एक प्लम निकालकर बच्चे की ओर बढ़ाया तो बच्चे का हाथ भी अनायास बढ़ा और प्लम उसके हाथ में आ गया। उसे मुँह में ले जाने से पहले उसने माँ की ओर देखा। माँ के चेहरे पर सहजता नहीं थी।

माँ ने आँखें तरेरीं तो बच्चा पिता से मुखातिब हुआ। पिता मुसकरा दिए तो प्लम उसके मुँह की ओर उचका, लेकिन फिर न जाने क्या सोचकर उसने माँ की ओर पुन: देखा।

माँ के चेहरे पर गुस्से की तेज गश्त देखकर बच्चा सहम गया, "गंदी बात, राह चलते लोगों से खाने की चीजें नहीं लेते?" सुनकर बच्चे की अंगुलियों में अटका प्लम एकाएक टपक गया—टप्प।

पति ने पत्नी की ओर सवालिया निगाहों से देखा तो उन्होंने तुनककर रुख बदल लिया और बच्चा पिता की गोद में सरक आया।

बस आगे बढ़ रही थी कि अगले स्टॉप पर गिरी बेचनेवाला आ गया। बच्चे को खुश करने की गरज से माँ ने गिरी खरीदी और एक टुकड़ा उसकी ओर बढ़ा दिया। एकबारगी तो बच्चे ने गिरी का टुकड़ा माँ के हाथ से ले लिया, लेकिन दूसरे ही पल कुछ सोचकर उसे खिड़की से नीचे फेंक दिया और पिता की ओर देखते हुए बोला, ''चलती बस में कुछ भी खाना गंदी बात होती है न पापा!'' बच्चे का प्रतिवाद सुनकर आचार्य निर्मल मुसकरा दिए।

□

इलाज

दूसरी मंजिल के अपने कमरे से निकलकर आँखें मिचमिचाता नीचे आया। नल खोला तो सूँ करता हुआ वह फिस्स हो गया और मेरी बाल्टी रीती की रीती रह गई। मकान मालकिन से चार-पाँच मग पानी लेकर किसी तरह काम चला लिया और जीना चढ़कर कमरे में पहुँच गया। तौलिये से मुँह पोंछने के बाद शीशा-कंघा उठा लिया। देखा तो पाया कि तौलिये के रेशे चेहरे पर जगह-जगह चिपक गए हैं। पैंट की जेब से रूमाल निकाला और रेशों को साफ कर दिया। यह तौलिया दरअसल काफी पुराना है, पूरे तीन साल का। उपयोग के काबिल अब यह कतई नहीं है। अब तक मुझे नया तौलिया ले लेना चाहिए था। कई बार सोचा भी, पर कभी इतने पैसे ही नहीं बच पाए कि नया ले आता।

रूमाल ने उन रेशों को तो साफ कर दिया, किंतु बदबू की एक लहर छोड़ गया। एक हफ्ते से अधिक हो गया, रूमाल क्या, कोई भी कपड़ा धो नहीं पाया हूँ। साबुन होता तो धो भी डालता। एक दिन सोचा कि पानी से ही धो डालूँ, लेकिन फिर नहीं धोया। सोच लिया कि जब साबुन लाऊँगा, तभी धोऊँगा। बनियान भी बहुत गंदी है, मैली-चीकट। गनीमत है कि पैंट-शर्ट रंगीन हैं और गंदे होने के बावजूद उतने गंदे दिखते नहीं। बालों में कंघा घुमाया तो ढेर सारा कचरा निकल आया। दरअसल कई रोज से नहा नहीं पाया हूँ। जब कमरे पर होता हूँ तो नल में पानी नहीं आता और जब नल में पानी आता है, तब कमरे पर नहीं होता। दिन भर स्कूल और फिर ट्यूशनों में मारा-मारा फिरता हूँ। साढ़े नौ बजे जब फुर्सत पाता हूँ तो भूख इतना जोर मारने लगती है कि नहाने-धोने का खयाल और सब्र ही नहीं रहता।

स्कूल का समय हो गया था। नोटबुक उठाई और चल पड़ा। स्कूल पहुँचा तो पता चला कि मैनेजर के पिताजी नहीं रहे, इसलिए आज स्कूल बंद रहेगा। लौटते समय सोचा कि डॉक्टर सक्सेना से दवा लेता चलूँ। दवाखाने में घुसा तो कुरसियाँ

खाली थीं। डॉक्टर सक्सेना अंदर किसी मरीज से बातें कर रहे थे। कुछ तीखे स्वर सुनकर ठिठका और जहाँ का तहाँ थम गया तो अंदर चल रहा वार्त्तालाप सुनाई दिया, ''अभी कितने दिन और लगेंगे!''

''दस-पाँच दिन और देखो।''

''आपने पंद्रह दिन की बात कही थी और एक महीना हो चुका है।''

''तो मैं क्या करूँ?''

''इतने रुपए लेने के बाद यह कहते हो?''

''इट इज क्लीनिक मैडम!''

''आई नो।''

''देन यू कैन गो।'' डॉक्टर ने कहा तो एक खूबसूरत औरत ने खर्र से परदा सरकाया और तमतमाता चेहरा लिये तेजी से बाहर निकल गई। पीछे से डॉक्टर सक्सेना निकले, कुछ खिसियाए हुए। मुझे देखकर उनका चेहरा उतर गया, लेकिन अपने आपको संयत करते हुए उन्होंने नम्र लहजे में कहा, ''आओ-आओ भई, तुम्हारा मर्ज अब कैसा है?''

''वैसा ही है। मुझे तो कोई फायदा नहीं लगता। मवाद अब भी आता है और सुबह निवृत्त होते समय दर्द भी होता है।''

''यही तो फायदा है कि तुम्हारा मर्ज बढ़ा नहीं, कंट्रोल में आ गया।''

कहकर वह अंदर चले गए तो मेरे सामने उस औरत का तमतमाता चेहरा उभर आया। डॉक्टर सक्सेना ने मुझे भी पंद्रह दिन में ठीक कर देने का वादा किया था और आज बारहवें दिन मेरा मर्ज भी जहाँ का तहाँ है। कल को डॉक्टर सक्सेना ने मुझसे भी यही कह दिया तो मेरे पास और रुपए कहाँ से आएँगे? किसी तरह माँ का मनीऑर्डर रोक इधर-उधर से जोड़-तोड़कर पंद्रह दिन की दवा का इंतजाम कर पाया। अचानक मुझे डॉक्टर रमेश का ध्यान आ गया। वह मरीज को देखकर दवा लिख देते हैं। मरीज बाहर से खरीदकर खाता रहता है और चंगा हो जाता है। मेरे दिमाग में आया कि क्यों न डॉक्टर सक्सेना से दवा लिखवाकर रोज-रोज की इनकी भेंट-पूजा से मुक्त हो लूँ। इसके लिए मैंने बहाना बनाया, ''डॉक्टर साब, कुछ दिन के लिए गाँव जा रहा हूँ।''

''तो!''

''जो दवा मुझे देते हैं, परची पर लिख दीजिए।''

''क्यों?''

''वहीं पर खरीदकर खाता रहूँगा।''

''तो उतने दिन की दवा लेते जाइए।''

''मेरे पास उतने पैसे नहीं हैं। वहीं जाकर व्यवस्था करूँगा।''

''यह दवा बाहर नहीं मिलती, मेरा निजी नुस्खा है।'' कहकर उन्होंने दवा मेरी ओर सरका दी। दवा लेकर उनके क्लीनिक से बाहर आ गया। थोड़ी देर पहले उस औरत के साथ हुए डॉक्टर सक्सेना के संवाद ने मुझे बेचैन कर दिया। औरत के चेहरे पर उभरे आक्रोश और बेबसी के भाव मेरे चेहरे पर भी उगने लगे। डॉक्टर सक्सेना कोई मशहूर डॉक्टर नहीं हैं, लेकिन वे इस तरह के डॉक्टर हैं, मुझे मालूम न था और अब जब मालूम हुआ है तो वे मेरी जेब खाली कर चुके हैं।

एक बार शर्मा के साथ डॉक्टर रमेश के क्लीनिक गया था। वे प्राइवेट डॉक्टर नहीं हैं। जहाँ मिलते हैं, सरकारी अस्पताल है, जिसके वह मेडिकल सुपरिंटेंडेंट हैं, लेकिन शाम को प्राइवेट हो जाते हैं, सरकारी कुरसी, अस्पताल और सामान के साथ। शहर के दूसरे बड़े डॉक्टर जहाँ एक बार में ही तमाम रुपए ऐंठ लेते हैं, डॉक्टर रमेश काफी कम लेते हैं। बहुत कम पैसे में मरीज को देखते और स्क्रीनिंग कर दवा लिख देते हैं। सरकारी अस्पताल में प्राइवेट मरीजों की स्क्रीनिंग करने की इजाजत उन्हें नहीं है, क्योंकि यह अस्पताल सिर्फ राज्य कर्मचारियों के लिए है, पर वह वहाँ ऐसा करते हैं और इस काम में दो चपरासी उनकी मदद करते हैं। बदले में उन्हें भी थोड़ा-बहुत मिल जाता है और मरीज भी सस्ते में निपट जाते हैं।

स्क्रीनिंग डॉक्टर रमेश से कंसल्ट करनेवाले मरीजों के लिए प्रमुख आकर्षण है, क्योंकि छोटे-मोटे अस्पतालों में यह व्यवस्था होती नहीं। इसके अलावा डॉक्टर रमेश लंदन रिटर्न हैं। इसलिए उनके पास प्राइवेट मरीजों का ताँता लगा रहता है। बीस-पच्चीस मरीज भी रोज आ गए तो कितनी हुई ऊपरी इनकम, सोचता हुआ डॉक्टर सक्सेना के क्लीनिक से निकल अपने रूम पर आ गया और जेब टटोली तो बहुत थोड़े रुपए निकले। अब अगर शाम को डॉक्टर रमेश के पास जाऊँ भी तो सिर्फ दवा लिखवा सकता हूँ। उसके बाद मेरे पास बचेगा ही क्या। न जाने कितने की दवाइयाँ आएँगी। एक-एक कर सब दोस्तों के नाम याद किए, पर कोई ऐसा नाम याद न आया, जो कुछ दे-दिला सके। ले-देकर बिहारी ही है, जो थोड़ा-बहुत दे सकता है। पिछले हफ्ते वह दे ही चुका है। अब और गुंजाइश नहीं। गाँव-घर से भी मिलने की कोई स्थिति नहीं है। पिछले महीने मनीऑर्डर नहीं कर सका तो माँ की दो चिट्ठियाँ आ चुकी हैं। अगले महीने भी माँ को मनीऑर्डर नहीं कर सकूँगा, अभी से तय है। वेतन मिले तो दवा की बात सोचूँ। वेतन और दवा! मैं एक प्राइवेट स्कूल में अध्यापक हूँ। पढ़ाता हूँ, इसलिए कुछ ट्यूशन हैं, नहीं तो

वे भी छूट जाएँ। किसी तरह पैसे की व्यवस्था हो तो डॉक्टर रमेश के पास जाऊँ। पहले ऐसे मौकों पर बहुत गुस्सा आता था, लेकिन अब कुछ नहीं होता। बेबसी में जीने की आदत पड़ गई है।

पहली तारीख को वेतन मिला तो सीधे डॉक्टर रमेश के क्लीनिक पहुँच गया। दवाएँ लिखकर उन्होंने तीन दिन तक खाने का निर्देश दिया और फिर आने को कहा। दवाएँ खरीदीं और तीन दिन बाद जब उनके पास पहुँचा तो चेकअप के बाद उन्होंने इंजेक्शन लिख दिए।

आठ इंजेक्शन खरीद लेने के बाद मेरे पास महीने भर के खर्च लायक पैसे ही बचे। डॉक्टर रमेश इंजेक्शन लगाते नहीं हैं। ये इंजेक्शन मुझे कहीं बाहर से लगवाने होंगे, क्योंकि मेरा घर उस अस्पताल से तीन किलोमीटर दूर है।

मेरे मोहल्ले में एक सरकारी अस्पताल है। वहाँ मैंने एक बोर्ड देखा था, जिस पर लिखा था—'डॉक्टर के परामर्श पर बाजार से खरीदकर लाए गए इंजेक्शन यहाँ मुफ्त लगाए जाते हैं।' इंजेक्शन लेकर वहाँ पहुँचा। डॉक्टर गुप्ता से नमस्ते की और पड़ी हुई बेंच पर बैठ गया। मेरे हाथ में इंजेक्शन देखते हुए भी उन्होंने पूछा, "क्या है भई!"

"इंजेक्शन लगवाना है डॉक्टर साब!"

"तो जाकर कंपाउंडर से लगवा लो।" उनका निर्देश पाकर कंपाउंडर के पास पहुँचा। मेरे हाथ से इंजेक्शन लेते हुए उसने रुपए माँगे। मैं चौंका। वहाँ इंजेक्शन लगवाने का यह मेरा पहला मौका था। मैंने उसकी ओर देखा और चुपचाप डॉक्टर गुप्ता के पास लौट आया, "वह तो रुपए माँग रहा है डॉक्टर साब!"

"तो देते क्यों नहीं?"

"यह तो सरकारी अस्पताल है।"

"है तो..."

"बोर्ड पर तो लिखा है कि डॉक्टर के परामर्श पर बाजार से खरीदकर लाए गए इंजेक्शन यहाँ मुफ्त लगाए जाते हैं।"

"मेरा परामर्श लिया था?"

"इसीलिए तो पहले आपके पास आया था।"

"भई, इंजेक्शन कंपाउंडर लगाएगा, उसी से जाकर निपटो।"

"तो फिर आप किस मर्ज की दवा हैं!"

"बिना मतलब की बात मत करो।"

"आप सरकारी डॉक्टर हैं।"

"हूँ तो···?"

"इंजेक्शन लगवाना पड़ेगा।"

"नहीं लगेगा।"

"क्यों?"

"क्योंकि मैंने प्रेस्क्राइब नहीं किया है।"

"पैसे दे देता तो प्रेस्क्राइब हो जाता?"

"डोंट डिस्टर्ब द डिस्पेंसरी ऐंड गेट आउट।" सुनकर मेरे अंदर कुछ हुआ, लेकिन फिर न जाने क्या सोचकर चुप रह गया। गुस्सा तो बहुत आया, पर कर भी क्या सकता था। डॉक्टर गुप्ता अच्छे आदमी नहीं हैं, यह मुझे पहले से ही मालूम था। पहले भी तीन बार उनके पास आया हूँ, लेकिन तब मुझे इंजेक्शन नहीं लगवाने थे, मार्कशीट अटेस्ट करवानी थी। डॉक्टर गुप्ता ने कभी भी मार्कशीट अटेस्ट नहीं की। जब भी गया, उन्होंने बहाना बना दिया, नपा-तुला बहाना—मोहर नहीं है, बनने गई है। और तीन बरस में एक बार भी डॉक्टर गुप्ता की मोहर मेरे लिए बनकर नहीं आ सकी और आज डॉक्टर गुप्ता के इस रूप को देखकर तो मन किया कि उनका सिर तोड़ दूँ, लेकिन उससे होगा क्या! यह तो देश और दुनिया में हर जगह फैली ऐसी बीमारी है, जिसका कोई इलाज नहीं।

मेरे मोहल्ले की बगल की कॉलोनी में भी इसी तरह का एक और अस्पताल है, नगर महापालिका का, सरकारी अस्पताल। वहाँ का डॉक्टर बिहारी को जानता है, जिनके बारे में उसने बताया था कि उनकी ऊपरी इनकम बहुत है। पिछले दस बरस से यहाँ हैं और नामी-गिरामी हैं। सो, कोई उन पर उँगली नहीं उठाता। यों वह इलाज बहुत अच्छा करते हैं, पर गरीबों का नहीं, हालाँकि सरकार ने उन्हें गरीबों के इलाज के लिए ही शहर की उस श्रमिक कॉलोनी में तैनात कर रखा है। अमीरों के घर से पहले तो फोन आते हैं, फिर कोई वाहन। उस पर बैठकर वे मरीज को देखने चले जाते हैं और लौटते समय उनकी जेब में कुछ नोट डाल दिए जाते हैं। बदले में वे उनके घर अच्छी-से-अच्छी दवाएँ भेज देते हैं।

पैसे की तंगी में बिहारी से कहा कि उनसे कहकर इंजेक्शन लगवाने की व्यवस्था कर दे तो वह मेरे साथ अस्पताल गया। डॉक्टर को नमस्ते की और उन्हें इंजेक्शन दिखाते हुए मेरी ओर इशारा कर दिया। उन्होंने कंपाउंडर के पास भेज दिया। उसे इंजेक्शन देते हुए बिहारी ने डॉक्टर का हवाला देकर टेस्टर डोज लगाने को कहा। कंपाउंडर ने इंजेक्शन बनाकर डोज दे दिया और घेरा खींचकर पंद्रह मिनट बैठने को कहकर चला गया। लौटकर आया तो डॉक्टर साब को दिखा आने को

कहा। डॉक्टर साब के कमरे में गया तो वे वहाँ नहीं मिले। सो कंपाउंडर के पास लौट आया। इंजेक्शन लगाने को कहा तो उसने मना कर दिया।

थोड़ी देर बाद वह बोला, ''डॉक्टर साब की इजाजत के बगैर नहीं लगाता। वह आ जाएँ, देख लें और कह दें तो लगा दूँगा।''

बिहारी ने उसे समझाया, ''डॉक्टर साब ने कह दिया और तुमने टेस्ट कर लिया। जब रिएक्शन नहीं हुआ तो अब लगा देने में क्या हर्ज है?'' लेकिन वह नहीं माना। तभी एक मोटा आदमी आया। कंपाउंडर को इंजेक्शन दिया और दो मिनट में लगवाकर चलता बना। जाते समय एक नोट कंपाउंडर की हथेली पर रखता गया। मेरी नजर उस बोर्ड पर फिर चली गई—यहाँ पर इंजेक्शन मुफ्त...

तब इच्छा हुई कि कंपाउंडर की हथेली पर मैं भी नोट रख दूँ और झटपट इंजेक्शन लगवाकर चलता बनूँ। बाहर जितने पड़ते हैं, यहाँ आधे ही पड़ेंगे। रोजाना आधे की बचत तब भी होगी। पाँच-छह दिन के पैसे हैं ही। तब तक कुछ-न-कुछ इंतजाम हो ही जाएगा, सोचकर रुपए निकालने के लिए मेरा हाथ जेब में चला गया। तभी डॉक्टर साब की आवाज सुनाई दी तो बिहारी के साथ उनके पास चला गया। उन्होंने हाथ देखा और कंपाउंडर को बुलाकर कहा, ''भइए, ये अपने आदमी हैं। इतनी देर तक क्यों बिठाए रखा?'' सुनकर उसने झटपट इंजेक्शन बनाया और मेरी बाँह में भोंक दिया।

अगले दिन अस्पताल की सीढ़ियों पर कदम रखते ही निश्चय कर लिया था कि जाते ही कंपाउंडर को एक नोट थमा दूँगा, पर जैसे ही उसने मुझे देखा, चेहरा घुमा लिया और कुछ देर बाद बोला, ''भाई साहब, इंजेक्शन नहीं लग पाएगा। स्पिरिट खत्म हो गई है, आप कल आ जाएँ।'' जेब के भीतर अंगुलियों में फँसा नोट चरचरा कर रह गया।

वहाँ से लौटने के सिवा अब कोई चारा न था। रास्ते में घोष का दवाखाना खुला दिखा तो उसी में घुस गया। धोती-कुरता पहने एक वृद्ध सज्जन बैठे थे। पूछा तो पता चला कि वही डॉक्टर घोष हैं। इसके पहले कभी डॉक्टर घोष को गौर से देखा नहीं था। जरूरत ही नहीं पड़ी थी। उनके सामने इंजेक्शन रख दिया। वे सुई ढूँढ़ने लगे तो मेरी नजर उनके दवाखाने का मुआयना करने लगी—इधर-उधर दीवारों पर जमा गर्द। अल्मारियाँ प्रायः खाली। एक में कुछ इंजेक्शन, डिस्टिल्ड वाटर, टेबलेट और गिलास। लग रहा था कि दसियों बरस से दवाखाने की जैसे पुताई ही नहीं हुई। सुई नहीं मिली तो डॉक्टर घोष ने कुछ याद करते हुए कहा, ''अरे, सुई तो घर में ही रह गई। आप मेरे घर चलें।'' मैंने देखा कि मेरी स्वीकृति

का इंतजार किए बगैर उन्होंने दवाखाना बंद किया और छड़ी टेकते हुए घर की ओर चल दिए। रास्ते में ही उन्होंने बताया, ''दोनों लड़के बेकार हैं। इसलिए बुढ़ापे में भी खटना पड़ रहा है।''

घर पहुँचकर उन्होंने मुझे कमरे में बिठाया और पत्नी से सुई मँगवाई। डिस्टिल्ड वाटर की शीशी तोड़ी और इंजेक्शन बनाने लगे। बिना स्पिरिट के ऐसा करते देखकर मैंने उन्हें टोका, ''सीरिंज धो तो लेते डॉक्टर साब!''

''फ्रिक मत करो।''

''आप स्पिरिट नहीं रखते?''

''घबराइए नहीं, यही सब करते हुए बूढ़ा हुआ हूँ।'' कहते हुए उन्होंने इंजेक्शन बनाकर लगा दिया। उन्होंने बाँह से सीरिंज निकाली तो अपेक्षाकृत अधिक दबाव महसूस हुआ और सुईवाला स्थान फूलता-सा लगा। छूने पर लगा कि जैसे पथरा रहा है। आशंकित होकर उनसे पूछा, ''यह क्या हो रहा है डॉक्टर साब!''

''चिंता न करें। मुझे चालीस साल का अनुभव है।''

''यह पथरपन कैसे ठीक होगा?''

''बोरिक एसिड डालकर गरम पानी से सेंक दीजिएगा।'' कहकर डॉक्टर घोष इत्मीनान से बैठ गए, लेकिन बाँह की बिगड़ती स्थिति से मैं घबरा उठा। फिर से उस जगह को छुआ तो वह कुछ और पथरा गई लगी और मुझे गाँव के राधे की याद आ गई। भरा-पूरा जवान था राधे। ऐसे ही एक डॉक्टर ने न जाने कैसी सुई से इंजेक्शन लगा दिया कि कुछ ही देर में वह चल बसा। मौत की कल्पना से ही मैं सिहर उठा और कदम तेजी से कमरे की ओर बढ़ चले।

कमरे पर पहुँचकर किवाड़ खोले और धम्म से चारपाई पर गिर पड़ा। आँखें बंद कीं और न जाने क्या-क्या सोचता रहा। देर तक।

टन्न''टन्न''नौ बजे तो ध्यान आया कि पढ़ाने जाना है। बाँह पर फिर अंगुलियाँ फेरीं तो पथरपन बढ़ता देखकर स्कूल जाने की इच्छा कतई नहीं हुई। बाँह को सेंकना जरूरी था, लेकिन स्कूल न जाने पर दो दिन का वेतन कट जाएगा। दो दिन का वेतन कटने की बात दिमाग में आते ही उठ खड़ा हुआ। भूल गया कि बाँह सेंकनी है और स्कूल पहुँच गया, भागता हुआ।

□

प्रायश्चित्

महाश्रमण की शरण में आई अपवित्र कुमारियों में से एक पापकर्म के प्रायश्चित् का उपाय जानने के उद्‌देश्य से बोली, ''भगवन्, एक विवाहित पुरुष ने मुझसे प्रणय निवेदन किया।''

''उसने किया, इसलिए पापी और अपवित्र भी वही हुआ, प्रायश्चित् भी उसे ही करना चाहिए, तुमने तो कुछ किया ही नहीं, इसलिए तुम पूर्ववत् पवित्र हो।'' महाश्रमण ने कुमारी को आश्वस्त किया।

''भगवन्, एक गुंडे ने मेरे अंग स्पर्श किए।'' दूसरी कुमारी बोली।

''स्पर्श ही हुआ न, समागम तो नहीं?''

''नहीं।''

''फिर तो तुम भी पवित्र हो।'' कहकर महाश्रमण मुसकराए।

''भगवन्, मेरे साथ तो समागम भी हो गया।'' तीसरी कुमारी ने कहा।

''स्खलन तो नहीं हुआ?'' महाश्रमण ने पूछा।

''नहीं भगवन्, मैं कुछ देर बाद भागने में सफल हो गई।''

''फिर तो तुम भी पवित्र हो।'' महाश्रमण बोले।

''भगवन्, मेरे साथ तो वह भी हुआ।'' चौथी कुमारी बोली।

''गर्भ धारण तो नहीं किया?''

''नहीं भगवन्, मेरी कोख ने उस पाप को स्वीकार नहीं किया।''

''तब तो तुम भी निष्पाप हो। किसी प्रायश्चित् की कोई जरूरत नहीं।'' कहकर महाश्रमण ने स्नेहिल मुसकान फेंकी।

''भगवन्, मैंने तो गर्भ भी धारण कर लिया है।'' पाँचवीं कुमारी बोली।

''कोई बात नहीं, अस्पताल जाकर इस पाप से मुक्त हो जाओ।''

''लेकिन भगवन्...'' कहते-कहते छठी कुमारी ठिठकी।

''कहो-कहो, निस्संकोच कहो।'' महाश्रमण ने आश्वस्त किया।

''मेरे पेट का पाप तो सात महीने का हो चुका है।''

''कोई बात नहीं। इसे इत्मीनान से जन्म देकर संघ को समर्पित कर दो और फिर किसी युवक से विवाह कर लो।''

''लेकिन भगवन्,'' कहते-कहते सातवीं कुमारी रुकी।

''घबराओ नहीं, अपनी बात खुलकर कहो।''

''भगवन्, मेरे पेट में पाप नहीं, प्यार का प्रतिदान पल रहा है। मेरे साथी ने परिस्थितियों के आगे घुटने टेक दिए और दूसरी लड़की से शादी कर ली।''

''तुम भी घुटने टेक दो। अस्पताल जाओ, गर्भपात कराओ और यथासमय किसी उपयुक्त व्यक्ति से विवाह कर सुखी जीवन हासिल करो।''

''भगवन्,'' कुमारी के चेहरे पर मातृत्व लहराया।

''नहीं बेटी, तुमसे पाप हुआ है। झूठे प्यार के इस प्रतिदान से मुक्ति पाओ। इसका प्रायश्चित् यही है।'' कहकर महाश्रमण उठ गए।

□

सबक

सुनसान बियाबान में खड़ा राधा की प्रतीक्षा कर रहा था। राधा तो नहीं आई, मगर राधा बनकर तुम आईं और बोलीं, 'अखिल, राधा न सही, मेरे रहते तुम्हें राधा की कमी खलेगी नहीं और समझ लो कि आज से तुम्हारी राधा मैं ही हूँ।' मुझसे यह कहते हुए तुम्हें न तो अपनी मान-मर्यादा का ध्यान था, न ही माता-पिता की आशा-आकांक्षा का। तब तुम्हारी ही तरह मुझे भी अपनी मान-मर्यादा का ध्यान नहीं रहा। मैं भी अपने माता-पिता को बिसरा बैठा। कर्म और कर्तव्य, सब प्रेम की भेंट चढ़ गए। याद होगा वह क्षण, जब तुमने मुझे बाहुपाश में जकड़ लिया था। तुम्हें तो शायद अब कुछ भी याद न हो, लेकिन मुझे तो सबकुछ याद है। भरी हुई आँखों और काँपते होंठों से उस दिन तुमने कहा था, 'अखिल, अब तुम्हारे ही सहारे जिंदा रहूँगी और जिस दिन तुम्हारा सहारा टूट जाएगा, जहर खाकर मर लूँगी।' और मौत आकर जब तुम्हारे सिरहाने खड़ी हो गई तो किस तरह मेरा चेहरा स्याह हो गया था। तब ईश्वर से प्रार्थना की थी कि मेरी आधी उम्र तुम्हें दे दे। मेरी प्रार्थना का बल था या फिर तुम्हारी जिजीविषा का चमत्कार कि जल्दी ही तुम भली-चंगी हो गई थीं।

धीरे-धीरे खोया सौंदर्य तुम्हें फिर वापस मिल गया था। रूप पहले से भी अधिक निखर आया था। तुम और भी चंचल, और भी मुखर और पहले से ज्यादा सुंदर होकर सब पर छा गई थीं। तुम्हारे लौटकर घर आ जाने से लगा था कि जैसे तुम्हारे बिना घर तो शायद था, मगर उसमें घर जैसी जीवंतता नहीं थी, जीवन का स्पंदन नहीं था। और जब तुम घर आ गईं तो हवा में जैसे तुम्हारी ही खुशबू तैरने लगी और पानी जैसे तुम्हारी वजह से ही मीठा हो गया था, मीठा और सुकूनदेह। लगता था कि जैसे तुम हो तो सबकुछ है। तुम नहीं तो कुछ भी नहीं है—न जीवन, न जीवन का स्पंदन, न हवा में घुली खुशबू। राग-अनुराग सब तुम्हारे ही अधीन

थे जैसे। और तुम स्वामिनी थीं उस दुनिया की, जिसका स्वामी एक देव था, जो सिर्फ महीने भर के लिए आता और पूजा लेकर चला जाता। जब वह चला जाता तो तुम पहले की तरह हँसने-खिलखिलाने लगतीं और जब तक वह रहता, तुम उसकी पूजा-अर्चना में लगी रहतीं। वह देव जैसे इतना शक्तिशाली था कि कोई उसका मुकाबला कर नहीं सकता था। मैंने चाहा था कि उससे मुक्त हो लो, मगर तुमने कहा था कि ऐसी कल्पना भी न करूँ।

चार बरस तक तुम्हारे साथ रहकर जान गया कि वह देव जैसे तुम्हारा कवच है। एक महीने की पूजा लेकर तुम्हारे लिए ग्यारह महीने कवच का काम करता है। तुम्हारी मंशा राधा बनने की नहीं, सूरज के रथ पर सवार होने की है, जिसके इर्द-गिर्द अनेक ग्रह-नक्षत्र चक्कर लगाएँ। उनमें से एक का दर्जा तुमने मुझे दे रखा था, चंद्रमा का, क्योंकि मेरी प्रकृति चंद्रमा सी शीतल है। तुम कहती हो कि मेरे सिवा तुमने अपनी चमक किसी को नहीं दी, मगर मुझे तो अनेक नक्षत्रों के चेहरे तुम्हारी चमक से ही रोशन लगते रहे। हाँ, अब यह जरूर हो गया है कि वे तुम्हारी दीप्ति के मोहताज नहीं रहे। अब शायद तुममें उतनी दीप्ति रही भी नहीं।

राधा का स्वरूप मगर ऐसा नहीं था। वह सिर्फ और सिर्फ अपने कान्हा को चाहती थी, जिसके लिए जीवन में उसे बहुत कुछ खोना पड़ा। और प्रेम में शायद खोना ही खोना होता है। पानेवाला प्राय: प्रेम नहीं करता, प्राप्य के पीछे पड़ जाता है, तब मगर वह कुछ पाता नहीं है। प्रेम में कुछ पाने की आकांक्षा ही शायद पाप है और यह आकांक्षा ही एक दिन प्रेम को खत्म कर देती है। और फिर मेरे प्रति तुम्हारा प्रेम, लगता है कि प्रेम नहीं, कुछ और था। मेरी जाति, सामाजिक स्थिति और रूप-रंग तक को धिक्कारते हुए तुमने कहा था, 'एहसान मानो कि इस सबके बावजूद तुम्हें प्यार करती हूँ।' सुनकर लगा कि मुझ पर तुम्हारी कृपा है यह, प्रेम नहीं, क्योंकि कृपा और एहसान का भाव सच्चे प्रेम में आता ही नहीं। उस क्षण लगा था कि तुमने मुझे प्रेम में नहीं, वासना में लपेटा है और सोचो तो माया, प्रेमहीन वासना का क्या मोल है! उससे तन की भूख शायद मिट जाती हो, लेकिन मन तो भूखा का भूखा रह जाता है और यह भूख आदमी का न तो यह लोक सुधरने देती है, न ही परलोक। मन की भूख का मारा अंतत: दोनों लोक खो बैठता है।

दुनिया में किसी के बारे में लोग अगर कुछ कहते हैं तो उसमें सच का कुछ-न-कुछ अंश होता जरूर है। फिर भी, सुनी-सुनाई बातों पर यकीन न करते हुए इस दौरान मैंने तुम्हारा ही नहीं, तुम्हारी तीन पीढ़ियों तक का अध्ययन किया और पाया कि वहाँ ऐसे संबंधों का एक सिलसिला है, जो पीढ़ी-दर-पीढ़ी चला आ रहा है।

तुम्हारे सारे के सारे संबंधी एक जैसे हैं। बातों को इससे और आगे ले जाना ठीक नहीं, क्योंकि बाकी सबकुछ मुझसे बेहतर तुम जानती-समझती हो।

लगता है कि राधा भाव जैसे तुम्हारे खून में ही नहीं है, उसमें प्रायः द्रौपदी भाव समाया हुआ है—युधिष्ठिर न सही, भीम सही। भीम न सही, अर्जुन सही और वह भी न हो तो नकुल-सहदेव से भी काम चल सकता है और कृष्ण तो हैं ही प्रिय सखा। कोई भी काम नहीं आया और टेर लगी तो कृष्ण को चीर बढ़ाने के लिए आना ही आना है। राधा के पास भले ही लौटकर न गए, मगर द्रौपदी के पास तो उन्हें भी बारंबार आना ही पड़ता था। तुम शायद सोचती हो कि राधा बनकर क्या मिलना है, लाभ तो द्रौपदी बनने में है। इंद्रप्रस्थ अपना और हस्तिनापुर भी अपना, द्वारका तक में जगह, पर माया, तनिक सोचो तो जरा, द्रौपदी के हाथ अंततः क्या लगा, सिवा अपमान और वंचना के, लेकिन प्रेम ग्रंथों में एकनिष्ठ राधा का ही नाम जुड़ा कृष्ण से। और इस रूप में राधा को जो कुछ मिला, वह कृष्ण की पत्नियों तक को नसीब नहीं हुआ। कृष्ण के प्रति राधा की अनन्य निष्ठा, पत्नी न होते हुए भी उन्हें सीता के समकक्ष ले गई और द्रौपदी! महायात्रा तक में सब उसका साथ छोड़ गए, हिमालय की बर्फ में वह अकेली गली-मरी। तभी तो शायद फिर कभी किसी समझदार स्त्री ने भूलकर भी द्रौपदी होने की कामना नहीं की; लेकिन मूर्खता में तुमने क्या किया माया, द्रौपदी होने के चक्कर में मेरी राधा को मार डाला। दोषी मैं भी हूँ, लेकिन जब तक मेरा वश चला, मैंने अपनी राधा को बचाए रखने की कोशिश की, लेकिन तुम जिन राहों पर बढ़ गईं, राधा का मरना निश्चित था।

यह न समझना माया कि मैं तुम्हारी स्थितियाँ समझ नहीं रहा। समझ रहा हूँ और खूब समझ रहा हूँ तुम्हारी मजबूरियाँ, मगर तुम्हें उनके पार ले जाने में समर्थ नहीं हूँ। हो सकता है कि मैंने तुम्हें गलत, बिल्कुल गलत समझा हो। और बहुत संभव है कि अपनी राधा की मौत का जिम्मेदार खुद होऊँ! यहाँ कन्याकुमारी के समुद्र तट पर विवेकानंद आश्रम में आ गया हूँ, जहाँ प्रायः सभी लोग हिंदी समझ लेते हैं। बहुत संभव है कि तुम्हें मेरी याद आती हो, पर अब उसका क्या! बलदेव एम.बी. बी.एस. होकर प्रैक्टिस कर रहा होगा और उसने तुम्हें नई राह पर डाल दिया होगा।

सच है कि कन्याकुमारी पहुँचकर भी तुम्हें भूल नहीं सका। चार वर्ष का स्मृतिलेख रातों में अकसर उभर आता है। संन्यासी होकर भी यहाँ न तो कोई ग्रंथ बाँच रहा हूँ, न ही किसी उपनिषद् का भाष्य कर रहा हूँ, उल्टे यह प्रेमकथा लिपिबद्ध कर रहा हूँ। प्रेम-कथा यह शायद उस अर्थ में नहीं है, प्रेम का विश्लेषण शायद इसे कहा जा सके और लिखने के सिवा मेरी मुक्ति भी कहाँ है!

व्यक्तिगत रूप से मुझे तुमसे कोई शिकायत नहीं। हाँ, तुम्हारे साथ जिए गए जीवन को लेकर हृदय में हलचल है, उथल-पुथल है, जज्बात का उमड़ता-घुमड़ता सैलाब है। समुद्र तट से जैसे लहरें सिर पटकती हैं, बिफरती हैं, नागिन की तरह फुफकारती हैं, कुछ वैसी ही स्थिति मेरे हृदय की है। मेरे भीतर-बाहर तूफान ही तूफान हैं। माया, तुमने यह ठीक नहीं किया। मैंने तुम्हें बार-बार चेताया था, मगर तुम्हारा हर बार एक ही जवाब होता था, 'पढ़ाई पूरी कर हम दोनों काम पर लग जाएँगे, तब सब ठीक हो जाएगा।' तभी एक दिन मेरी मुलाकात ललित से हुई थी। उसने बताया था कि जब तुम उसके साथ पढ़ती थीं, तब उसे भी कुछ ऐसे ही सपने दिखाए थे, कुछ ऐसे ही वादे किए थे, लेकिन फिर न जाने क्यों तुमने उसे ठुकरा दिया। ललित से पहले तुम अजय की ओर आकर्षित हुई थीं और बलदेव! खैर छोड़ो, अब क्या फायदा! ललित, अजय, बलदेव, वह देव और फिर मैं। अजय एक प्रतिभाशाली लड़का था, मगर था गरीब। तुमने उसे जैसे चाहा, जिया और फिर छोड़ दिया। ललित बुद्धू था, मगर था धनी और शायद उसका धन अभी तक तुम्हें उससे बाँधे हुए है। बलेदव तो खैर तुम्हारा संबंधी ही है, जिसके डॉक्टर होने की तुम्हें प्रतीक्षा है, लेकिन एम.ए. करके रोजगार दफ्तर में नाम दर्ज होते ही मेरी गिनती पढ़े-लिखे बेकारों में होने लगी। और किसी बेकार को तुम क्यों महत्त्व देतीं!

दो

युद्ध में पराजित होकर हुमायूँ नदी में कूद पड़ा और डूबने लगा तो एक भिश्ती ने उसे डूबने से बचा लिया। हुमायूँ की जान बची तो भिश्ती महाशय एक दिन के लिए दिल्ली के सुल्तान हो गए और उन्होंने चमड़े का सिक्का चला दिया। हुमायूँ ने उनकी इच्छा का आदर किया और चमड़े के सिक्के बहुत दिनों तक चलते रहे। कुछ वैसा ही मेरे साथ तुमने किया है अखिल। एक कठिन समय में मेरी प्राणरक्षा की। अस्पताल में रहते हुए तुम्हारी सेवा से स्वस्थ होकर घर लौटने में मदद मिली। ईश्वर से तुमने मेरे लिए अपनी आधी उम्र तक दे देने की प्रार्थना की। उस दौरान मेरे लिए तुमने इतना किया, जितना कोई और न कर सका। सेवा से तुमने मेरे हृदय को जीत लिया और मैं तुम्हारे साथ बह गई, लेकिन आज मुझ पर इतना बड़ा लांछन!

अखिल, लगता है कि जैसे स्त्री को समझने की सामान्य समझ भी तुममें नहीं है। सच-सच बताना, प्रणय निवेदन किसने किया था, तुमने या मैंने? दाता कौन है, तुम या मैं? तुम्हारी भावधारा को समझकर तुम्हें संबल किसने दिया, तुम्हारे दिल की पुकार किसने सुनी, तुम्हें बड़ा आदमी बनने का हौसला किसने दिया?

मानती हूँ कि तुम मेरे सिवा किसी को नहीं चाहते, मेरे सिवा तुम्हारे पास आने के लिए और कोई नहीं, तुम्हें मेरे सिवा किसी की प्रतीक्षा नहीं, लेकिन मैं क्या करूँ अखिल, कुछ लोग हैं, जिन्होंने आड़े वक्त में मेरा साथ दिया। तुम्हीं तो हमेशा मेरे साथ नहीं रहे। फिर उन सबसे अचानक कैसे मुँह मोड़ लूँ, कैसे उन सबको छोड़ दूँ? अगर तुम्हारे कारण उन सबको छोड़ दूँ तो कल किसी और के कारण तुम्हें भी छोड़ना पड़ेगा, लेकिन यह रीत मेरी कभी नहीं रही। यह सब लिखते हुए कलेजा फट रहा है, लेकिन क्या करूँ और तुम्हें कैसे समझाऊँ कि कोई राधा कितनी विवश होती है, कितनी-कितनी निरुपाय!

कृष्ण का पता जानते हुए भी राधा कभी कृष्ण से मिलने द्वारका नहीं गईं। संयोगवश मुलाकात हुई भी तो आँखों से नीर बहाने के सिवा उन्होंने क्या किया! राधा अपनी मर्यादा जानती थीं और शायद मर्यादा में ही बँधे कृष्ण फिर कभी ब्रज नहीं लौटे। राधा को मिली यह कोई सजा नहीं थी, समय और समाज की माँग शायद वही रही होगी, जिसे कृष्ण ने पूरा किया और द्रौपदी! वह तो बहन सरीखी थीं कृष्ण की। तुमने तो उन्हें भी नहीं छोड़ा।

अखिल, मेरे उस देव से तुम्हें कोई शिकायत नहीं, यह बात तुमने बार-बार कही है। रही बात मेरी दीप्ति की और उससे चमक हासिल करनेवाले ग्रह-नक्षत्रों की, तो वह तुम्हारी स्वाभाविक ईर्ष्या है, जो मेरा सर्वस्व न मिल पाने की वजह से तुममें उपजी है। मुझे एक बात बताओ कि तुम्हारे इर्द-गिर्द दस-पाँच लड़कियाँ चक्कर लगाने लगें तो क्या तुम उनका तिरस्कार कर दोगे, क्या हर व्यक्ति में प्रत्यक्ष या अप्रत्यक्ष रूप से यह इच्छा छिपी नहीं होती कि उसे ज्यादा-से-ज्यादा लोग पसंद करें। स्वाभाविक रूप से मिली अपनी दस-पाँच प्रशंसिकाएँ क्या तुम्हें बुरी लगेंगी, क्या तुम उनसे हँसोगे-बोलोगे नहीं? और हँसोगे-बोलोगे तो क्या उनसे तुम्हारी आत्मीयता नहीं हो जाएगी? इसका मतलब, लेकिन यह तो नहीं होगा कि उन सबसे तुम्हारे ऐसे-वैसे संबंध हों ही। रही बात अजय जैसे लोगों की, तो वे हीनता ग्रंथि के मारे हुए हैं और बक-बक कर उससे मुक्त होने की कोशिश करते हैं। बहुत बेचारे होते हैं वैसे लोग, और हमारा समाज वैसे लोगों से भरा पड़ा है।

एक बात ध्यान देकर समझ लो कि मजबूरी में व्यक्ति देह का उपयोग-दुरुपयोग तो कहीं भी हो जाने दे सकता है, मगर मन पर कोई अनचाहा व्यक्ति प्रभुत्व कायम नहीं कर सकता, उस पर तो सिर्फ प्रेम का प्रभुत्व कायम होता है और राधा का नाम इसीलिए अमिट है, वरना तो कुलच्छनी कहकर समाज उन्हें निकाल बाहर करता। कृष्ण उनके प्रेम के वशीभूत थे और वह कृष्ण की दीवानी

थीं। देह वहाँ शायद उतनी महत्त्वपूर्ण थी ही नहीं, वह तो शायद उपकरण भर थी, इसीलिए वहाँ इतना अनुराग है। इसीलिए कृष्ण और राधा का प्रेम लौकिक होकर भी अलौकिक है, भौतिक होकर भी आध्यात्मिक है, जहाँ कोई सांसारिक कामना नहीं है। शायद इसीलिए वह वासना के पंक में कभी डूबा नहीं। निर्मल था और निर्मल ही बना रहा। आजीवन। शायद इसीलिए अब तक अपनी निर्मलता बरकरार रखे हुए है। सदियों की सदियाँ गुजर जाने के बावजूद। विवेकानंद ने इस सत्य को खुद का उदाहरण देते हुए विदेशी तरुणियों को समझा दिया था, अच्छी तरह।

कुछ पश्चिमी स्त्रियों ने कृष्ण को तमाम गोपियों का प्रेमी बताकर लांछित करने की कोशिश की तो विवेकानंद ने प्रतिवाद किया, ''कृष्ण वैसे नहीं थे, जैसा तुम समझती हो, मैं सिद्ध कर सकता हूँ।''

''कैसे?'' उन स्त्रियों ने जानना चाहा तो विवेकानंद मुसकराए और कुछ पल बाद दूसरी दिशा में भाग खड़े हुए। वे स्त्रियाँ भी उनके पीछे-पीछे भागीं। थोड़ी दूर जाकर विवेकानंद रुक गए तो स्त्रियाँ भी रुक गईं। उन्हें देखकर विवेकानंद मुसकराए और पूछा, ''तुम सब मेरे पीछे भागीं तो क्या मैं चरित्रहीन हो गया या तुम सब चरित्रहीन हो?''

''बिल्कुल नहीं।'' सारी स्त्रियों ने एक स्वर में कहा।

''तो फिर कृष्ण और गोपियों को कैसे चरित्रहीन कहोगी?'' विवेकानंद ने पूछा तो उनसे कोई जवाब देते नहीं बना। और अखिल, तुम तो इसी देश की माटी की उपज हो, तुम्हें क्या समझाना!

अरे, कहाँ से चली थी और कहाँ पहुँच गई। यह सब लिखते हुए मेरा मन भर आया है अखिल, अजय से लेकर खुद तक तुमने मुझे पाँच से बँधा हुआ मान लिया, लेकिन क्या मैं तुममें से किसी से भी बँधी हुई हूँ? मैं कोई पशु हूँ कि जिस खूँटे से चाहो, बाँध दो? मैं तो तुम तक से खुद को उस रूप में बँधी हुई महसूस नहीं कर सकी, जिस रूप में तुम बाँधना चाहते रहे। अजय के प्रति मेरा लगाव किशोरावस्था के स्वाभाविक आकर्षण का परिणाम था, लेकिन बाद में पता चला कि उसकी और मेरी सोच में जमीन-आसमान का अंतर है। फिर उसने बिना बताए विवाह कर लिया। तब साथी की तलाश मुझे ललित के पास ले गई, लेकिन कुछ ही दिन बाद उसकी भी कलई खुल गई। वह अच्छा प्रेमी हो ही नहीं सकता। रही बात बलदेव की, तो वह तो मेरी बुआ का लड़का है, मेरा भाई। मात्र तुम्हारे संदेह के कारण क्या उससे बोलना छोड़ देती? क्या मेरी अपनी कोई हैसियत ही नहीं कि यह फैसला खुद कर सकूँ कि मुझे किससे बोलना, किससे मिलना और

किससे नहीं मिलना है! सच-सच बताना अखिल, क्या शुरू से ही तुम्हें मेरे चरित्र पर संदेह नहीं रहा? और अगर रहा तो यह भी जान लो कि अब तुम मुझ पर कभी विश्वास कर भी नहीं सकोगे। स्त्री-पुरुष के बीच विश्वास एक ही बार पैदा और एक ही बार खत्म होता है। उसकी पुनरावृत्ति नहीं होती। किसी संबंध में विश्वास न हो तो उसका कोई मतलब नहीं रह जाता और उससे हासिल भी कुछ नहीं होता, सिर्फ एक चुभन होती है, जिसे लोग झेलते रहते हैं। खैर, यह तुम्हारी अपनी सोच है, जिसे मैं बदल नहीं सकती। यह ऐसी बीमारी है, जिसका कोई इलाज नहीं।

तुमने संन्यास नहीं लिया अखिल, जीवन से भाग खड़े हुए हो। संन्यास की उम्र तब आती है, जब मनुष्य की कामनाएँ पूर्ण हो चुकी हों और तुमने तो अभी ठीक से जीवन की शुरुआत भी नहीं की है। जाने से पहले बात की होती, अपने संदेह मेरे सामने रखे होते तो शायद उनका निवारण कर पाती, लेकिन अब! अब क्या?

तीन

माया सुंदर है, बहुत सुंदर, लेकिन क्या वह तुम्हारे स्तर तक उतरकर तुम्हारे साथ कोई भौतिक-आध्यात्मिक संवाद कर सकती है? संवाद के समय या तो वह तुमसे ऊँचे स्तर पर जा खड़ी होगी या फिर नीचे उतर जाएगी। तुम्हारा यह संबंध विषम है और शायद विषमता ही सारी समस्याओं की जड़ होती है।

माया मृदुभाषी है और काफी चतुर भी। व्यावहारिक भी वह कम नहीं है, वरना इतनी बाजीगरी उसे कहाँ से आती। कैसी जादूगरनी-सी सबको सम्मोहित किए रहती है। तुम अभी ऐसे नौसिखिए हो, जिसे औजार पकड़ने तक की तमीज तो है नहीं! फिर क्या खाकर माया के साथ कुछ निर्मित कर पाओगे?

सच है कि तुम उसे मन-प्राण से चाहते हो, लेकिन वह कभी तुम्हें पूर्ण रूप में नहीं मिल सकती। वह संपूर्ण रह ही कहाँ गई है। कितने-कितने टुकड़ों में तो बँट गई है बेचारी। संपूर्णता में स्त्री को पाना चाहते हो तो किसी छोरी की तलाश करो। नरेश की माँ तुम्हें बेटे की तरह चाहती है और नरेश से ज्यादा उसकी बहन तुम पर अपना हक समझती है। उसकी बहन की आँखों में झाँककर भी कभी देखा है कि वहाँ तुम्हारे लिए कैसे-कैसे सपने तैरते रहते हैं! तुमने अपनी पराजय स्वीकार कर ली है मित्र, पराजय स्वीकार करने में तुम्हें कोई खास दुःख नहीं हुआ, क्योंकि तुम पहले से ही सबकुछ जानते थे। जानते थे, लेकिन मान नहीं पाते थे। विश्वास था कि तुम्हारा प्यार एक न एक दिन माया को अपने अनुकूल बना लेगा, लेकिन ऐसा हो नहीं सका। तुम हार गए और इस हार में तुम्हारा पहला प्यार खेत रहा। तुम्हारा

जीवनदर्शन जमीन पर नहीं, हवा में था। पराजय की इस वेला में तुम यह भी जान पा रहे होगे कि अब तक तो तुम प्राय: हवा में ही उड़ते रहे हो, जहाँ किसी को भी मनचाहे रूप-गुण से संपन्न किया जा सकता है, पर वास्तव में ऐसा होता नहीं है। होता है तो अपवादस्वरूप ही। और सबसे बड़ी गड़बड़ी यही है कि इस धरती पर जन्मा हर शख्स खुद को अपवाद ही समझता और उसी रूप में प्रतिष्ठित होना चाहता है। यह चाहत ही कभी-कभी किसी को राधा बना देती है, किसी को कृष्ण।

कन्याकुमारी के सौम्य वातावरण में तुम्हारा मन रम रहा है, यह अच्छी बात है। पहले माया के बिना एक पल भी तुम्हें चैन नहीं मिलता था, लेकिन वहाँ तुम कितने दिन टिके रह पाओगे? तुम कहीं टिकना ही कहाँ चाहते हो। तुम तो बस भटकना चाहते हो— देश में, विदेश में, जहाँ भी मौका मिले, तुम सब जगह जाना चाहते हो। किसी एक खूँटे से बँधकर रहना शायद तुम्हारी प्रकृति में ही नहीं है। घुमक्कड़, खानाबदोश और बंजारे, कुछ ऐसी ही जिंदगी चाहते रहे हो तुम। आज यहाँ तो कल वहाँ। ऐसे लोगों को शायद माया जैसी स्त्रियों की ही जरूरत होती है। जो न तो बँधती हैं, न ही बाँधती हैं, लेकिन अखिल, क्या तुम्हें लगता है कि माया सचमुच भटक गई है!

स्त्री हो या पुरुष, कोई भी भटक सकता है अखिल, लेकिन इसके पीछे सारा दोष किसी एक का शायद नहीं होता। प्रिय को एकबारगी पा लेना ही पर्याप्त नहीं होता, उसे हर दिन सहेज-सँभालकर प्रियतम बनाए रखना भी जरूरी होता है, वरना अपने प्रियतम से उपेक्षित होकर कोई भी भटक सकता है और तब वह कोई भी करणीय-अकरणीय काम कर सकता है। करणीय-अकरणीय का यह महाभारत कन्याकुमारी में भी तुम्हें चैन से रहने नहीं देगा। तुम वहाँ से भी भागोगे, जल्दी ही। इतने दिन की इस दोस्ती में तुम्हें इतना तो जान ही गया हूँ कि तुम कहीं टिककर रहनेवाले जीव हो ही नहीं। व्यक्ति पर अत्यधिक विश्वास किया जाए या अत्यधिक अविश्वास, दोनों ही उसे बहा ले जाते हैं। माया पर तुमने अत्यधिक विश्वास किया और उसे अपने साथ बहा लिया और अब अविश्वास करके उसे छोड़ गए हो तो उसका किसी और के साथ बह जाना तय है, क्योंकि उसे किसी का तो साथ चाहिए ही। आज तुम माया के तो नहीं ही हो, अपनी राधा से भी हाथ धो बैठे हो। इस घनीभूत पीड़ा में शायद तुम इस सच से भी साक्षात्कार कर सको कि राधा सिर्फ एक होती है और वह मिलती भी एक बार ही है। हर मनुष्य के लिए एक ही राधा पैदा होती है। किसी और का हाथ थाम लिया तो असली राधा कभी नहीं मिलती। पहले तुम्हारे मन में एक काल्पनिक राधा थी, जिसे तुम इस

धरती पर उतारना चाहते थे, मगर कोई उपाय नहीं था। किसी की कोई सहायता नहीं थी, बावजूद इसके निरुपाय-बोध से ग्रस्त तुम नहीं थे। तुम्हें लगता था कि अपनी राधा को किसी-न-किसी दिन जरूर पा लोगे। और जब माया मिली, तुम्हारी खुशी का ठिकाना न रहा। तुम्हें लगा कि यह तो वही राधा है, जिसकी तुम्हें तलाश थी। तब तुम कितने-कितने खुश रहने लगे थे, उल्लास और उत्साह से भरपूर, मगर चार साल में ही उससे तुम्हारा मोहभंग हो गया। तुम्हारे जीवन में माया तो मानो तपती दोपहरी की तरह आई, जिससे तुम्हें एक पल का भी चैन नसीब नहीं हुआ। आज तुम कुछ-कुछ ऐसा ही महसूस कर रहे होगे, मगर यह सिर्फ तुम्हारा ही अनुभव नहीं है, मेरा भी है और जिनसे भी मिला, उन सबका अनुभव भी यही है, लेकिन इसमें स्त्री का कोई कसूर नहीं होता, क्योंकि माया जैसी स्त्री तो जीवन की दोपहरी में ही मिल सकती है। इसलिए वह तपती हुई ही हो सकती है। सूर्योदय या सूर्यास्त-सी उष्मिल मनोहरता उसमें आएगी भी कहाँ से? वह तो सिर्फ राधा के पास होती है, जो हमें जीवन के भोर में मिलती और प्रेम की डोर में बाँधकर विभोर करती है, अहर्निश।

चार

मित्र और माया की चिट्ठियाँ एक ही दिन मिलने पर अखिल गहराई में उतर गया और उसी गहराई में माया से मुक्त होकर उसने अपनी राधा को फिर से मानस-पटल पर उतारना चाहा। इसके लिए उसने कितनी ही कोशिश की, मगर सब व्यर्थ। जितनी बार उसने राधा को याद किया, उसके सामने माया ही हाजिर हुई, रूप बदल-बदलकर। सोचते-सोचते बहुत देर हो गई, मगर अपनी राधा का कोई और चित्र बना पाने में अखिल सफल नहीं हो सका। तभी किसी ने दरवाजा खटखटाया। अखिल ने उठकर दरवाजा खोला तो सामने नरेश को पाया, बहन के साथ, जिसे देखते ही उसकी धड़कन तेज हो गई। तेज, और भी तेज!

□

मृगजल

सर्दी ने कानों को सुन्न सा कर दिया। मफलर न लाने की भूल का एहसास मुझे कचोटकर रह गया। सूट के बावजूद सर्दी चुभती सी रही। शाम को अलाव तापने बैठा तो मुझे इसी गाँव के अपने सहपाठी किशन की याद आ गई। मैंने मामाजी से उसके बारे में जानने की गरज से पूछ लिया।

'किशन का घर किधर है?'

'वो सामने वाला घर वोही क्यार तौ आय।'

'उसके घर में कौन-कौन हैं?'

'महथारी-बापु, भाई-बहिनी सबय तव हंय। दुइ भाई अऊर बापु उइ द्याखव आ रहे हंय।'

मामाजी के इशारे पर मेरी नजरें उधर चली गईं। वे आकर अलाव में अपने हाथ सेंकने लगे तो मेरा ध्यान उन पर केंद्रित हो गया। अलाव की उठती लपटों की रोशनी में अधेड़ का काला चेहरा चमक उठा। उसका रंग जन्मजात काला है या समय और धूप के प्रभाव से, तय नहीं कर सका। कड़ाके की सर्दी में भी वृद्ध के शरीर पर केवल बनियान और लुंगी भर थी। पैरों में लंबी-लंबी बिवाइयाँ, जिनमें लाल गाढ़ा खून यों लसा था, जैसे आम की डाल में लाल गोंद। किशन और उसका यह बाप! तुलना की तो भीतर ही भीतर कुछ दरक सा गया।

कहाँ शहरी ठाट-बाट में रहनेवाला किशन और कहाँ उसका यह बाप! किशन के पास इतना पैसा कहाँ से आता है, सोचने लगा। बी.ए. में हम दोनों ने एक साथ दाखिला लिया था। आज मैं एम.ए. फाइनल में हूँ और किशन बी.ए. में। बी.ए. में उसका यह चौथा साल है। दो साल में प्रीवियस। फाइनल में दूसरा साल।

किशन के दोनों भाई भी जैसे के तैसे। शरीर पर जाँघिया और बनियान भर। किशन की पढ़ाई के कारण इन दोनों की पढ़ाई बंद है। ये दोनों दूसरों के खेतों में

मजदूरी करते हैं। बाप कई घरों के ढोर-डंगर चराता है। माँ और बहनें भी मजदूरी करती हैं। किशन को पैसे मिलने के स्रोत यही लोग हैं। उन तीनों के चले जाने पर मामाजी ने बताया था।

पढ़ाई के बहाने घरवालों के खून-पसीने की गाढ़ी कमाई को किशन फिल्म और फैशन में किस तरह फूँक रहा है, उन्हें नहीं मालूम। उन्हें तो सिर्फ इतना मालूम है कि किशन डिग्री कॉलेज में पढ़ रहा है और पढ़-लिखकर प्रोफेसर, वकील या कलेक्टर बनेगा। तब उनकी गरीबी छूमंतर हो जाएगी और वे चैन की जिंदगी जी सकेंगे। किशन ने उनको यही बताया है और उन्हें विश्वास भी है कि एक न एक दिन किशन बड़ा आदमी जरूर बनेगा, यही सोचकर सबके सब बैल की तरह कमाए जा रहे हैं और उधर शहर में किशन की ऐश चल रही है, ऐश-ही-ऐश!

□

कॉमरेड का सपना

कॉमरेड कल्ला को शायद अपनी नियति का पूर्वाभास था, तभी तो उन्होंने डायरी में लिख दिया था—'जिस तरह की स्थितियाँ बनती जा रही हैं, उनमें अब शायद मैं मार दिया जाऊँ, पर मेरा विश्वास है कि इस तरह की मौतें बेकार नहीं जातीं। मेरी मौत भी बेकार नहीं जाएगी। उससे क्षेत्र के गरीबों के कलेजों में चुभन होगी, वे आपस में संगठित होंगे और जब मेरी चिता जलेगी तो न सिर्फ हजारों पार्टी कार्यकर्ता, बल्कि तमाम और लोग भी आएँगे। मेरी चिता की आग सुंदरी घाट पर ही ठंडी नहीं हो जाएगी, वह धीरे-धीरे फैलेगी और फिर वह दिन भी आएगा, जब सत्ता के ढोंग खत्म होंगे और नई व्यवस्था में हमारा सपना साकार होगा।' और सचमुच, पोस्टमार्टम के बाद जब सुंदरी घाट पर कॉमरेड की लाश जलाई गई तो लगभग पाँच हजार पार्टी कार्यकर्ता, भूमिहीन मजदूर और गरीब दलित उपस्थित थे। फसाद की आशंका में शव के साथ पीएसी लगानी पड़ी।

ललई पंडित और सरजू ठाकुर ने कॉमरेड की हत्या के बाद थानेदार को भारी थैली पहुँचा दी तो दिन-दहाड़े घर में घुसकर हत्या का मामला सरजू ठाकुर के घर डकैतों के धावे में हुई मुठभेड़ का मामला बन गया। ललई पंडित और सरजू ठाकुर ने पुलिस के जरिए हरिजनों को इतना आतंकित कर दिया कि गाँव में कोई भी सही बात कहने को तैयार न हुआ। डकैती के आरोप में तेरह पार्टी कार्यकर्ताओं को गिरफ्तार कर लिया गया, जबकि ललई पंडित और सरजू ठाकुर का एक भी आदमी गिरफ्तार नहीं हुआ। कॉमरेड की हत्या के मामले में जिनकी नामजद रिपोर्ट लिखाई गई थी, गाँव में होते हुए भी पकड़े नहीं गए। गाँव के लोगों को जैसे साँप सूँघ गया। पार्टी ने थानेदार के खिलाफ प्रदर्शन का आयोजन किया तो गाँव का एक भी आदमी उसमें शामिल होने के लिए तैयार न हुआ। उस गाँव में छह दिन गुजारकर हम शहर के लिए वापस लौट रहे थे, तभी कस्बे में धरमू चाचा से मुलाकात हुई तो वे

बोले, ''कॉमरेड कल्ला की मौत से क्षेत्र के सवर्ण भूस्वामी तो खुश हैं, पर खेतिहर मजदूरों और दलितों में बला का गुस्सा है। कॉमरेड कल्ला जनता के चहेते आदमी थे। पार्टी चाहती तो उस दिन कुछ भी हो सकता था, किंतु…'' कहते-कहते धरमू चाचा रुक गए और राँपी से चमड़ा छीलने लगे। हमने उन्हें फिर छेड़ा, ''चाचा, जब आप लोग पाँच हजार थे तो फिर एकाध टोला फूँककर दो-चार सवर्णों को ठिकाने क्यों नहीं लगाया? कॉमरेड की मौत का बदला क्यों नहीं लिया?''

''पार्टी के आदेश के बगैर हम कुछ नहीं कर सकते। और फिर सरकारी अमला भूस्वामियों का ही पक्ष लेता है। ऐसी हालत में बदले की बात सोचना अपने हाथ आग में डालने जैसा होता। अभी तो हम संगठित हो रहे हैं। एक बार हम सब संगठित हो गए तो फिर लड़ाई जीतने में वक्त नहीं लगेगा।''

कस्बे में सड़क पर चमड़ा छीलते धरमू जैसे मोची से यह सब सुनकर विश्वास नहीं हुआ कि नगरों के कॉफीहाउसों में गूँजने वाली ये बातें अब यहाँ तक भी पहुँच गई हैं, पर यह सच था, इसका एहसास हमें वहाँ बार-बार हुआ। यह सब देखकर पहली बार लगा कि देश के मजदूरों और दलितों के सीने में असंतोष का ज्वालामुखी दहक रहा है। यह सब अपनी आँखों से देखने का अवसर न मिलता, अगर मित्र अचानक दफ्तर आकर इस अभियान की सूचना न दे गया होता और हमने कॉमरेड के नाम पार्टी सेक्रेटरी से पत्र लेकर आने का कार्यक्रम न बना लिया होता।

चौराहे पर आ गए थे हम दोनों—मैं और मेरा मित्र। हमें गाँव जाना था, मित्र के मामा के गाँव। उस गाँव की बगल में ही वह गाँव था। तैयार होकर हम चौराहे पर आए तो धूप तेज हो चुकी थी और पकी दोपहरी का सूरज ठीक हमारी खोपड़ियों पर चमक रहा था। चौराहे पर खड़े हम काफी देर तक सिटी बस का इंतजार करते रहे। कानपुर से मामा के गाँव के करीबी कस्बे तक सिटी बस जाती है, मामा ने बताया था। दसियों बरस बाद मित्र मामा के गाँव जा रहा था और उधर जाने का मेरा तो खैर यह पहला ही मौका था। कुछ और लोग भी हमारी तरह बस का इंतजार कर रहे थे, पकी दोपहरी के सूरज की तेज धूप में अपनी खोपड़ियाँ सेंकते हुए।

काफी देर तक तो हम लोग धूप में टहलते रहे और फिर जब सिर चिटकने से लगे तो पास की कैंटीन में चले गए। कैंटीन क्या थी, कैंटीन का नाम था। कुल जमा एक बेंच थी, वह भी टूटी हुई, और थी एक भट्ठी, केतली, कुछ कप-प्लेट और अल्युमिनियम के चम्मच। एक बाल्टी और उसके पानी पर तैरती धूल की परत। दुकानदार शायद बैरे का काम भी खुद ही करता था, क्योंकि वहाँ कोई और

लड़का नहीं दिखा। चाय के लिए पूछने पर हमने इनकार में सिर हिला दिए तो दुकानदार हमें अजीब नजरों से घूरने लगा। हमने नजरों के भाव पहचाने और चुपके से खिसक लिये। हमारे साथ था, फिर वही खुला आसमान और चमकता सूरज।

सिटी बस जा चुकी थी। अगली चार-पाँच बजे जानी थी। एक लड़के ने बताया तो हमने एक टेंपो पकड़ लिया। डेढ़ गुने पैसे पड़े, फिर भी इत्मीनान से बैठने भर की भी जगह नसीब नहीं हुई। सात की जगह बारह आदमी ठूँसे थे।

कोई एक घंटे बाद शहर की ऊँची-ऊँची इमारतों, छोटी-छोटी फैक्टरियों और झुग्गी-झोंपड़ियों को पीछे छोड़ते टेंपो ने हमें गँवई माहौल में पहुँचा दिया। दूर, बहुत दूर तक दिखती ऊबड़-खाबड़ जमीन, सड़क के किनारे-किनारे दोनों ओर खड़े पेड़ और दूर-दूर तक चरते जानवर। गरमी के उस मौसम में भी सड़क के आस-पास अच्छी-खासी हरियाली दिख रही थी। डामर की सहलती सड़क को चीरता टेंपो रफ्तार में था और गरम हवाएँ जिस्म से टकराते हुए बेहाल कर रही थीं।

तबीयत से हिचकोले खाता टेंपो कस्बे में जाकर ही रुका। तब तक आकाश में हल्की-हल्की बदली छा गई थी और वातावरण को खुशनुमा कर गए थे ठंडी बयार के झोंके। बयार के कुछ झोंकों और आकाश की बदली से मन को इत्मीनान हो, इसके पहले ही हौले-हौले खुलते जाते आकाश और नजदीक आती धूप ने हमें यथार्थ पर ला पटका और हम टेंपो से उतरकर जमीन पर आ गए। मेरा गला सूखने लगा तो मैंने पानी तलाशा। सामने हैंड पंप है, मित्र ने इशारा किया तो मैंने देखा—पंप के आस-पास की जमीन सूखी है। पंप शायद बिगड़ा है, मैंने अनुमान लगाया। मित्र ने जाकर देखा तो पंप बिगड़ा ही था। उसमें कोई जान ही न थी। मित्र ने बताया तो मारे प्यास के प्राण हलक को आ गए।

गली में आगे बढ़े तो एक कुआँ दिखा—पक्का, सीमेंटेड, चार खंभों और गरारियों वाला। दो बच्चे पानी भर रहे थे और एक अधेड़ स्नान कर घर जाने को तैयार खड़ा था। जाने की उसकी मुद्रा देख मैं लपका तो वह ठिठककर रुक गया। शायद हमारी पोशाक ने या फिर प्यासी मुद्रा ने उस पर प्रभाव डाला था। चुल्लू बनाकर मैंने इशारा किया तो वह सकुचाया। मैंने दोबारा कहा तो अल्युमिनियम की लुटिया भरकर मेरी ओर बढ़ाते हुए बोला, ''हम दलित हन बाबूजी!''

उसकी बात सुनकर भी मैंने लुटिया ली और हाथ का बैग कुएँ की जगत् पर रखकर बिना कुछ कहे पानी पर पिल पड़ा। पूरे दो लोटे पानी पेट में भर लिया तो कुछ इत्मीनान आया। इसके बाद उसे गौर से देखा—बढ़ी हुई खिचड़ी दाढ़ी, सिर पर छोटे-छोटे बाल, काला कलूटा शरीर और उस पर बेतहाशा उगे बाल। कोटरों

में धँसी आँखें, पिचके हुए गाल और पैरों में बिवाइयाँ। मैंने उससे कहा, ''कुछ भी सही, आदमी तो हो और फिर पानी पीने में क्या दलित, क्या सवर्ण!'' मेरी बात सुनकर वह बोला, ''हियाँ तौ बाबूजी, अगर हम धोखेव से कउनेव बराम्हन-ठाकुर का पानी पिया देन तौ मारि डारे जान।'' कहते हुए उसने एक लोटा पानी मित्र की तरफ भी बढ़ा दिया, पर उसे शायद प्यास नहीं लगी थी। उसने इनकार में सिर हिला दिया तो फिर हम आगे बढ़ गए। थोड़ी देर पहले आकाश पर छतरी की मानिंद छा गए बादल फटने लगे और चिलचिलाती धूप हमारे सिर तपाने लगी।

कच्चे-पक्के घरों के दरवाजों पर दरख्तों के नीचे बँधे बैल, गायें, भैंसें, बछवे, पड़वे और बकरियाँ। चबूतरों पर छप्परों के नीचे ठंडाते लोग, कुएँ पर पानी भरती औरतें और लड़कियाँ। धूप में खेलते नंग-धड़ंग बच्चे, गाँव का बटहा और बटहे की धूल में अपने बेलबाट घसीटते हम मामा के घर की चौखट पर पहुँच गए थे।

मामी ने दरवाजा खोलकर कमरे में बिठाया तो धूप और उमस से हाल-बेहाल हम लोगों को पंखे की याद आई। छत पर नजर टिकी, पर सीलिंग फैन नहीं था। अगल-बगल कोई टेबल फैन भी नहीं दिखा और तब हमने गौर किया कि कमरे में तो अभी वार्यारिंग ही नहीं हुई है, जबकि दरवाजे पर बिजली का खंभा गड़ गया है। हमारी तकलीफ समझकर मामी अंदर गईं और खजूर का पंखा ले आईं और फिर शरबत पिलाकर गला तर कर दिया।

स्टोव जलाकर फटाफट पराँठे सेंक दिए तो हमने अपने पेट मजबूत किए और चारपाई पर लंबे हो गए। आराम कर चुके और सूरज का गोला जब पेड़ों के पीछे छिपता नजर आया तो हरिजन टोले की तरफ निकल गए।

रात अब हमारे साथ हो गई है और अँधेरा इतना कि करीब खड़े आदमी को ही पहचाना जा सके। दाईं तरफ ढलान है और उसके नीचे तालाब, जिसका पानी अँधेरे के बावजूद नजर आ रहा है। बाईं तरफ छोटी दीवारों के कच्चे घर हैं और उनके सामने है बड़ा सा चबूतरा। चबूतरे के मध्य में शिवलिंग और उसकी बगल में नंदी। शिवलिंग पर दीया जल रहा है मद्धिम-मद्धिम, जिसकी लौ काँप रही है। हम चबूतरे के दूसरी तरफ आए और पैर लटकाकर बैठ गए। बटहे में दूर से आती कुछ आकृतियाँ उभरीं और शनैः-शनैः हमारे करीब आ गईं तो फिर अचानक हमारे होंठ हरकत कर गए, ''सुनिए...'' लेकिन किसी ने सुना नहीं तो मैं फिर बोला, ''ए भाइ...''

''ऐंऽऽ...'' कहते हुए उनमें से एक मुड़ा और फिर दूसरा भी। एक के हाथ में फावड़ा था, दूसरे के पाँचा। वे हमारे पास खिसक आए और तब हम असमंजस में

पड़ गए कि बात कहाँ से शुरू करें। मित्र भी चुप था। उसके होंठ भी शायद सिल गए थे। पहल मुझे ही करनी पड़ी, ''हम लोग शहर से आए हैं।''

''तौ...''

''आप लोगों से कुछ बातें करना चाहते हैं।''

''करौ।''

''आप यहाँ की कुछ समस्याएँ बताएँ।''

''जानि कय का करिहव ?''

''लिखेंगे।''

''ओथे का होइ ?''

''उन्हें हल किया जाएगा।''

''जेखा द्याखव, वहय समसाएँ हल करैं केरि बात करत हय। अमेले-अंपी, ईडियो-वीडियो सब याक-दुई बार आय कय दुबारा कबहूँ सकल लग देखावन तव आवत नांइ हैं।''

''हम लोग सरकारी आदमी नहीं हैं।''

''सरकारी नांइ हौ ?'' उनमें से एक ने आश्चर्य से कहा और तब दूसरा बोला, ''तौ फिरि तुम्हरे लिखे-पढ़े ते का होइ ?'' कहकर उसने अपने साथी को धकियाया और फावड़े को कंधे पर रखकर चल दिया। निक्कर-बनियान भर पहने थे वे। पैरों में चप्पलें तक न थीं। एक शायद खेतों से लौट रहा है और दूसरा कंधे पर पाँचा धरे खलिहान से। उनके तेवर से लगा कि बात बिगड़ रही है। तभी तीसरा व्यक्ति हमसे आ टकराया और फिर बातों का सिरा हमारे हाथ में आ गया। तब वे दोनों भी रुककर हमारे साथ हो लिये और कुछ बातें हो गईं।

''इस गाँव में किस-किस बिरादरी के लोग रहते हैं ?''

''बराम्हन, छत्तिरी, अहीर, पासी, कोरी, चर्मकार, धानुक, सबय बिरादरिन के लोग तौ रहत हैं।''

''और तुम लोग ?''

''हम लोग पासी हन।''

''बराम्हन-छत्तिरी ज्यादा हैं कि चर्मकार-धानुक ?'' मेरे इस सवाल पर वे थोड़ी देर तक सोचते रहे और फिर एक ने जवाब दिया, ''पासी-चर्मकार।''

''बराम्हन-छत्तिरी तुम्हंय परेशान तव नांइ करत हैं ?''

''खूब करत हैं साहेब! जान खाए रहत हैं। हमरे सबके आधे घर-दुआर उनके हिन गिरवी धरे हैं।''

''काहे ?''

''कबहूँ गाहे-बगाहे सौ-दुइ सौ रुपया लइ लीन, तव उइ सुरसा के मूं की तरा बाढ़त हैं, अउर फिर सबकुछ गिरवी होइ जात हय।''

''तुम लोग करि काहे द्यात हव ?''

''करि कइसे न देन साहेब, लाठी केरि ताकत सब कुछु करवा लेति हय। घरु अउर खेती नै लिखन, तव का करन। उइ कहत हैं, तव करनय का परत हय।''

''कइसे करन का परत हय, सब जने मिलि कय उनते ज्यादा हंय, तबहुन सारेन ते डेरात हव। इयो अइसे न खतम होइ। एहिके खातिर खूनु बहावैं का परी, खूनु।''

बाद में आए तीसरे व्यक्ति ने पहली बार हमारी बातों में हस्तक्षेप किया। वह उत्तेजित हो उठा था। कुछ देर बाद वह फिर बोला, ''सब जने मिलि कय एक होइ जाव, अउर याक दिन हल्ला बोलि देव। दुइ-चारि का मारव, अउर दुइ-चारि मरि जाव। तबहिन कुछु होइ। र्वावन-ध्वावन ते कुछु होन वालो नांइ हय।''

वह रौ में बह गया। उसके भीतर की आग अचानक बाहर आ गई थी। अपनी बात कहकर वह खामोश हो गया, जैसे कोई ज्वालामुखी धधककर एकदम से ठंडा हो गया हो और फिर हम अपनी-अपनी राह निकल गए।

मित्र के मामा के गाँव में एक रात और एक दिन गुजारकर हमने उनसे विदा ली और बगल के गाँव पहुँच गए, जहाँ का हमारा कार्यक्रम था। कॉमरेड रघुनंदन को पार्टी सेक्रेटरी का पत्र दिया तो सारी काररवाई देखने की छूट हमें मिल गई। नियत समय पर कॉमरेड रघुनंदन हमें लेकर वहाँ पहुँच गए।

बैठक गुप्त ही थी। धानुक, पासी, कोरी, चर्मकार और कुछ अहीर, कुल मिलाकर सत्ताईस लोग थे। कॉमरेड कल्ला की बखरी में आयोजित हुई थी वह बैठक। लालटेन की लाल रोशनी में पहली बार हमने कॉमरेड कल्ला को देखा—सामान्य कद-काठी, भरा हुआ शरीर और सिर पर खिचड़ी बाल। छोटी मूँछें और चीते की तरह चौकन्नी नजर। शरीर पर बनियान और धोती। अंदर से किवाड़ बंद कर लिये गए। प्रस्ताव पत्र शायद पहले से ही तैयार कर लिया गया था, जिसे कॉमरेड रघुनंदन ने पढ़ा—लड़ाई सवर्णों और दलितों की नहीं है। लड़ाई अमीरों और गरीबों की है। कॉमरेड बसंत को ही ले लीजिए—तिवारी हैं, एम.ए. हैं, उनका भाई मनोहर बी.ए. है, बरसों से दौड़ लगा रहे हैं, पर इन्हें न नौकरी मिलती है, न रोजगार, क्योंकि ये गरीब हैं। इनके संबंध अमीरों से नहीं हैं। ये रिश्वत भी नहीं दे सकते, नहीं तो नौकरी और रोजगार मिलते कितनी देर लगती है। मजबूर होकर दोनों भाई यहाँ गाँव में अपनी चंद बीघे खेती में घास खोद रहे हैं। पंद्रह-सोलह साल

तक जिन हाथों ने कलम थामी, आज फावड़ा, पाँचा और हल थाम रहे हैं। अब यह अंधेर नहीं तो और क्या है कि रामलाल समेत अठारह भूमिहीनों को इमरजेंसी में तीन-तीन बीघे के पट्टे मिले। लड़-झगड़कर किसी तरह पार्टी ने बड़ी मुश्किल से कुछ लोगों को कब्जे दिलाए। रामलाल बेचारा ज्यादा गरीब है तो उसके पट्टे के उत्तरी सिरे की आधा बीघा जमीन पर आज भी ललई पंडित का कब्जा है और दक्षिणी सिरे की आधा बीघा जमीन सरजू ठाकुर दाबे हैं।

इस जोर-जबरदस्ती का प्रतिकार करने के लिए पार्टी के फैसले के मुताबिक ललई पंडित और सरजू ठाकुर द्वारा दबा ली गई रामलाल की जमीन पर खड़ी अरहर की फसल हम लोग काट कर रामलाल के घर पहुँचा देंगे। देखते हैं कि ललई पंडित और सरजू ठाकुर क्या करते हैं ? हँसिया और गंड़ासा लेकर आप लोग सुबह तैयार रहें। कॉमरेड धन्ना के नेतृत्व में बाहर से अस्सी कॉमरेडों का एक और दस्ता सुबह आ जाएगा।

प्रस्ताव पत्र पढ़कर कॉमरेड रघुनंदन बैठ गए। कुछ लोगों ने कुछ सवाल उठाए, जिनका जवाब कॉमरेड कल्ला ने दिया और फिर उन्होंने गुहार लगाई, "अरे ओ चंद्रावती, बीड़ी-माचिस तव दइ जा।"

"अबहिन लाई बप्पा।" कहकर थोड़ी देर बाद चंद्रावती बीड़ी-माचिस दे गई। सबने बीड़ी सुलगाई और फिर बैठक समाप्त हो गई। हम लोग कॉमरेड रघुनंदन के घर चले गए।

लगभग ग्यारह बज चुके थे। चौपाल में टँगी लालटेन की मद्धिम रोशनी चौतरफ फैल रही थी। भोजन करने के बाद खुले आकाश तले सोए तो भला लगा। दिन भर की चला-फिरी ने बुरी तरह से थका डाला था। सो जल्दी ही पलकों की राह नींद उतर आई और हम सो गए। सुबह उठकर दिसा-मैदान को गए और लौटे तो मन प्रसन्न था। ठंडी-ठंडी हवा हमें सहला रही थी।

एक चबूतरे पर चार-पाँच लोग अंट-शंट बक रहे थे और फिर उन्होंने एक को मारना शुरू कर दिया। कसकर थुर दिया तो वह घुसमुड़ियाकर वहीं बटहे में ढेर हो गया। मुँह से खून की धार बह चली। काफी लोग इकट्ठा हो गए तो मारने वाले चुपके से सरक गए। कॉमरेड रघुनंदन दाँत पीसकर रह गए। उन्होंने बताया कि गाँव में ऐसी घटनाएँ अब आम हो गई हैं। लोगों के हौसले इतने बढ़ गए हैं कि जब जो मन में आता है, कर गुजरते हैं। किसी को कोई डर ही नहीं रह गया है। जिसे पीटा गया, ढुनगू है। ढुनगू ने पहले कभी ललई से रुपए उधार लिये थे। जितने लिये थे, उसके दुगुने वह दे चुका है, पर ब्याज-दर-ब्याज वह रकम चौगुनी

हो गई है, जिसे देने से ढुनगू ने इनकार कर दिया और ज्यादा सताने पर थाने में रिपोर्ट लिखाने की धमकी दे दी। ललई पंडित को कुछ और नहीं सूझा तो ढुनगू की हड्डी-पसली तुड़वा दी और कहलवा दिया कि यदि पंद्रह दिन में एक-एक पैसा न चुका दिया तो जान से हाथ धोना पड़ जाएगा। कुछ न हो सके तो वह अपनी जमीन सरजू ठाकुर के पास गिरवी रख दे और उनसे रुपए लेकर हमारा कर्ज अदा कर दे।

पूरी तहसील के सवर्ण भूस्वामियों की आँख की किरकिरी बन चुके थे कॉमरेड कल्ला, जिन्हें वे लोग किसी भी कीमत पर खत्म कर देना चाहते हैं। कॉमरेड कल्ला का परिवार यहाँ के जमींदार पंडित देवीलाल का बँधुआ मजदूर था। दसेक साल पहले कॉमरेड धन्ना के संपर्क में आकर कल्ला बँधुआ मजदूरी की बेड़ियाँ तोड़कर कॉमरेड हो गए थे। इलाहाबाद यूनिवर्सिटी से एम.ए. करने के बाद कॉमरेड धन्ना आई.ए.एस. की परीक्षा में नहीं बैठे और न ही किसी सरकारी नौकरी में गए। वापस अपने गाँव लौटकर तहसील भर के गाँवों में कॉमरेड कल्ला जैसे सैकड़ों लोग खड़े कर दिए। कॉमरेड कल्ला की देखा-देखी तमाम बँधुआ मजदूरों ने अपनी बेड़ियाँ तोड़नी शुरू कर दीं। कॉमरेड धन्ना और कल्ला की आवाज पर हजारों भूमिहीन मजदूर इमरजेंसी में मिले पट्टों पर कब्जे के लिए पार्टी के झंडे तले तहसील पर कई बार प्रदर्शन कर चुके हैं।

कॉमरेड धन्ना तो खैर पोस्ट ग्रेजुएट हैं, किंतु पाँचवीं पास कॉमरेड कल्ला देखते-देखते हरिजन नेता के रूप में उभर आए। इमरजेंसी में जिन भूमिहीनों को जमीन के पट्टे मिले थे, उनका कब्जा दिलाने में कॉमरेड ने सफलता प्राप्त की।

बीसियों झंडे फहराने लगे थे कॉमरेड कल्ला के दरवाजे पर। हँसियों और गंड़ासों से लैस होकर जमा हो गए थे सौ से ज्यादा लोग।

इनकलाब! जिंदाबाद! जिंदाबाद!!

शोषण का, उत्पीड़न का! नाश हो! नाश हो!!

अपना हिस्सा! ले के रहेंगे! ले के रहेंगे!!

इनकलाब! जिंदाबाद! जिंदाबाद!! जोरदार नारे लगाते हुए चल पड़े थे लोग, कॉमरेड कल्ला और धन्ना की संयुक्त कमान में। ढाई बीघे अरहर काटकर रामलाल के घर पहुँचा दी गई। किसी ब्राह्मण-ठाकुर की हिम्मत न हुई कि कुछ बोलता। ललई पंडित और सरजू ठाकुर दाँत पीसकर रह गए, 'हमारे सामने ही सालों ने हमारे खेत काट लिये।' दोपहर के बाद दूसरे गाँवों के लोग वापस लौट गए और उस गाँव के लोग अपने-अपने घर। इस बीच ललई पंडित और सरजू ठाकुर ने पूरी

योजना तैयार कर ली। कॉमरेड कल्ला के घर रह गए थे सिर्फ कॉमरेड धन्ना। दोनों लोग खाना खाकर उठे ही थे कि दर्जन भर लठैतों ने उन्हें घेर लिया और शुरू कर दी लट्ठबाजी। वार पर वार झेलते रहे कॉमरेड कल्ला और धन्ना। उनकी लाठियाँ टूट गईं और फिर वे गिर गए। गिर गए तो फिर गिर ही गए। घायल अवस्था में उन्हें जिला अस्पताल ले जाया गया, जहाँ अठारह घंटे बाद कॉमरेड कल्ला ने दम तोड़ दिया।

धरमू चाचा के पीछे हलवाई के तखत पर बैठे हम बस का इंतजार कर रहे थे कि तभी लाल झंडों वाला जुलूस आता दिखा।

''कॉमरेड कल्ला के हत्यारों को अभी तक पकड़ा क्यों नहीं गया, इस मुद्दे को लेकर पार्टी द्वारा थाने पर प्रदर्शन का आयोजन है, वही जुलूस आ रहा है।'' कहते हुए धरमू चाचा अपना सामान समेटने लगे और टूटी हुई बकसिया में भरकर पीछे हलवाई की दुकान में रख आए। जैसे ही जुलूस सामने आया, धरमू चाचा के साथ तीन-चार और लोग उसमें शामिल हो गए। गाँव में व्याप्त उतने आतंक के बावजूद हमने देखा—कल तक जो काम कॉमरेड कल्ला सँभाले हुए थे, आज कॉमरेड रघुनंदन ने सँभाल लिया है। रघुनंदन के अलावा गाँव के आठ-दस और लोग जुलूस में शामिल थे। तभी हमारी नजर जुलूस में सबसे आगे झंडा लिये चल रही लड़की पर ठहर गई। वह लड़की कोई और नहीं, कॉमरेड कल्ला की बेटी चंद्रावती थी, मातमी मुद्रा से मुक्त, लड़ाकू सैनिक सी तनी हुई।

□

आप बड़े वो हैं

"यस प्लीज…"

"कौन साहब बोल रहे हैं?"

"आप किससे बात करना चाहती हैं?"

"पालित साहब से।"

"पालित साहब घर पर नहीं हैं।"

"कहाँ गए हैं?"

"पता नहीं।"

"आप कौन हैं?"

"यही तो मैं आपसे पूछना चाहता हूँ।"

"यह आपकी आवाज है। मैं पहचान गई।"

"लेकिन आप हैं कौन?"

"आप मुझे नहीं जानते!"

"बिल्कुल नहीं।"

"आपको हुआ क्या है?"

"मुझे तो कुछ नहीं हुआ।"

"मैं अनु हूँ, आपकी अन्नपूर्णा।"

"लेकिन मैं किसी अन्नपूर्णा को नहीं जानता।"

"आप अन्नपूर्णा को नहीं जानते!"

"नहीं, बिल्कुल नहीं।"

"तो क्या आप पालित नहीं हैं?"

"ऐसा ही समझ लो।"

"लेकिन आवाज तो आपकी ही है, मेरे पालित की।"

''जल्दी करो। मुझे एक जरूरी काम पर जाना है।''

''आज मुझसे भी ज्यादा जरूरी काम आ पड़ा?''

''कह दिया न, मैं आपको नहीं जानता।''

''सचमुच आप मुझे नहीं जानते?''

''कुछ समझाओ तो शायद याद आ जाए।''

''आपकी क्लासफेलो।''

''मेरी क्लासफेलो तो कई लड़कियाँ रही हैं।''

''आपकी दोस्त।''

''मेरी दोस्ती भी कई लड़कियों से रही है।''

''आपकी प्रेमिका।''

''मुझे प्रेमपत्र भी कई लड़कियों ने लिखे हैं।''

''पालित, तुम्हें क्या हो गया। तुम ठीक तो हो?''

''मुझे कुछ नहीं हुआ! मैं ठीक हूँ, सेंट-परसेंट।''

''आपने कहा था कि मुझसे शादी करोगे।''

''कहा होगा।''

''उसे झूठ समझ लूँ?''

''जैसी तुम्हारी इच्छा।''

''पालित, ज्यादा परेशान न करो।''

''परेशान कहाँ कर रहा हूँ।''

''तो ढंग से बात क्यों नहीं कर रहे?''

''बात नहीं तो ये क्या कर रहा हूँ!''

''नहीं बाबा, काम की बात करो।''

''कर तो रहा हूँ।''

''मुझे तुमसे जरूरी बात कहनी है।''

''तो कहो।''

''ऐसे नहीं।''

''फिर कैसे?''

''तुमसे मिलना चाहती हूँ।''

''न बाबा!''

''क्यों?''

''कोई देख लेगा।''

''तो क्या होगा?''

''बदनामी।''

''प्यार किया तो...''

''बेकार की बातों में समय बरबाद न करो।''

''फिर वही उल्टी-सीधी बातें।''

''इनमें उल्टा-सीधा क्या है?''

''प्लीज, आप समझते क्यों नहीं।''

''समझ तो रहा हूँ।''

''क्या?''

''कि एक पागल लड़की मेरे पीछे पड़ गई है।''

''भगवान् के लिए जरा ढंग से बात करो।''

''मैं भगवान् के लिए बात नहीं करता।''

''पालित, मेरा सिर चकरा रहा है।''

''तो बैठ जाओ।''

''मैं गिर जाऊँगी।''

''चारपाई पर लेट जाओ।''

''मेरे हाथ-पाँव काँप रहे हैं।''

''किसी पेड़ को पकड़ लो।''

''दिल की धड़कन तेज हो रही है।''

''डॉक्टर को फोन कर दो।''

''पालित, क्या तुम सचमुच मिलना नहीं चाहते?''

''समझदार को इशारा काफी होता है।''

''तुम्हें मेरी कसम, ऐसी बातें मत करो।''

''क्या बात है, बताओ तो सही।''

''मम्मी-डैडी मेरी शादी करना चाहते हैं।''

''यह तो बड़ी अच्छी खबर है।''

''लेकिन मैं यह शादी नहीं करना चाहती।''

''दूल्हा अच्छा नहीं है?''

''पता नहीं।''

''तो मत करो शादी।''

''फिर क्या करूँ?''

"जोगन बन जाओ।"

"पालिऽत!"

"क्या हुआ?"

"मेरी मौत।"

"मौत या आत्महत्या।"

"आत्महत्या।"

"फाँसी लगाकर या ट्रेन के नीचे…"

"गंगा में कूदकर।"

"तब तो मुझे बुला लेना। फोटो खींचकर पेपर में छपवा दूँगा।"

"हाय राम…"

"अन्नपूर्णाजी, नमस्कार।"

"परेशान क्यों कर रहे हो?"

"अच्छा, अब नहीं करूँगा।"

"तो सुनो।"

"हाँ, सुनाओ।"

"मेरी एक बात सुनोगे।"

"अब तक क्या किसी और की बात सुन रहा था?"

"ओ माई गॉड!"

"बताओगी भी या…"

"पालित, मैं मर जाऊँगी।"

"एक दिन तो सबको मरना ही है।"

"आखिर तुम चाहते क्या हो?"

"तुम क्या चाहती हो, यह बताओ?"

"तुमसे एक बार मिलना।"

"दोबारा तो नहीं मिलोगी?"

"मैं तो तुमसे रोज मिलूँगी?"

"कैसे?"

"शादी करके।"

"लेकिन मैं तुमसे शादी नहीं कर सकता।"

"तो फिर प्यार का नाटक क्यों किया?"

"तुमने भी तो किया।"

''मैंने नाटक नहीं, प्यार किया है।''

''किया होगा।''

''तुम्हारे वादे, तुम्हारी कसमें, सबकी सब क्या झूठी थीं?''

''कसमें, वादे, प्यार, वफा, बातें हैं, बातों का क्या!''

''मैं समझ गई।''

''क्या?''

''सब लड़के धोखेबाज होते हैं। उन पर विश्वास नहीं करना चाहिए।''

''मैंने कब कहा कि करना चाहिए।''

''सपने में भी न सोचा था कि तुम मुझे यों बरबाद कर दोगे।''

''मैंने तुम्हें बरबाद किया?''

''यह बरबादी नहीं तो क्या है?''

''बहुत भोली हो तुम।''

''अगर मुझे पता होता कि...''

''क्या?''

''कि तुम इस तरह बदल जाओगे।''

''तो...''

''तो तुमसे हरगिज प्यार न करती।''

''तुम्हारी बेवकूफी पर तरस आ रहा है।''

''पालित, अब और कुछ सुनना नहीं चाहती।''

''फोन काट दूँ।''

''नहीं-नहीं, ऐसा मत करो।''

''तो फिर क्या करूँ?''

''काम की बात करो।''

''अच्छा, उसका नाम बताओ।''

''पी.के. सिद्धार्थ।''

''क्या है?''

''लेक्चरर।''

''कहाँ?''

''यहीं, कानपुर में।''

''तब तो बहुत अच्छा है।''

''अच्छा है मेरा सिर।''

"तुम्हारे सिर को खराब किसने कहा?"

"ओ गॉड, क्या तुम उससे मेरी शादी करवाना चाहते हो?"

"सेंट-परसेंट।"

"पाऽलित।"

"क्या?"

"मैं मर जाऊँगी।"

"सचमुच।"

"हाँ पालित, तुम्हारे बगैर जिंदा नहीं रह सकती।"

"तो फिर मैं क्या करूँ?"

"मुझसे शादी।"

"कहाँ?"

"कोर्ट में।"

"पैरेंट्स की मरजी के बगैर?"

"हाँ, तुम्हें पाने के लिए कुछ भी कर सकती हूँ।"

"तो फिर तैयार हो जाओ।"

"हाँ, होती हूँ।"

"एक काम करना।"

"क्या?"

"मम्मी के जेवर पता हैं?"

"हाँ।"

"पापा पाँच लाख रुपए बैंक से निकालकर लाए हैं?"

"वो भी पता है।"

"तो सबकुछ लेकर आना।"

"न बाबा, मैं चोरी नहीं करूँगी।"

"तो फिर शादी भी नहीं करूँगा।"

"पालित, मुझसे गलत काम मत करवाओ।"

"पति के लिए गलत-सही सब करना पड़ता है।"

"लेकिन मैं नहीं करूँगी।"

"तो फिर तुमसे शादी भी नहीं करूँगा।"

"नहीं-नहीं, शादी तो होगी।"

"तो फिर जो कहा है, फौरन करो।"

"अच्छा बाबा, करती हूँ।"

"लेकिन ठहरो!"

"अब क्या हुआ?"

"जो हुआ है, वो सुनो—मेरा पूरा नाम पालित कुमार सिद्धार्थ यानी पी.के. सिद्धार्थ है। मेरा अपॉइंटमेंट हो गया है, यानी अब मैं ही हूँ प्रो. पी.के. सिद्धार्थ।"

"ओह, पालित..."

"अब बताओ, प्रो. पी.के. सिद्धार्थ से माँ-बाप की मरजी से शादी करोगी या मम्मी के जेवर और पापा के रुपए चुराकर पालित से कोर्ट मैरिज?"

"चलिए हटिए, मैं आपसे बात नहीं करती।"

"सुहागरात में भी?"

"धत्..." कहकर अन्नपूर्णा ने फोन काट दिया। और फिर जून में दोनों की शादी हो गई। शादी के बाद एक दिन फिर बातों-बातों में अन्नपूर्णाजी फँस गईं।

ट्रिं-ट्रिं-ट्रिं। अन्नपूर्णा ने फोन कान से लगा लिया और बोलीं, "यस..."

"आप कौन?"

"मिसेज सिद्धार्थ।"

"और आप?"

"एक ऑफिसर।"

"कहाँ का?"

"अपने ऑफिस का।"

"किस ऑफिस का?"

"कोई समझ लो।"

"किससे बात करना चाहते हैं?"

"अपनी प्रेमिका से।"

"ओह गॉड!"

"क्या हुआ?"

"कुछ नहीं, लेकिन आपकी प्रेमिका है कौन?"

"मिसेज अन्नपूर्णा।"

"यानी मैं।"

"हाँ, आप।"

"लेकिन मैं तो किसी को प्यार-व्यार नहीं करती।"

"आप मुझे प्यार नहीं करतीं?"

"बिल्कुल नहीं।"

"क्यों?"

"क्योंकि मैं शादीशुदा हूँ।"

"उससे क्या हुआ?"

"एक शादीशुदा औरत आपको कैसे प्यार कर सकती है।"

"क्यों?"

"मेरा पति है। घर है। परिवार है।"

"फिर…"

"मैं अपने पति को प्यार करती हूँ।"

"मुझे नहीं।"

"हरगिज नहीं।"

"यदि करना पड़ा तो?"

"आत्महत्या कर लूँगी।"

"लेकिन अगर आपने मुझे प्यार न किया तो…"

"तो…"

"तो मैं आत्महत्या कर लूँगा और…"

"और…?"

"और तुम्हारे नाम प्रेमपत्र लिखकर छोड़ जाऊँगा।"

"भगवान् के लिए ऐसा मत करना।"

"फिर क्या करूँ?"

"किसी लड़की से शादी।"

"कोई मिलती ही नहीं।"

"मैं मिलवा दूँगी।"

"कौन है?"

"मेरी एक सहेली।"

"क्या है?"

"रिसर्च स्कॉलर।"

"नाम?"

"संयोगिता।"

"लेकिन…"

"लेकिन क्या?"

''यह तुम बरदाश्त न कर सकोगी।''

''क्यों?''

''क्योंकि तुम मुझे प्यार करती हो।''

''हरगिज नहीं।''

''बिल्कुल नहीं।''

''जरा सा भी नहीं।''

''रंच मात्र नहीं।''

''तुम्हारी कसमें, तुम्हारे वादे सब झूठे थे!''

''कैसी कसमें, कैसे वादे?''

''जीवन भर साथ निभाने के।''

''कब किए ऐसे वादे मैंने आपसे?''

''आज रात को।''

''आपका शुभ नाम?''

''पी.के. सिद्धार्थ।''

''ओह! आप!''

''हाँ मैं, अब बताओ, प्यार करोगी या संयोगिता से मेरी शादी··· ?''

''चलिए हटिए। मैं तो घबरा ही गई थी।''

''तुम्हारे बिना मन नहीं लग रहा था। सोचा, कुछ हो जाए। कैसा रहा?''

''आपने तो कमाल कर दिया। मेरी तो जान ही निकल गई थी।''

''क्यों?''

''सोच रही थी कि यह कयामत कहाँ से आ टपकी!''

''अच्छा, एक बात बताओ।''

''क्या?''

'''त्यागपत्र' दे दूँ?''

''क्याऽऽऽ···''

''त्याग-पत्र!''

''क्यों?''

''सक्सेना साहब माँग रहे हैं।''

''नहीं-नहीं, ऐसा मत कीजिए।''

''क्यों?''

''फिर हम लोग क्या करेंगे?''

"क्या मतलब?"

"गुजारा कैसे होगा?"

"मेरे हाथ-पैर सलामत हैं और तुम्हारे भी।"

"इनसे क्या होगा?"

"कहीं-न-कहीं, कुछ-न-कुछ तो कर ही लेंगे।"

"न बाबा, मुझसे तो कुछ नहीं होगा।"

"उन्होंने माँग-माँग कर परेशान कर दिया। आज देकर ही लौटूँगा।"

"आपने ऐसा किया तो…"

"तो मैं मैके चली जाऊँगी।"

"अरे नहीं, मैके मत जाओ और मेरी बात ध्यान से सुनो, सक्सेना साहब को 'त्याग-पत्र' देना चाहता हूँ, पर नौकरी का नहीं।"

"फिर किसका?"

"'जैनेंद्र का 'त्याग-पत्र'।"

"ओह, अब समझी, जैनेंद्र का उपन्यास 'त्याग-पत्र'!"

"हाँ, अब बताओ, 'त्याग-पत्र' दे दूँ या नहीं?"

"अरे बाबा, दे दो न 'त्याग-पत्र'।"

"तुम तो मान ही नहीं रही थीं।"

"मान तो गई बाबा!"

"रात के लिए भी!"

"धत्…" कहकर अन्नपूर्णा ने फोन काट दिया।

□

ऐ दिले नादान

"यह शादी नहीं हो सकती!" जरा तेज आवाज में पिता ने कहा तो तिनककर बेटे ने पूछ लिया, "लेकिन क्यों?" बेटे की आँखों में आँखें डालकर तब पिता ने और भी तेज आवाज में कह दिया, "मेरी मरजी!"

पिता का फैसला सुनकर सोमी सहम गया। अपने प्यार पर वज्रपात होते देख वह अवाक् रह गया। उसकी हिम्मत नहीं हो रही थी कि पिता से एक बार फिर पूछे कि आख़िर सलोमी में ऐसी कौन सी कमी है कि उससे मेरी शादी नहीं हो सकती। लंबा छरहरा बदन, बड़ी-बड़ी आँखें, गोरा रंग, कसा हुआ बदन, ऊँची शिक्षा और अच्छी तनख्वाह वाली नौकरी। ढूँढ़ने पर भी सोमी को सलोमी में ऐसी कोई कमी नजर न आ रही थी, जिसकी वजह से उनकी शादी न हो सके। वह उसे बहुत दिनों से जानता है। उसे बहुत करीब से देखा है। उसकी आदतें, सिद्धांत और विचारों को अच्छी तरह से जाँचा-परखा है। वह भी उसे प्यार करती है। उनका प्यार जिस्म की क्षणिक भूख नहीं, दिलों की गहराइयों से निकलकर फला-फूला है और आज अचानक पिता ने फरमान जारी कर दिया कि उनकी शादी नहीं हो सकती। आखिर क्यों नहीं हो सकती सलोमी से उसकी शादी? हिम्मत कर सोमी ने आखिर पिता से एक बार फिर पूछ ही तो लिया, "कोई कारण तो होना चाहिए। सिर्फ आपकी मरजी तो पर्याप्त वजह नहीं हो सकती।"

"बड़ों से बहस नहीं करते बेटे, आखिर तुम्हारा पिता हूँ।"

"पिता होने भर से आपको यह हक हासिल नहीं हो जाता कि दो दिलों की दुनिया में आग लगा दें। यह शादी रुकवाने से आपको क्या मिलेगा?"

"तुम्हारी खुशियाँ!"

"बहुत खूब, बेटे की दुनिया बरबाद कर उसे खुशियाँ देने चले हैं। हमारे साथ कितना बड़ा मजाक कर रहे हैं आप!"

''नहीं बेटे, यह मजाक नहीं है।''

''तो फिर क्या है?''

''एक सच।''

''कैसा सच?''

''जो कंप्यूटर ने हमें बताया है।''

''कंप्यूटर ने क्या बताया है आपको?''

''क्या करोगे जानकर। कुछ बातें न जानना ही बेहतर होता है।''

''नहीं, मैं जानना चाहता हूँ कि कंप्यूटर ने आखिर क्या बताया है आपको?''

''वैसे तो मैं चाहता था कि यह सच तुम न जानो, पर अब जान ही लो।''

''बताइए।''

''बताऊँगा नहीं, समझाऊँगा, क्योंकि तुम नासमझ हो।''

''यही सही, समझाइए।''

''मैं कहाँ काम करता हूँ।''

''कंप्यूटर सेंटर में।''

''एक दिन तुम्हें सेंटर ले जाकर कंप्यूटर सीट पर बिठाया था।''

''हाँ।''

''तुम्हारी तरह सलोमी को भी बिठाया गया था।''

''फिर?''

''तुम्हारी तरह सलोमी से भी कंप्यूटर ने कुछ सवाल पूछे थे।''

''फिर?''

''तुम दोनों के सेक्स हारमोंस का विश्लेषण उसने किया है।''

''फिर?''

''तुम तो फिट निकले, लेकिन सलोमी···''

''सलोमी···''

''वह अनफिट निकली।''

''क्या खराबी है उसमें, आखिर जानूँ तो सही।''

''तुम तो पिता बन सकते हो, लेकिन सलोमी माँ नहीं बन सकती।''

''क्या मतलब?''

''तुम्हारी सलोमी कभी माँ नहीं बन सकती।''

''नहीं पिताजी, सलोमी पूरी तरह से स्वस्थ है और माँ बन सकती है।''

''नहीं बेटे, यह बात तुम्हारा दिल कह रहा है। कंप्यूटर को क्या पड़ी है कि सलोमी के बारे में झूठ बोले।''

''कंप्यूटर यह सब कैसे जान सकता है?''

''जान सकता है बेटे, कंप्यूटर सबकुछ जान सकता है। हिसाब लगाकर वह यह भी बता सकता है कि कोई लड़की कितने बच्चों की माँ बन सकती है।''

''नहीं पिताजी, ऐसा नहीं हो सकता।''

''हो सकता है बेटे, हो सकता है!''

''नहीं पिताजी, सलोमी एक बार प्रेगनेंट हो चुकी है।''

''इसीलिए तो कह रहा हूँ कि अब वह माँ नहीं बन सकती। पहले अबॉर्शन ने उसके गर्भाशय में ऐसी विकृति पैदा कर दी है कि अब वह कभी माँ नहीं बन सकती।''

''ओ माइ गॉड!''

''अपने को सँभालो बेटे, सलोमी बहुत अच्छी लड़की है। उससे तुम्हारी शादी न होने पर मुझे भी बहुत दुःख होगा, लेकिन क्या करूँ! तुम्हारा बाप हूँ और जान-बूझकर तुम्हें गड्ढे में नहीं गिरने दे सकता।''

''लेकिन पिताजी, मैं आपका बेटा हूँ तो सलोमी का भी तो कुछ हूँ। उसे सिर्फ इस वजह से तो नहीं छोड़ सकता। मेरी शादी होगी तो उसी से होगी, नहीं तो...''

''नहीं तो तुम जीवन भर कुँवारे रहोगे।'' पिता ने तुनककर कहा।

''कुँवारे रहें मेरे बेटे के दुश्मन, इसकी शादी इसी साल धूमधाम से होगी।'' कहते हुए माँ ने प्रवेश किया, लेकिन सोमी गुस्से में घर से बाहर निकल गया। उसने निश्चय कर लिया था कि वह सलोमी से ही शादी करेगा। सलोमी से बात करेगा और घर के लोग राजी न हुए तो वे लोग कोर्ट मैरिज कर लेंगे।

माँ आकर पिता की बगल में बैठ गईं और उनसे बतियाने लगीं, ''क्या कह दिया बेटे से कि मुँह फुलाकर चला गया।''

''कह क्या दिया, सलोमी के बारे में सच्ची बात बता दी।''

''कौन सी बात?''

''यही कि सलोमी कभी माँ नहीं बन सकती।''

''हाय दइया, का बकत हौ।''

''अरे भागवान, कंप्यूटर ने मुझे जो बताया, वही बता रहा हूँ।''

''कंप्यूटर क्या ज्योतिषी है, जो ऐसी भविष्यवाणी कर रहा है!''

''हाँ सोमी की माँ, कंप्यूटर ही अब ज्योतिषी का काम करेगा। सुपर कंप्यूटर होनेवाले पति-पत्नी के भूत, भविष्य और वर्तमान का पूरा और पक्का चिट्ठा तैयार कर देता है। वह यह भी बता देता है कि लड़की अभी तक कुँआरी है या... ?''

''हाय दइया, फिर तौ बड़ा गजब होइ जइ।''

''नहीं, कोई गजब नहीं होगा सोमी की माँ! हाँ, अब कोई रोगी लड़की किसी स्वस्थ लड़के के गले नहीं बँध सकेगी और कोई नामर्द लड़का किसी लड़की से शादी नहीं कर सकेगा।''

''तब तो कंप्यूटर बड़ी अच्छी चीज है, लेकिन इससे बड़ी गड़बड़ होगी।''

''नहीं भागवान, कंप्यूटर यह थोड़े ही कहेगा कि ऐसे लोग शादी न करें, लेकिन शादी करें तो धोखे में न रहें। अब सोमी अगर सलोमी से शादी करे ही तो फिर उससे बच्चों की उम्मीद न करे?''

''न बाबा, हमें नहीं चाहिए ऐसी बहू, जो पोता--पोती भी न जन सके।''

''तुम्हारा बेटा तो ऐसी ही बहू लाने पर तुला है। कह रहा है कि शादी करेगा तो सलोमी से, नहीं तो जीवन भर कुँवारा रहेगा।'' सुनकर सोमी की माँ अवाक् रह गईं।

□□□